ちくま文庫

悪意のきれっぱし 増補版

生島治郎
日下三蔵 編

筑摩書房

IKUSHIMA Jiro

生島治郎

日下三蔵 編

KUSAKA Sanzo

悪意のきれっぱし

piece of bad faith

増補版

contents

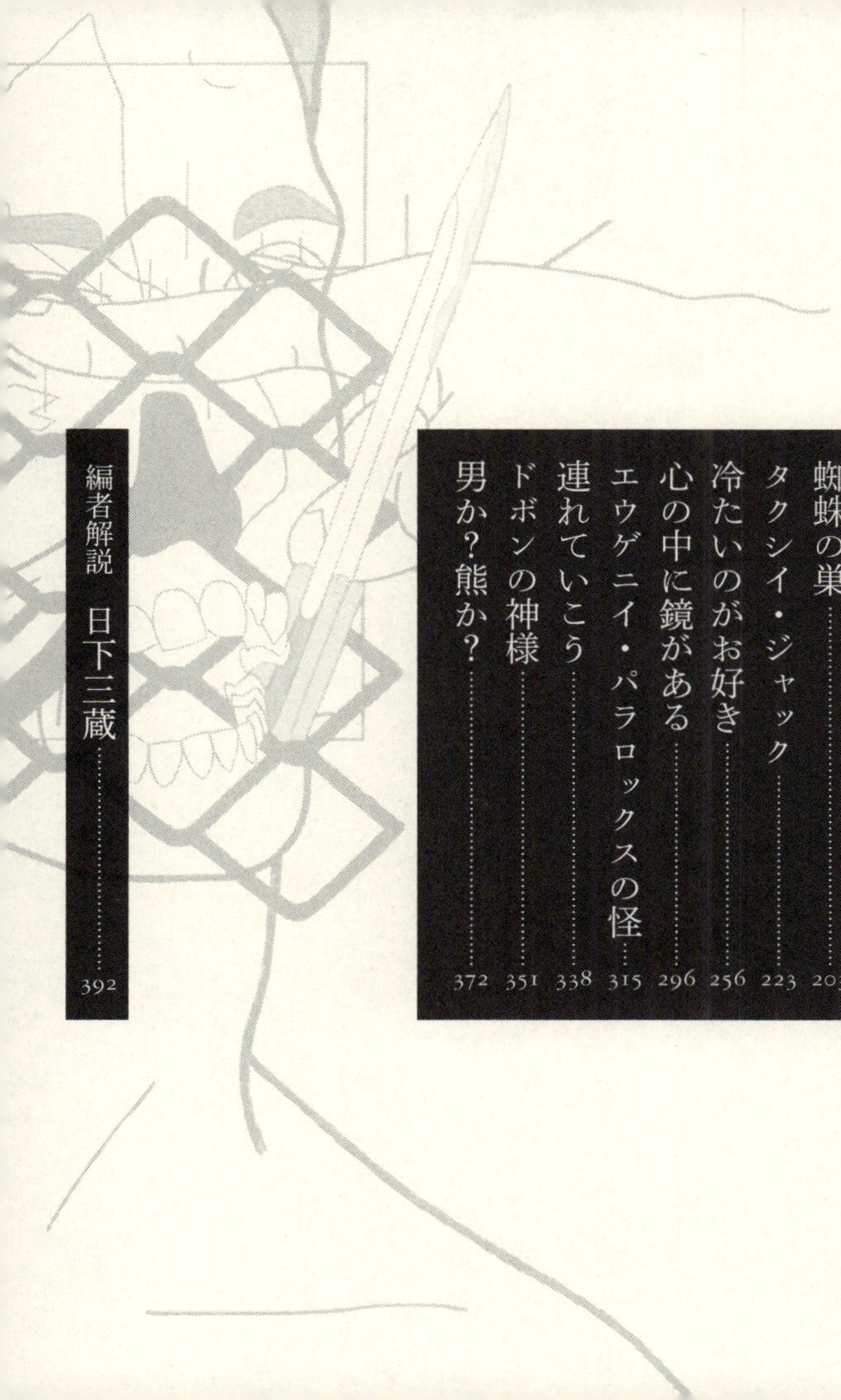

デザイン――welle design（坂野公一＋吉田友美）
カバー装画――山本直輝

不完全犯罪

誰にでもよく知られている外国の小咄《こばなし》にこんなのがある。

昼休みに自宅へ昼食をとりにもどったある銀行員が、あたふたと帰ってきて、冷や汗をかきながら、同僚にささやいた。

「ついさっき、あやうく頭取にみつかりそうになったよ」

「どこでだね？」

と同僚は訊《たず》ねた。

「きみは自宅へ帰ったんじゃないのか？」

「そうなんだがね。自宅へ帰ってみたら、なんと、頭取とうちの女房が寝室のなかにいるじゃないか」

銀行員はさもホッとしたように冷や汗をぬぐった。

「ふたりとも夢中だったんで、ぼくが寝室の扉を開けてなかへ入りかけたのも知らなかったんだ。みつからなくてよかったよ。みつかったら、あのウルサ型の頭取のことだ、即座にクビになるところさ」

この小咄には、サラリーマンの哀感と残酷なユーモアがこめられている。

実を言うと、私もこれに似た経験をした。

もっとも、私の場合は、この銀行員とは逆の立場だったとも言えるのだが……。

私はある二流の貿易商社の営業部に勤めている。年齢は三十二歳で、ようやく係長になったばかりだ。

ところが、同じ営業部の課長で野呂順平という男がいる。

野呂は私と同期に入社し、とくに能力があるわけでもないのだが、課長にいちはやく抜擢《ばってき》された。

というのも、彼が社の創設者で、今年八十歳になるのにまだ矍鑠《かくしゃく》たる会長の孫にあたり、現社長の三男というコネがあるために他ならない。

もし、そんな強力なコネがなかったら、おそらく、能力のない彼のことだから、いまだに係長にもなれなかったろう。

私は自分より能力のない野呂が上司であることがうとましくてならなかった。

しかし、内心うとましく思いながらも、いずれは野呂が部長になり、社長の椅子は無理にしても、重役になるであろうことを予想して、せいぜいと彼のご機嫌をとりむすんでおこうと気をつかっていた。

野呂は、そういう私がお気に入りで、仕事の上でも大いに頼りにし、また仕事外の遊びでも、私をよく誘った。

おたがいにまだ独身でもあり、同期に入社したという気安さもあったのであろう。

野呂には、仕事上の能力もなかったが、遊びにかけても、あまり才能があるとは言えなかった。

ただ、金があり余っている身分だから、どこのバーやクラブへ行ってもちやほやされて、当人はそれでけっこうモテた気分になっているだけである。

それでも金の威力に負け、野呂の言いなりになる女性が何人かはいた。

銀座の高級クラブのホステスである亜麻子もそのひとりだった。

野呂はモテないくせに浮気性で、いろんなホステスに手をつけるのだが、亜麻子にだけは特別な感情を抱いていたようである。

その証拠に、亜麻子には、四谷のマンションの一室を買ってやり、家具をとり揃え、しょっちゅうそこへ入りびたっていた。

たしかに、亜麻子は魅力のある女だった。

背はすらりと高く、ちょっと見には痩《や》せているようにみえるが、実際は着痩せする方で、うすいドレスをまとっているときなど、バストやヒップのゆたかでなまめかしいカーヴがありありとわかった。

背のわりに顔は小ぢんまりしていて、大きな眼が目立ち、その眼がいつもうるんでいて男心をそそる。

野呂と一緒に亜麻子のいるクラブへ飲みに行くたびに、私は次第に彼女に心魅かれていった。

(こんな女を自分のものにできたらな)

私には仕事上のこととは別に、亜麻子のことでも野呂に嫉妬を感じないわけにはいかなかった。

(野呂のやつめ、今に思い知らせてやるぞ。おれはきっとこの女をモノにしてみせる)

その機会は案外早く訪れた。

店が終ってから、亜麻子ともうひとりの新人のホステスを連れて、六本木へ食事に出かけたときのことである。

野呂はかなり酔っぱらっていて、酔っ払うと、例の浮気性が頭をもたげ、新人のホステスを口説きはじめた。

当然、亜麻子は機嫌がわるくなり、野呂と言い争いになり、わがままな彼は彼女を怒鳴りつけた。

「おまえなんか目ざわりだ。消えてしまえ！　とっとと帰れ！」

「いいわよ、帰るわよ」

亜麻子はすっと椅子から立った。そして、私をみつめた。

「立木さん、あなた、あたしを送って下さらない」

私はどうしていいかわからなかった。彼女を送ってやりたいのはやまやまだが、そのために野呂の機嫌を損じては、今後が思いやられる。

「立木くん、送ってやってくれたまえ」

ところが、野呂の方からそう言いだした。

「すまんけど、あとはよろしく頼む」

野呂としては、そのお目あてのホステスと一刻も早くふたりきりになりたいばっかりに、私にも消えてもらいたかったのだろうし、私なら、亜麻子を任せてもどうにもなるまいとタカをくくってもいたのだろう。

「そうですか」

私はひそかに野呂にウィンクしてみせた。

「じゃ、亜麻子さんはぼくがお送りします。課長はどうぞごゆっくり」

私のウィンクを野呂は『うまくやれよ』という合図だと思ったらしく、彼もニヤッと笑ってウィンクを返した。

私と亜麻子はタクシイを拾い、彼女のマンションまで行った。

「ねえ、立木さん、ちょっとお寄りにならない？　お茶でもさしあげたいわ」

意外にも、彼女の方から誘いをかけてきた。このチャンスを逃す手はない。

「よろこんで」

と私は応じた。

「しかし、そんなことをして、課長にみつかるとまずいな」

「かまうもんですか」

彼女はいささか荒れ気味だった。

「あの人は、どうせ、さっきの娘とどこかでよろしくやっているわよ」

「だろうな」

私は彼女の肩をそっと抱いた。

「課長も勿体《もったい》ないことをするもんだ。あなたみたいな魅力的な女性がいながら、他の下らない女にちょっかいを出すなんて」

「あれがあの人のくせなのよ」

亜麻子はうるんだ瞳で私を見あげ、自分も私の腰に手をまわした。

「それに、あたしはあの人なんか愛しちゃいないわ。お金で割り切ったつきあいをしているだけなの」

ふたりは彼女の部屋の中へ入った。

扉を閉めたとたんに、玄関先で、彼女は私に抱きついた。

「立木さん、本当は、あたしは前からあなたが好きだったのよ」

「実を言うと、ぼくもそうだった」

私は彼女の耳もとでささやいた。

「けれども、課長の彼女だからきみを好きだとは打ち明けられなかったんだ」

「うれしいわ」

彼女はいっそう強く私を抱きしめた。

「あたしを放さないで」

ふたりはむさぼるように唇を求めあった。


こうして、私と亜麻子は深い関係に落ち入った。

といって、ふたりの関係をあからさまにするわけにはいかない。

私の方としては、野呂にこのことをカンづかれれば、出世の道をふさがれるか、わるくすると会社をクビにされかねないし、亜麻子にとってみても、野呂は大切なパトロンだった。

私には、現在でも、彼女のぜいたくな生活を保証してやるだけの余裕などあるわけはなし、ましてや、会社をクビになったりしたら、自分独りの暮しさえ心もとなかった。

したがって、ふたりはこのことを誰にももらさず、誰にもわからないように気を配ろうと約束した。

「あたしとデイトしたいときには、電話でコール・サインを送って」

と彼女は言った。

「はじめ三回鳴らして、それから、一回、そこで切ってもう一度かけ直してくれれば、あなたからの電話だと思って必ず出るようにするわ。もし、そのコール・サインが鳴っても出ない場合は、あの人が部屋に来ているものと思ってちょうだい」

「そんな厄介なことをする必要はないじゃないか。ぼくが電話をして、彼がいたら、そのまま出ない方が自然だろう」

「そうはいかないのよ。あたしのところにはお店の関係上、いろんな電話がかかってくるんですもの。そういう電話とあなたからの電話とは区別しておきたいの」

「なるほどね」

私は彼女のそういう申し出を愛の証と受けとった。事実、彼女が野呂より私を愛しているのはたしかのように思われた。野呂は彼女に莫大な金を渡しているが、私は彼女にほんのわずかな小遣い程度の金を時折渡すだけにすぎない。

それでも、彼女はコール・サインの電話をするたびに、必ず、私を自分の部屋へ迎え入れてくれた。

しかも、私たちは彼女の部屋以外でデイトをすることも避けた。もし、ふたりが連れだって歩いているところや、ましてや、ホテルなどへ入るところを知っている誰かに見られたりしたら、致命的だからである。

私は週に一度か二度、彼女のマンションへひそかに通うようになったが、誰にも知られなかった。もちろん、鈍感な野呂がカンづくわけはない。

私は社内で彼と顔を合わせるたびに一種の優越感を覚えた。

ところが、ある晩、その優越感を一挙に打ち砕かれるような事件が起った。

私が例のコール・サインを送って、野呂がいないことをたしかめた上で、亜麻子のマンシヨンにあがりこんでいたときのことである。

電話が鳴り、受話器をとった彼女が顔色を変えた。

「大変よ、あなた」

受話器を置くなり、亜麻子は私をせきたてた。

「彼がすぐここへ来るわ。そばの公衆電話からなの」

「どうしよう」

私も蒼くなった。

「出ていって、彼と出会ったりしたらまずいことになる」

「そのひまはないわ。とりあえず、ここへかくれてちょうだい」

彼女は寝室にあるつくりつけの押し入れの中に私を押しこんだ。

押し入れといっても、布団類や毛布類、季節はずれの衣類をしまっておくためのもので、かなりの広さがある。

私はそのなかへもぐりこんで息を殺した。

やがて、扉を開ける音がし、野呂が部屋へ入ってきて、亜麻子と話をしはじめた。

亜麻子はなんとかうまく言いつくろい、彼を帰そうとしている様子だが、相変らず酔っ払っている野呂はしつこく彼女にまつわりついている様子である。

私は、はじめは、見つかりはしないかと気もそぞろだったものの、野呂のしつこさにだんだん腹が立ってきた。

そのうちに、野呂はむりやりに、亜麻子を寝室へ連れてきた。

そして……。

ああ、そのあとのことは思い出すだに吐き気をもよおす。

寝室でのあらゆる物音が私の耳に生々しく伝わってきたのだ。

亜麻子が身もだえし、あえぐ気配も私にはありありとわかった。

あんなに野呂を愛していないと言い切っていた亜麻子が、彼の愛撫《あいぶ》に喜悦の声さえもらしはじめたではないか。

それは、私が彼女をベッドで抱いたときと同じ反応だった。押し入れの暗闇の中に、ふたりのからみあった姿態が、まざまざと浮かび、私は腹の中が煮えたぎった。

(売女め！)

野呂を憎むと同時に、亜麻子をも憎まずにはいられなかった。

(ふたりとも、いつか手ひどい仕返しをしてやるぞ)

押し入れのなかにいた時間は、ほとんど永劫と思われるほど長く、そこにいる間、地獄の責苦にまさる苦痛を味わわされた。

ようやく、野呂が帰ったときには、私は放心状態になっていた。

「ごめんなさいね」

亜麻子がけろりとした口調で言った。

「あたしだって、あんなふうになるとは思わなかったのよ」

私は虚《うつ》ろな眼で彼女をみつめ、同時に、自分の彼女への愛が冷ややかな憎悪に変ったことを悟った。

野呂と亜麻子に対する殺意が芽生えたのは、それ以来である。

私は自分の憎悪を気ぶりにも出さず、冷酷に計算し、その機会をうかがった。

野呂にはもちろんのこと、亜麻子とも、平然と今までどおりにつきあいながら、ふたりを破滅させるいい計画はないかと考えつづけた。

一カ月と経たないうちに、私はすばらしいアイディアを思いついた。

つまり、亜麻子を殺し、その犯人に野呂をしたてあげるという計画である。

これは簡単に実行できるように思えた。

まず、野呂を泥酔させ、私が野呂を彼の部屋まで送り届け、さらに前後不覚にするために睡眠薬入りの酒をすすめる。

そうして、彼が寝入ったすきに、亜麻子のところへ行き、彼女を殺す。

こうすれば、野呂のアリバイがなくなり、彼女を殺した容疑は彼に向けられるにちがいなかった。

なにしろ、亜麻子の部屋に自由に出入りしていたのは彼以外にはないのだから……。

彼以外に出入りしていたのは、私だけだが、私と彼女の関係は誰も知らないし、私が彼女の部屋に出入りしてたのを目撃している人物もいないはずだった。

ふたりがおたがいの関係を誰にももらさず、誰にも気づかれないよう極力注意していたのが、今度の場合、大いに役に立つことになるわけだ。

私が警察に疑われるわけはない。

亜麻子の部屋を厳密に捜査されれば、私の指紋や頭髪の類《たぐい》が発見されるだろうが、それが私の指紋や頭の毛だとわかるためには、私の指紋や頭髪を調べなければなるまい。

容疑の対象外にある私に警察がそんなことまで調べるとは思えなかった。

万一、調べられ、そうとわかったところで、彼女を野呂に頼まれて送り届けたときに残したものだと言いぬけられる。

いろんな角度から研究して、私はこの計画が完璧なものになると確信したときに、いよいよ実行にとりかかることにした。

ある晩、私と野呂は飲みに出かけ、何軒かを梯子《はしご》したあげく、いつものとおり、彼は泥酔した。

「おい、もう一軒行こうや」

とろれつのまわらない舌でいう彼を私はなだめた。

「課長、もうそれ以上はむりですよ。ぼくは明日の出勤が早いんでね、課長みたいにのんびり飲んでいるわけにはいかない。ただ、課長がご自分のところでご馳走して下さるというのなら、一杯ぐらいつきあってもいいですけれどもね」

「ようし、じゃそうしよう」

野呂は頭をぐらぐらさせながら、うなずいた。

「おれのところに来い。とびきりのブランディを飲ませてやる」

私は（しめた）と内心ほくそ笑み、野呂と一緒に彼のところへ行った。

野呂自身も、両親と暮して、なにかと束縛されるのを嫌い、赤坂にある高級マンションで独り暮しをしていた。

部屋の中へ入ると、彼は豪勢な応接室のソファの上に横になった。

「おい、立木くん、おれは眠くてたまらん。わるいが、そこのワイン・キャビネットのなかに、ブランディとグラスがあるから、持ってきてくれたまえ」

私は言われたとおり、ワイン・キャビネットからブランディと小さなブランディ・グラスを二つとりだした。グラスにブランディをたっぷり注ぎ、そのうちのひとつに、かねてから用意しておいた睡眠薬を一錠入れた。

あまりたくさん睡眠薬を呑ませて、野呂を殺してしまってはなんにもならない。

野呂が死んだんでは、亜麻子を殺したあとで、容疑者にしたてるわけにもいかず、かえって、亜麻子の部屋に指紋の残っている人たちに疑いがかかり、私も捜査の対象になってしまう。

睡眠薬がブランディに溶けるのを待って、私はそれをソファの方へ運んだ。

野呂はうつらうつらと眠りかけている。

「課長、ブランディですよ」

と私は彼をゆり起した。

「こいつを一杯やって、ぐっすりおやすみなさい」

「うむ、そうか」

野呂はふらふらしながら身を起し、ブランディをあおった。

「うまい。もう一杯たのむ」

私はグラスに自分の指紋がつかないよう注意しながら、こっそりハンカチーフでグラスをおおい、その中にブランディを注ぎ、彼のところへ運んでやった。

半分眠りかけている彼は、そんなことに一向気がつかず、グラスをつかんで一気に飲み干した。

泥酔している上に、睡眠薬入りのブランディをあおったのだから、効き目はてきめんだった。

二十分もしないうちに、彼はイビキをたてて眠りこけた。

私は自分のグラスのブランディをそっとキッチンの流しに空け、きれいにふきあげて、ワイン・キャビネットにしまいこんだ。

そして、野呂の指紋のついたグラスの方は、紙袋に入れ、持っていた書類入れのなかへそっとおさめた。

さらに、前後不覚に眠りこんでいる野呂のゆるんだネクタイをほどき、それはポケットに入れる。

こうして、私は彼の部屋をぬけだし、亜麻子のマンションへと向った。

マンションへ向う途中のタクシイにも気をつけ、いったん乗りかえた上、彼女のマンションから五百メートルほどはなれたところで降りた。

そこに公衆電話があったので、例のコール・サインをつかって、亜麻子に電話をかけた。

しかし、亜麻子はなかなか出てこない。

おかしいぞと思いつつ、しばらくすると、ようやく、彼女が出た。

「ごめんなさい。お風呂に入っていたものだから……」

「いいんだよ」

私はホッとした。彼女が留守だったら、せっかくの計画がめちゃめちゃになってしまう。

「今すぐそばにいるんだ。これからそこへ行くよ。課長は、ぼくが部屋まで送りとどけて眠ったのをたしかめたから心配ない」

「でも、あたし、今夜は気分がわるいの。五分以内には着けると思う」

「でも、あたし、今夜は気分がわるいの。お店でお客さんにすすめられて、飲みすぎたみたい。だから、お風呂に入ったら気分がすっきりするかと思ったんだけど、まだ頭がキリキリするの」

「ぼくと会えば、気分はよくなるさ」

目前のチャンスを逃しては、またやり直すチャンスがいつくるかわからないと思い、私はなんとかなだめようとした。

「それに、今夜はぼくも永居をするつもりはない。きみの顔をみて、少し話をしたら、大人しく帰るよ」

「それなら、どうぞ」

十分後に、私は亜麻子とさし向いになっていた。

たしかに、彼女はなんとなく気だるそうにみえる。

ふたりはキスをしようともしなかった。

「きみの気分がわるそうだから、今夜は本当に話をするだけで帰るよ」

やさしさを装って、そう言ったものの、私の本心では、彼女と抱きあったりして、自分のなにかが彼女の身体に付着し、彼女が死体になったあと、警察にそれを発見されるのを恐れたのだった。

「せめて、お茶でも淹《い》れるわ」

彼女が椅子から立ち、キッチンへ向った間に、私は手袋をはめた。それから、ポケットにしまっておいた野呂のネクタイをとりだすと、足音をしのばせて、キッチンの方へ行った。

彼女は湯をわかそうとして薬缶《やかん》に水を入れている。

その背後にそっと近づくやいなや、私はすばやく、ネクタイを彼女の首に巻きつけて、力いっぱい絞めあげた。

彼女は薬缶から手をはなし、自分の咽喉《のど》に手をかけてネクタイをはずそうとした。

しかし、ネクタイは彼女の咽喉元にきっちりとくいこんでいる。

苦しさのあまり、彼女は悲鳴をあげようとしたが、しわがれた声しかでなかった。ネクタイをはずそうとひっかいたせいで、その白い咽喉に幾筋かの爪あとが走り、うっすらと血がにじんだ。

彼女の抵抗はそれまでだった。

やがて、彼女の全身がけいれんし、それがすぎると全身の力がぬけた。

私は彼女の身体を抱きあげると、寝室へ運びこみ、そっとベッドの上へ横たわらせた。

それから、居間へとって返し、書類入れのなかから、野呂の指紋のついたグラスをとりだし、亜麻子の居間にあったブランディと一緒に寝室へ持っていった。

ベッドの横の白い小さな卓の上にブランディとグラスを置く。

これで、準備はすべてととのった。

警察は、当然、このブランディとグラスに目をつけるだろう。

ブランディの壜には、おそらく、亜麻子の指紋がついているにちがいないし、グラスには野呂の指紋がついている。

おまけに、野呂のネクタイで絞め殺されたとなれば、彼に疑いがかかるのは間ちがいない。

野呂が亜麻子を囲っていることは、社内でも知っている人間は多いし、彼がこのマンションを買ってやったことは、調べればすぐにわかる。

管理人をはじめ、このマンションの居住者の何人もが野呂がここへ自由に出入りしていたと証言してくれるだろう。

野呂は容疑者として警察に取り調べられた場合、自宅へ帰ったと証言し、その証人として私の名をあげるだろうが、私は彼を送りとどけたことだけをみとめればいい。

私が帰ったあとで、野呂が亜麻子の部屋へ来て、彼女を殺す時間は充分にある。

それに、泥酔すると野呂はクセがわるくなり、からんだり、ときには暴力沙汰に及ぶことも有名である。

おそらく、警察は野呂が泥酔したあげく、亜麻子の首を絞めたと考えるにちがいない。

この殺人は、どうみても、行きずりの物盗りの犯行ではなく、情痴にからんだ犯行としか思えまい。

いや、たしかに、情痴にからんだ犯行なのである。私が押し入れのなかで、野呂と亜麻子の情事の生々しさを耳にしなかったら、彼女は殺されることはなかったのだから……。

私は居間へもどり、入念に、自分の犯行の痕跡が残っていないかどうか点検した。

ここへ入ってきて、手袋をはめる前にさわったと思《おぼ》しきところは、全部きれいにふきとっておいた。

（さて、これでいい）

私は満足気にあたりを見まわした。

（これで野呂も破滅するだろう。なにしろ、この部屋の鍵を持っているのは彼だけなのだから、他の人間に容疑のかかりようがない）

そのまま、部屋を立ち去ろうとして、最後に、亜麻子の顔をふと見てみたいという衝動にられた。

かつて私が愛し、そして憎んだ女の顔を……。

私は寝室へ入って行き、彼女の顔を見下ろした。

彼女は苦しげに顔をゆがませていた。

その表情がどこか、ベッドの上でエクスタシイを感じたときの表情に似ていた。

おそらく、彼女は私に対しても、野呂に対しても、そういう表情を示してみせたのであろう。

それから、あるいは、他の誰かにも――そう考えたとたんに、私にある直感が働き、背筋を寒気が走った。

私は押し入れをじっとみつめた。

「ゴソッ」

かすかな音が、そのなかから響いてくる。

ふるえる手で、私は押し入れの引き戸をそっとひきあけた。

なかには、ひとりの老人がうずくまっていて、私の顔を見あげ、ニヤッと笑った。

その老人は、私の社の会長である野呂の祖父だった。

片眼の男

その男の名は誰も知らなかった。

誰もが彼のことを『片眼』と呼ぶのだった。一筒荘《イートン》へはじめてやってきた時、彼自身が自分でそう名乗ったのだ。

その時のことを、一筒荘の主人《マスター》ははっきり覚えている。

それは半年ほど以前のひどく寒い日だった。夕方六時頃になっても、店にいるのはプロの雀師《ジャンシ》たちだけで客は一向に入って来そうもなかった。そのせいで、店の中はいっそう寒々として見えた。

プロの雀師たちも、いるのは三人だけだった。いつもなら、四人メンバーを揃えて、彼らはプロだけで勝負をした。他の素人《しろうと》客をカモにすることはなかった。いや、彼らがカモにしなかったというより、主人がさせなかった。

一筒荘の表には『お一人でいらしてもゲームができます』という看板が出ている。それにつられて舞いこんでくる客があるにはあったが、そういう客には主人が最初に、相手をする連中がプロだということをはっきり教えた。よっぽど腕に自信がなければ、相手をしてはいけないと……。

だから、表の看板は雀荘を渡り歩いているプロの一匹狼のためにだけかかげてあるようなものだった。

プロの雀師たち三人は退屈しきっていた。方々のプロ仲間へ電話をかけてみたが、誰もつかまらなかった。

「どうだい、主人、つきあわねえか?」

一人が声をかけてきたが、主人は首をふった。

「いいじゃねえか、おじさんも昔はやったんだろ?」

昔はやったが、この店をやるようになってからは牌《パイ》に手を出すまいと誓ったのだと主人は答えた。

本当は、やれば勝つに決まっているからだった。連中はプロと言っても、いわば二流の腕だ。牌さばきや勝負の読みにすごい味というものがない。たしかに自由自在に大三元《ダイサンゲン》や国士無《コクシム》双《ソウ》をつくってみせる手練は持っている。十三枚の配牌を十四枚ツモったり、ツモ牌をすりかえたり、不用な牌をかくしたりするインチキにも熟達している。しかし、そんな業は素人相手には通じてもプロには通じない。すぐに見破られてしまうのだ。

だから、プロ同士の勝負は結局素人同士の勝負と同様、記憶力と勝負勘の争いになる。ただ、それが二倍も要求されるだけだ。そのために、一種の透視力を備えていると思われるようなタイプの男だけが一流のプロになれる。勝負の次の展開が読めるというより、まず頭の中ではっきりひらめいてしまうスゴ味のある男だけがだ。

(昔のおれにはそれがあった)

と主人は思った。

『片眼』が入ってきたのはその時だった。

彼は冬だというのに外套《がいとう》も着ず、うす汚れたグレイの合いの背広を着ていた。油気のない長い髪が蒼白な額に垂れ下り、その下に奇妙な眼鏡があった。右のレンズが黒く左の方が素どおしの眼鏡だった。素どおしのガラスの後ろから冷たく光る眼がのぞいていた。

彼はカウンターの中にいた主人の方へゆっくりと顔をふりむけた。薄い、男にしては朱《あか》すぎる唇を動かし、低い声で言った。

「表に一人で来てもゲームの相手がいると書いてあるが、本当に相手はいるのかね?」

主人は彼の顔を見あげた。異様な戦慄が主人の背を伝わっていった。男が奇妙な眼鏡をかけているせいではなかった。その男が自分と同じような勝負師であることが稲妻のように彼の背筋へ伝わってきたのだった。

主人はいつものように、そこにたむろしてる連中がプロであることをその男に教えなかった。教える必要はない——主人の勝負師としての勘がそうささやいていた。

主人は雀師たちの方を眼で知らせた。

男はうなずいて、にやりと笑った。しかし唇が光っただけで素どおしの奥の眼はなんの表情も浮かべていなかった。

男はゆっくりと雀師たちの方へ近づいていった。

「お相手していただけますかね？」

「ああ、どうぞ」

と言って、雀師たちの一人が男の姿をじろじろ見た。雀師は男がうす汚い背広を着ているのが気に入らないらしかった。

「失礼だが、勝負は現金ですよ」

「ええ、わかっています。で、勝負額《レート》は？」

片眼の男は静かに訊き返した。

「千点いくらというレートじゃないんですよ」

と雀師は説明した。

「三万点持ちで、誰かがハコ点《テン》になれば勝負はうち切り。負けた者は三十万円払う。点数に関係なく三人の勝者がそれを分ける」

主人はその説明を聞きながら、汚いやつらだと思った。雀師たち三人はグルだから、たとえ、そのうちの一人が負けても、後で勝った二人が金を返してやれば、結局、十万円の損ですむ。それにひきかえ、片眼の男が負ければ三十万まるまる払わなければならない。つまり、片眼の男は三十万対十万の勝負をもちかけられたことになるのだった。

しかし、片眼の男はあっさりうなずいて、右手を上着の内ポケットに入れると無造作に札束をつかみだした。手の切れるような真新しい札で五十万はありそうだった。

「これでいいのでしょう？」

「ええ、けっこうです」

雀師たちはいいカモが舞いこんだと言わんばかりの視線を交しあってにたにたしていた。

「じゃあ、ひとつお相手を？」

片眼の男は卓についた。

「お名前を教えていただけますか？」

雀師の一人が訊ねた。

「名前？」

片眼の男は首をかしげ、それからおもむろに言った。

「勝負に本当の名は不要でしょう。わたしのことは『片眼』と呼んで下さい」

骰子《サイコロ》がふられ、場が決まると、男たちはもうほとんどしゃべらなかった。

重苦しく緊迫した空気の中で男たちの押し殺した短い声が響くだけだった。

「吃《チイ》」

「碰《ポン》」

「栄和《ロン》」

主人は片眼の男にじっと注目していた。ふつう雀師たちは牌をツモる時や切る時には片手しか使わないものだ。両手を使うとインチキをやりやすいからである。片眼の男は牌をかきまわす時も、並べて積む時も右手しか使わなかった。左手はだらんと下げたままだ。

勝負は永くかかった。三人の雀師たちは聴牌《テンパイ》していても、仲間同士がふった牌ではあがらず、片眼がふった牌であがろうとしていた。しかし、片眼はそれを見ぬいたように決して放《ほう》銃《じゅう》しなかった。そして、三人がそのためにあがれずにいるうちに、着々と自分の牌を聴牌にし、必ずツモってしまうのだった。

勝負が南風にさしかかると、池田という男が一万八千点ほど沈み、あとの三人は大体同じような点数になっていた。池田に荘家《おや》がまわると、彼はなんとか挽回しようとあせりはじめ、インチキをはじめた。一枚余分の牌を洋服の袖にしのばせたのだ。その牌のおかげで彼は四巡目にもう聴牌していた。五筒《ウーピン》が二枚、六筒《ローピン》が一枚、七筒《チーピン》が二枚で六筒がでれば断么《タンヤオ》、一盃口《イーペーコー》で場の二翻《リャンファン》を入れれば四翻《スーファン》の手である。そんなに大きな手ではないが池田は荘家をつづけるために立直《リーチ》をかけずにあがるつもりらしかった。

そのまま一巡して、片眼の番になった時、彼は無造作に六筒をすてた。

「栄和」

池田が叫んで倒牌《タオパイ》した。

片眼はにやっと笑った。

「ここではチョンボは満貫《マンガン》払いですか?」

彼は静かに訊いた。

「そうですよ」

福永という男が答えた。池田は左袖に忍ばせた牌をさりげなく上衣のポケットに入れた。

するといきなり片眼は立ち上り、その左手を押えた。

「なにをする！」

池田は顔色を変えた。

「あんたは多牌《ターハイ》している。多牌で和了《あが》るのはチョンボでしょう？」

片眼は主人の方へうなずいた。

「主人、この人の上衣のポケットを探ってみて下さい」

主人は卓へ近づいて、池田のポケットを探った。ポケットの中には五万《ウーマン》が入っていた。

「どうです？　一枚余計にあなたは持っていた。多牌じゃありませんか？」

片眼はていねいな口調で言った。

こうなってはもうどうしようもない。池田も観念して、しぶしぶ点棒を払った。荘家の満貫分ということは一万二千点だ。それで、池田はハコテンになってしまった。

「勝負は打ち切りですな」

片眼はニヤッと笑った。

池田は三人に十万円ずつを渡さざるを得なかった。札をにぎると、片眼はさっと席を立った。

「失礼、いずれまた」

そう言って風のようにその場から姿を消した。

＊

それから半年の間、『片眼』はほとんど一日おきに一筒荘に現われた。彼は決してインチキをやらなかったが、相手がインチキをやると、その逆手をとって必ず手痛いめに合わせた。いつもは無表情な彼の顔にその時だけうす笑いが浮かんだ。

むしろ、彼は相手がインチキをやるのを待っているようなところがあるとマスターは思った。相手が仕かけた罠へ相手自身が落ちこむのを楽しんでいるようなところが……。

プロたちはだんだん片眼を敬遠しだして、相手になろうというものはいなくなった。片眼は一筒荘の片隅にむっつり座りこんで他人のゲームを眺めている日が多くなった。

左腕をだらりとさせ、冷たく光る眼をじっとすえながら……。

（やつにかなうやつはあの向井老人しかいないな）

と主人は思った。

向井老人は彼とは古い交際だった。彼自身が現役のプロとして今の片眼みたいに各地の雀荘を荒しまわっていた頃、はじめてどうしても勝てない相手と思ったのが向井老人だった。

向井老人は株屋で何億もの財産を持っているという噂だった。だから、麻雀は趣味なのだと称していたが、相手にはいつも一流のプロをえらんだ。相場で疲れた神経を休めるには、かえって勝負がはげしいほどいいのだと言っていた。そして、えりぬきのプロも向井老人の鋭い勝負勘と向う見ずとも思える豪快な打ち方にたいがい手ひどいめに合わされた。

夏になったある日、一筒荘に小柄な老人が若い男を一人連れてふらりと入ってきた。

主人は老人に会釈した。向井老人だった。

「久しぶりだな」

と老人は言った。

「海外へ遊びに行っていたんだ。ラスベガス、モナコ、マカオ――賭博場はみんな回ってきたがね、わしにはやっぱり麻雀が一番性《しよう》に合っているようだ」

老人はなつかしそうに一筒荘の中を見まわした。

「どうかね？　わしが来ない間に手強《てごわ》いやつは見つかったかね？」

主人は部屋の隅にいる片眼の方を顎でしゃくった。

「あの男ならあんたのお相手ができますよ。実はわたしもそれであんたがいらっしゃるのを心待ちしていたんです」

「ほう」

老人は眼を細めて片眼の方を見やった。

その眼が鋭く光った。

「なるほど面白そうな男だ。あんたが言うのなら腕の方も間ちがいあるまい。どうかね、勝負させてくれるかね？」

主人はうなずいた。

「訊いてみましょう。しかしメンバーは？」

老人はかたわらの若い男を見返った。

「この男はわしの秘書だが、かなりの腕だ。こいつとわしとあの片眼の男と、それから……」

主人はもう一度うなずいた。

「いいですよ。他ならぬ向井さんのことだ。わたしが加わりましょう」

主人は片眼に近づいて、勝負しないかと誘った。片眼はゆっくりと顔を向井老人の方にふりむけしばらく老人をみつめていた。やがて無表情のまま言った。

「けっこうです。ただし、例の三十万のハコテン・ルールでやりましょう。あれなら、向う二人がグルでも相手になれる」

主人がそれを向井老人に伝えると、老人は承知した。

四人は卓を囲んだ。

勝負ははじめ、向井老人の優勢のまま進んだ。といって、片眼は放銃もツモられもしなかった。主人と秘書がじりじりとへこんでいった。

東風の最後、荘家になった時、六巡目に片眼は珍しく立直をかけた。下家《しもチャ》の秘書が何気なく紅中《ホンチュン》を放った。片眼が低い声で言った。

「栄和」

倒牌した片眼の配牌は国士無双ができあがっていた。

秘書は一瞬蒼ざめた。二万四千点払えば、彼はハコテンになってしまう。

「ちょっと待った」

向井老人が鋭くさえぎった。

「あんたは左手をさっきからにぎっているがそこに牌をかくしてるんじゃないか?」

主人ははっとして片眼の顔を見た。片眼が池田のインチキを見やぶった時とちょうど逆の場面が目の前で起ったのだ。

しかし、片眼は無表情のままゆっくり左手を老人の前につきだした。にぎっていた掌を静かにひらいてみせたが、そこにはなにもなかった。

「おかしいな?」

老人は首をひねった。

「卓の上の牌の数が一個足りない」

「おかしくはありませんよ」

片眼が単調な声で答えた。

「その一個はあんたの秘書の右脚の下だ」

向井老人は鋭い眼で秘書をみつめた。

「右脚をどけてみろ!」

秘書はおそるおそる右脚をどけた。靴の下から牌が一個現われた。紅中だった。

「あんたの秘書はおれが立直をかけたので聴牌をはやめるために牌を二枚ツモってきた。それが両方とも中だったんだ。しかし、場に中はもう二枚捨てられている。それで、彼はその中の使い途がなく、しかも安全牌だと思ったので一枚は足許に捨て、一枚を場に切ったんだ」

片眼は表情を変えずに説明した。

「失礼した」

向井老人は立ち上った。

「秘書の不始末はお詫びする。お詫びのしるしとしてこれを受けとってくれ給え」

ポケットから小切手帳を出すと、老人はそこに六十万と書き入れて片眼の方にさしだした。

片眼はそれを受けとって無造作にポケットにしまいこんだ。

「あんたは牌が見通しらしいな」

と老人は言った。

しかし、片眼は唇をちょっとゆがめただけでなにも答えなかった。

「とにかく、あんたはすばらしい腕をお持ちだ。もう一度いつかお手合わせしたいもんだが、いかがかな？」

「けっこうですよ」

と片眼は答えた。

「その時と場所はいずれ主人にお知らせする。勝負はこのメンバーでやることにしよう」

そう言うと、老人は秘書を連れて静かに立ち去った。

＊

それから一週間後に、主人と片眼は老人の招待を受けた。秘書の運転するキャデラックに運ばれて二人は湘南《しょうなん》のあるヨット・ハーバーに連れていかれた。そこからさらにモーターボートに乗せられ、二十分ほど海の上を走ると、ボートは白塗りの大型ヨットに横づけになった。それは遊びのためにというより、本格的な航海のためにつくられた豪華な帆船といった方がぴったりするヨットだった。

向井老人はサロンで二人を待っていた。うす青の深々とした絨毯《じゅうたん》が敷きつめられ、周囲の壁板はすべてしぶいローズウッドでできている。サロンの真中に黒檀の麻雀卓が置いてあった。

「よく来てくれたな。早速はじめよう」

老人は卓を指さした。

場が決まると、老人は楽しげに両掌をこすりあわせた。カサカサと乾いた音がした。

「ここはなんでもとりそろえてある。食事や酒や飲みものも自由に注文してくれたまえ」

老人が手を拍《う》つと、サロンの扉が開き、女が入ってきた。女はなにも身につけていなかった。肌は小麦色でオリーブ油を塗ったように輝いていた。脚が長く、顔は彫りが深かった。あきらかに日本人ではなかった。彼女は銀の盆を胸もとで支えている。その盆の揺れるたびにピンク色の乳首が見えかくれした。胸とそれから腰の部分だけがぬけるように真白だった。

片眼の頬がひきつり、咽喉がごくりと鳴るのを主人《マスター》は感じた。彼がそんなふうな表情をするのを主人は今まで見たことがなかった。

「この女はマリアというんだ。わしがアメリカから拾ってきた。メキシコ人とスペイン系アメリカ人の混血児なんだよ。今夜はこの娘がサービスをする。遠慮なくなんでも注文してくれ」

老人は片眼の方をじっとみつめながらしゃべった。

「ところで、この間は失礼した。今日はあんなインチキをやらないよう、秘書にもきびしく言いつけておいた。わしはあんたと正正堂堂と勝負をしたいと思っている。だから、この勝負はこの間とはちがった方法でやりたい。他の二人はとにかく、わしかあんたかどちらかがハコテンになるまで勝負をしよう」

「つまり、あんたはおれとだけ賭けようというわけですな？」

片眼が訊ねた。

「そうだ」

老人はうなずいた。

「それもただ金を賭けたのでは面白くない。わしはあんたから金をもらっても仕様がないんだ。で、もし、わしが負けたら、このヨットをあんたに進呈しようと思う。こいつは一千万以上の値うちがある。そのかわり、あんたが負けたら……」

老人は片眼の素どおしのガラスの奥に冷たく光る眼を指さした。

「あんたのそっちの眼をもらおう」

片眼は軽く眼鏡をなおして、しばらく首をかしげた。卓の上に緊張した沈黙が落ちた。主人《マスター》は息苦しくなるのを感じた。

やがて、片眼がうなずいた。

「いいでしょう。さしあげましょう。ただし、おれみたいな風来坊がヨットなんかもらっても重荷なだけだ。それよりも、もっとほしいものがある」

「なんだね？」

「この女ですよ」

片眼は女の方に顔を向けた。女はその顔を黒々と濡れた大きな瞳でみつめ返した。

老人は乾いた笑い声をあげた。

「いいとも、老人には女は無用のものだ。きみが勝ったら、マリアは喜んで進呈しよう」

勝負はすぐにはじめられた。

主人は片眼がいつもとちがうように思った。なんとなくいらいらしている。全裸のマリアが飲みものを運ぶたびに、顔こそそっちへふり向けなかったが牌の動きがとまった。

主人自身もマリアが卓のまわりをちらちらするたびに気が落ちつかなかった。

（これが老人の心理作戦なのか？）

と彼は思った。

勝負はこの前と同じように、主人《マスター》と秘書がじりじりと負け、老人と片眼は同じようにプラスしていた。しかも、片眼のプラスの方が老人より一万点はオーバーしていた。

半荘《ハンチャン》二回打ち終った時、老人が声をかけた。

「ちょっと待ってくれ。あんたはどうやら牌の裏の竹のスジでなんの牌かがわかるようだ。牌を変えさせてくれんか?」

「いいですよ」

片眼は静かに答えた。

老人が英語でマリアになにか言いつけると、マリアは別の牌を持ってきた。その牌の裏は真黒にウルシが塗られていた。

「これなら、あんたも竹のスジで牌を読むことはできんだろう」

老人はうす笑いを浮かべた。

たしかに、老人の言うとおりだった。片眼の牌さばきが眼に見えて遅くなった。牌を切る時とツモるとき、どこにどんな牌があったかを想いだそうとするようにじっと眉を寄せて考えこんだ。片眼の額に脂汗がにじみだすのを主人は見た。それにひきかえ、老人は豪快な手を次々と打って着々と勝ちすすんだ。荘家になって連荘《レンチャン》をつづけ、そのたびに大きくツモった。主人と秘書はとっくにハコテンになり、片眼もあと二万点を残すだけだった。次の回に、老人は片眼の切った九万を槓《カン》した。それから嶺上牌《リンシャンパイ》をおもむろにとりあげると言った。

「ああ、嶺上開花《リンシャンカイホウ》だ」

倒牌した老人の手は、万子の清一色だった。アタマの一万がドラだから場の二翻《リャンファン》を加え、さらに嶺上開花の一翻《イーファン》を加えれば倍満貫になる。

「親の倍満だと二万四千点か」

老人は眼を細めた。

「負けました、ハコテンだ」

片眼はうなずいた。

「それでは、約束どおりにしていただくかな？」

老人の皺《しわ》ぶかい顔に残忍な笑みが浮かんだ。

片眼はゆっくりと眼鏡をはずした。黒いガラスにおおわれていた右の眼を主人《マスター》ははじめてみた。その眼は周囲が真赤にただれ、血走っていた。

「こっちの眼でしたな？」

片眼は冷たく光る左眼を指さした。

「そうだ」

老人は言った。

「そっちの腐った方の眼をもらっても仕方がない」

「わかりました」

そう答えて、片眼はいきなり右手を左眼につっこんだ。そして、その眼をえぐりだすと卓の上におとした。それは固い音をさせて卓の上に転がった。

「これは義眼じゃないか！」

老人が叫んだ。

「そうですよ。おれは眼を患《わずら》った。左眼が先に腐って、義眼を入れなければならなかった。そして、もう一方の眼もだんだんわるくなってきて、視力がよわり、光線を浴びると痛んだ。だから、一方にサングラスをはめた眼鏡をかけていたんだ。そのかわり、手先が敏感になった。裏の竹のスジで牌を覚えるとあんたは言いましたね。そのとおりだ。ただし、おれは眼で覚えるんじゃなくて指先で覚えたんだ」

「インチキだ！」

老人は卓をたたいた。

「インチキはそっちでしょう」

片眼は静かに答えた。

「あんたはこの娘に銀盆を持たせて、おれの背後に立った時に、盆の上におれの牌を写しださせた。だから、あんたは勝てたんだ。そんな偽の勝ち方には義眼の報酬がふさわしいとは思いませんか？」

片眼はふりむいてマリアの方へ顔を向けた。その左眼の部分には虚ろな穴が開いて、その上にカキのように皺になったまぶたがはりついているだけだった。

マリアの長い長い悲鳴……。

死ぬほど愛して

「あたし、透視能力を持っているのよ」

と、はじめ真紀が言ったとき、私は本気にする気など毛頭なかった。

そこは、私が往きつけの酒場だったし、そういう場所では、ホステスが客を楽しませようと、いろんな変った話題を持ちだすことが多い。

特に、真紀はそのクラブでは新入りのホステスだったから、ことさら奇妙なことを言いだして、私の気をひこうとしているのかと思った。

「ほう、そいつは面白い」

私は水割りのグラスを傾けながら、にやにや笑ってみせた。

「それじゃ、おれがどんな職業の人間かわかるかね?」

「もちろん、わかるわ」

真紀は私の眼の中をのぞきこむように、じっとみつめた。

「あなたは四十二歳。職業は中央テレビのディレクターね。三十八歳になる奥さんと、十歳になる坊やと、八歳になるお嬢ちゃんがおありでしょう」

「なんだって?」

私の手からグラスがすべり落ちそうになり、にやにや笑いがひっこんで、つい真顔にならざるを得なかった。

彼女が言ったことは、すべて適中していたのだ。

「びっくりしたな。当っているよ」

そうは言ったものの、待てよと思い返した。私が中央テレビのディレクターであることは、このクラブのバーテンや古顔のホステスたちは、たいてい知っているはずだった。

真紀があらかじめ私についての情報を仕入れておけば、なにも透視能力などなくったって言い当てることができる。

女房や息子、娘の年齢までぴったり言い当てたのも、記憶にはないが、酔ったまぎれに私がこの店の誰かにしゃべったのかもしれなかった。

と、また、真紀が言った。

「あなた、いま、あたしがこの店の誰かから自分についての情報を仕入れたと思ったでしょう? でも、断っておくけれど、あたしはそんなことはしていないわ。そんなことをしなくても、あなたの心の中があたしにはちゃんと読みとれるのよ」

「ふうん、そうかね」

そこまで言い当てられると、いささかうす気味わるくもあり、同時に、彼女に対して興味をそそられた。

私はあらためて彼女を観察してみた。

肌の色こそ浅黒いが、ちょっと東南アジア系の美人を思わせる顔立ちをしている。

浅黒い肌はオリーブ油を塗ったようにしっとりとしていて、眼は大きく、鼻はやや低いが、ぽってりとした唇がひどくエロチックに思えた。

私の好みのタイプの女である。

「じゃあ、おれが今なにを考えていたかもわかるだろう?」

われながら好色そうな表情が浮かぶのを自覚しながら、私はささやいた。

「今晩、店が終ってから、おれとデイトしないか? 飯でも一緒に食いながら、きみのその透視能力とやらについて、じっくり聞きたいもんだ」

「いいわよ」

彼女は、あっさりうなずいた。

「あなたがあたしになにをお望みかもはっきり読みとれるけれど、それを承知の上でおつき合いするわ」

こういう場合に、こっちの胸の内を読みとってもらえるのは、まことに好都合だ。

無駄な手続きをふまずに、ずばりと交渉できる。

もっとも、透視能力なぞなくても、酒場で客がデイトをしようとホステスに申しこむ場合には、たいてい下心あっての誘いに決ってはいる。

ただ、真紀は私がデイトの場所を言わない先に、こっちの思っていたレストランの名を口にした。

「十二時半に、六本木の『エル・モロッコ』というサパー・クラブで待ち合わせようというおつもりね」

「そのとおり」

私は彼女の手をそっとにぎった。ついでに、脳裡に『エル・モロッコ』の場所を描いてみた。

本当に、彼女に透視能力があるのなら、場所を教えずともわかるはずである。

「『エル・モロッコ』の場所はわかっているだろうな」

「ええ」

真紀はぽってりした唇から皓《しろ》い歯をこぼれさせた。

「はじめてのお店だけど、今、あなたが場所を教えて下さったわ」

こういうわけで、私は一足先に店を出て、六本木のレストランで彼女を待った。

そのときには、彼女が私にとって迷惑至極な存在になるなどとは夢にも思わず、いとも簡単に情事の相手ができたと悦に入っていたものだ。

彼女は、十二時半きっかりに、『エル・モロッコ』へ姿をあらわした。

濃いグリーンのジャージィのワンピースを着ているせいで、身体の線がはっきりとみてとれる。

酒場の中で腰を下ろしている時には気がつかなかったが、胴長で脚が短く、意外に背が低くみえた。

上半身はほっそりしてみえるけれども、下半身に肉がつき、特にヒップのあたりがずっしりしている。

年の頃も、酒場のうす暗い照明の中で見たより、五つは老けていそうだった。

おそらく、三十に近い年齢だろう。

しかし、いずれにしても、私はほんの一夜の情事の相手のつもりだったから、年齢やプロポーションのことなど、どうでもよかった。むしろ、青い実より、熟し切った果実を賞味する方が私の好みにかなっている。

「お待たせ」

彼女は私が陣どっていた隅のボックスにやってくると、私の向いに腰を下ろし、例によって、私の眼をのぞきこむような眼つきをした。

「透視能力をもっているきみのことだから、おれの気持ちはわかっているんだろうがね」

と私は冗談めかして言った。

「とにかく、その前に腹ごしらえをしておこうや。この店は、タータル・ステーキがうまいんだ。それでいいかね？」

「けっこうよ」

彼女は意味ありげに笑った。

「あなたは、女性とデイトするときには、いつでもタータル・ステーキを召しあがるらしいわね。精がつくと思っているんでしょう」

「まあね」

私は苦笑せざるを得なかった。

「おれみたいな中年になると、女性とデイトする前には、いろいろと準備が必要なのさ」

ワインの小壜《びん》を一本、それにコーン・スープとガーリック・トースト、タータル・ステーキにサラダというコースが次々と運ばれてくる間に、訊ねてみた。

「きみがそんなすばらしい能力があるんだったら、なぜ、ホステスなんかやっているんだい？　もっと金もうけのできるましな職業がありそうなもんじゃないか。たとえば、きみをうちの局の番組に出しただけで、たちまち、有名人になれるぜ」

「ところがそうはいかないのよ」

真紀はワインを口に含みながら首をふった。

「あたしが透視能力を発揮できるのは、特定の人にかぎってなの。誰の心の中も読みとれるわけではないわ」

「特定の人というと、たとえば？」

「あたしが好意を抱ける人。たとえば、あなたみたいな男性よ。あたしにとって興味のない人間には透視能力が働かない。だから、女性に対してはまるっきり駄目ね。それに、あまり若い男性も駄目なようね。あたしが興味を持って、気持ちを集中できる人でなければ、透視能力は働かないらしいわ」

「なるほど、万人向きに透視能力が働かないとすると、テレビに出るのは無理だな」

私はガーリック・トーストにたっぷりタータル・ステーキをのせてほおばった。とろりとした生肉の味は、熟しきった女の味に似ているような気がした。

「ところで、食事が終ったらどうする？」

「あなたはどこかのラブ・ホテルへあたしを連れていくつもりらしいけれど、そんなのいやだわ」

彼女も生肉をほおばりながら言った。

「どうせなら、あたしの部屋にいらっしゃらない？」

それは、私にとっても渡りに舟だった。

以来、私は真紀と深い仲になってしまった。

はじめは、ごく軽い情事のつもりだったのだが、彼女とのセックスが私には忘れられなくなったのである。

なにしろ、彼女は私の気持ちが手にとるように透視できるのだから、私が望むとおりの体位をとって、私が望むとおりの歓びを与えてくれる。

こっちが教えなくても、いわば私の性感のツボをことごとく心得ているのだ。

男にとって、こんなに便利で重宝《ちょうほう》なセックスの相手がいるだろうか。

いや、セックスのことばかりではなかった。食事や飲みものの好みまで、彼女はすぐに察して、そのときどきの欲しいものを出してくれる。

第一、彼女が住んでいるところは三ＬＤＫのゆったりしたマンションであり、家具調度もそろっていて、ひどく居心地がよかった。

「ずいぶん、きみは金持ちなんだな」

と私は言ったことがある。

「こんな豪華なマンションに住んでいるところをみると、よほどいいパトロンでもついているんじゃないのか？」

「このマンションは亡くなった主人が遺してくれたものなのよ」

と彼女は答えた。

「あたしは一度結婚しているの。主人に先立たれてから、独りでこのマンションに住んでいるのがやりきれなくなって、あのクラブへ勤めに出ることにしたの」

「ほう、では、ホステスはほんの退屈しのぎというわけか」

私はふんわりしたソファに寛《くつろ》ぎ、ブランディを味わいながら、満足気に部屋の中を見まわした。

「ホステスなんかやらなくても、ご主人の遺産でぜいたくな暮しができるってわけだな」

「まあ、そんなところね」

彼女は私に寄りそい、私の耳に熱い吐息を吹きかけた。

「あそこへ勤めたのは、あなたみたいな人をみつけるためだったの。ようやく、望みどおりの相手をみつけたわ。あたしはもうあなたを放しやしないわよ。覚悟してちょうだい」

「いいとも」

そのときには、彼女の言葉にそんなに深い意味があろうとは露知らず、私はヤニ下っているだけだった。

「おれだって、きみを放すつもりはないさ」

ところが、二カ月も経つと、真紀が鼻についてきた。

男とは勝手なもので、最初は自分の気に入るとおりに相手が従ってくれるのは、はなはだ都合がよかったが、あまり先まわりして（と言うより、真紀の場合には、私が考えると同時にこっちの心中を察して、望みを果してくれるわけだが）こっちの思いどおりになってしまうと、なんだか、味気なくなってくるのである。

おそらく、何年もつれそって気心の知れ合った夫婦生活が物足りなくなり、つい男が他の女に手を出すのは、同じ心境からにちがいない。

私は女房ともう十三年も一緒に暮らしているのだし、女房は別に透視術を心得ていなくても、私がなにを欲しているか、だいたいのことはわかってくれる。

つまり、なんのことはない。私は自分の家でも、真紀のマンションでも同じ境遇になってしまったわけだ。

これではアヴァンチュールのスリルも歓びもあったものではない。

鼻につきだすと、いろんな点がイヤになってくるもので、はじめは気がそそられた真紀の浅黒い肌や、東南アジア系の顔立ちや、むっちりした腰の肉づきまで気に入らなくなってきた。

「あなた、そろそろ、あたしにあきがきたんでしょう」

ある晩、彼女が私の眼の中をのぞきこみながら言った。

「あたしと別れて、他の女と浮気をしたいと思っているわね」

「それがどうした」

私はふてくさって答えた。

自分の眼をのぞきこまれて、心の中を読みとられるのも、もう、うんざりだったし、どうせ、心の中を読みとられているのだから、真紀に対する心変りをかくしてみようとしたって無駄なことだ。

「はっきり言って、きみとのつきあいはこれっきりにしたいと思っている」

「わかっているわ」

真紀は寂しげに溜息を吐いた。

「いつでもそうなのよ。はじめは、あたしのことを便利な女だと思っていても、そのうちに自分の気持ちが筒ぬけになってしまうことに、男の人は不便を感じるようになる。そうして、あたしの許から去っていってしまうんだわ。こうなると、透視能力を持っているのは不幸なことね」

「たしかに、そうかもしれんな。実のところ、きみに気持ちをしょっちゅう見ぬかれていると思うと、なんだかわずらわしくって仕方がないんだ」

私は彼女の肩を抱いた。

「きみにしても、愛情の冷めた男とつきあっていたって仕方がないだろう。おたがいにこれ以上つきあうのは無駄なことだよ」

「あたしはいやよ」

彼女は肩にかけた私の手をふりはらって、私をきっと見すえた。

「あたしを散々玩具《おもちゃ》にしておいて、さよならをしようたって、そうはいかないわ」

「じゃ、どうしろと言うんだ？」

私もむっとして彼女をにらみつけた。

「慰謝料でもよこせと言うつもりかね？」

「あなたに出せるお金なんてたかが知れてるわ。テレビ局のディレクターの自由にできるお金といったら、せいぜい百万ぐらいじゃないの」

彼女は鼻の先で嘲笑った。

「そんなはした金をもらったって、どうってことはないわ。あたしはそれぐらいのお金に不自由していやしないもの。あたしが望んでいるのは、お金なんかじゃなくて、あなた自身よ。たとえ、あなたの愛情が冷めたって、あたしはあなたがここへ通ってくることを要求するわ」

「バカバカしい。そんな要求には応じられないね」

私は肩をすくめた。

「いくらきみが通ってこいと言っても、おれはもうここへは来ないぜ」

「そうなったら、あたしにも覚悟があるわ」

彼女の声が低くなり、呪《のろ》うようにしわがれた。

「あなたのやっていることを、奥さんや会社に知らせてやる」

「きみとのことをかね？　ああ、どうぞ。うちの女房はバーのホステスと浮気をしたことぐらいで驚きゃしないさ。今までだって、おれは品行方正だったわけじゃない。女房はもう馴れっこになっている。おれみたいな職業についていりゃ、そんなことは日常茶飯事なんだ。いちいち嫉妬《やきもち》を焼いていたひには、とうてい家庭が、おさまるはずはない。会社にしたって同じことさ。うちの局のディレクターやプロデューサー連中は遊び人揃いでね。上司もいちいちそんなことに目くじら立てるもんか」

「たしかに、ホステスと浮気をする分にはかまわないでしょうけれどね。でも、ディレクターの権限を笠にきて、タレントに手を出した場合はどうなるの？」

真紀は相変らず私をひたとみすえつづけながら、言葉をつづけた。

「しかも、番組に出してやるからといって、いろんなプロダクションからリベートをとっている場合は？　そんな場合でも、会社はあなたを放っておくかしら？」

「なんだって？」

私は愕然とした。

「きみはそんなことまで知っているのか」

「もちろんよ」

彼女は勝ち誇ったように微笑を浮かべた。

「あなたが口に出さなくとも、あなたの意識を透視しているうちに、すべてのことがわかってしまったわ。もし、あなたがあたしと別れると言うのなら、具体的な証拠をあげて、会社に通告してやる。おそらく、そうなったら、あなたはクビになるか、少くとも、今の地位を追われて閑職につかされるでしょうね。さあ、どう？　それでも、あたしと別れる勇気がある？」

「仕方がないな」

私はうめいた。

「そこまで脅かされては、きみと別れるわけにはいかんだろう」

「その方が利口よ」

真紀は私に抱きついてきて、ずっしりしたヒップをすり寄せた。

「あなた、今、あたしを殺してやりたいと思ったわね。でも、あなたに殺されるのなら、本望よ。あたし、あなたを死ぬほど愛しているんですもの」

真紀が指摘したとおり、私が彼女に殺意を抱いたのは事実だった。

それから、彼女と会うたびに、私はうんざりし、別れられないことを腹立たしく思い、この女をどうして殺してくれようかと考えつづけた。

しかし、こっちの魂胆をただちに見ぬいてしまう透視能力を持つ女を、彼女に知られぬように殺す方法などありえようはずがない。

私が自分の脅しに屈したとみるや、真紀はますます増長し、今では、こっちが向うの望みどおりに奉仕しなければならない有様である。

そして、私が嫌悪感をつのらせると、彼女はそれをいろいろ言い当てては、それでも自分の思うとおりになる私の姿を眺めて楽しんでいる気配があった。

私はもはや彼女の奴隷同然である。

その奴隷の境遇から逃れるためには、どうしても彼女を抹殺しなければならないと、私は決心した。

彼女に自分の胸のうちを見ぬかれずに殺すチャンスはただひとつだけあった。

それは、彼女とベッドインし、彼女が燃えあがってエクスタシイに達したときである。

その瞬間だけは、彼女もわれを忘れ――ということは、透視能力を働かせようという意識を失くし、ただもう歓びに身をゆだねている様子であった。

私はそのチャンスを利用するしかないと考え、ある夜、彼女と抱き合ったときに、彼女の咽喉《のど》に両手をかけた。

彼女はエクスタシイに身をふるわせ、うわ言のように金切り声をあげた。

「あなた、もっとよ、もっとはげしく……」

「こうかい」

私は彼女の咽喉首にかけた両手に力をこめた。

「こうして欲しいのか」

「そう、もっと強く絞めて」

眼をとろんとさせ、彼女はますます声をうわずらせた。

どうやら、この調子ではすっかりわれを忘れ、透視能力を働かせる余裕もないらしい。

「よしきた」

私はこのチャンスだと思い、ぐいと両手に力をこめ、彼女を絞めあげた。

やがて、彼女は苦しげに身をもだえさせはじめたが、私は両手を離そうとしなかった。

一分、二分、三分……

彼女はもう身もだえもしなくなり、ぐったりと横たわっているだけである。

それでも、私はなおも両手の力をゆるめなかった。

五分もそうしていただろうか。彼女が完全に窒息死したと見きわめ、両手を離そうとしたが、あまり力いっぱい絞めつづけていたので、両手の筋肉がこわばり、なかなか離れようとしなかった。

指を一本一本もぎはなすようにして、ようやく彼女の咽喉から両手を自由にした。

汗びっしょりになり、私は全裸でベッドに横たわっている彼女を見下ろした。

不思議なことに、彼女の死に顔は苦しんだ跡がなく、いかにも満足そうな微笑を浮かべていた。

と同時に、私は自分がなにかに縛られているような感覚に襲われた。

彼女を殺して自由の身になったはずなのに、一向に晴れ晴れとした気持ちにはなれず、なにかひどい重荷を背負わされたような感覚だった。

むしろ、死んだ彼女の方がなにかから解きはなされて、いかにも自由な眠りをむさぼっているかに見える。

（とにかく、おれが殺した証拠を、できるだけ消しておかねばならない）

そう思いついて、私は部屋中に残っている自分の指紋や、その他の遺留品を始末しようと考えたが、それは無駄なことだと気がついた。

なにしろ、私は三カ月以上も、彼女の部屋に出入りしてきたのである。

今さら、指紋を消そうにも、どこにどんな指紋を残したか覚えてはいない。

毛髪やシーツに染みこんだ汗の類いもそうである。

警察が私を探し当てれば、逃れる術はないはずだった。

（だがそれは警察が探し当てればの話だぞ）

と私は自分に言い聞かせた。

（警察がおれと真紀がつきあっていたことをつきとめなければ、どうってことはない）

真紀の部屋へ出入りしていたのを、誰にも見られた覚えはなかった。もちろん、二人きりで外出した場合にも、マンションの住人や管理人に目撃されることのないよう用心していたし、外で私の知人や真紀の知人に会ったこともなかった。

つまり、私が真紀とつきあっているのを知っているのは、当事者以外にはないはずである。とすれば、遺留品がいくら残っていても、それが私のものだとつきとめるのは、たとえ、警察でも至難の業にちがいない。

私は前科もないし、警察で指紋をとられた経験もないから、遺留品から私をつきとめるのは不可能にちかい。

あとは、私が犯人だと示す確実な証拠が残っていないかを調べればいい。

私が殺意を抱いていたのを、真紀は知っていたはずだから、ひょっとすると、そのことを記した日記でも残していたのではないかと思い、部屋中を探しまわろうと思った。

そのとたん、ベッドサイド・テーブルの抽出《ひきだし》の中に、私あての手紙が遺されてあることがわかった。

なぜ、わかったのかと訊ねられても、答えようがない。

突然、私自身が透明になったような気がして、意識だけが異常に鋭敏になっていた。そして、その意識に、死んだ真紀が語りかけ、ベッドサイド・テーブルの抽出の中に、私あての遺書があると教えてくれたのだ。

私には、その抽出の中にある手紙が透視できた。

反射的に、抽出を開けてみると、案の定、その中に一通の手紙があった。

封を切って、それを読み進んでいくうちに、私は次第に身体が冷たくなっていくのを感じた。

それには、こう書いてあった。

『愛するあなたへ。

あなたがこの手紙を読むときには、あたしは多分この世にないものと思います。

というのは、あなたがあたしを殺した後にこの手紙を発見するにちがいないからです。

あたしは、あなたがあたしをどれだけ憎み、殺したいと思っていたか、ようくわかっています。

ある意味で、あたしがあなたにそうさせるように仕向けたのです。

あたしはあなたに殺されたかった。

ちょうど、あたしが良人《おっと》を殺したように……。

そう、良人を殺したのはあたしです。

良人は透視能力の持主でした。あたし同様と言いたいところですが、良人の生きている間は、あたしは透視能力などありはしなかったのです。

はじめ、あたしは良人を愛しましたが、彼が透視能力の持主であり、あたしの胸のうちをすべて見ぬいてしまうのが次第にわずらわしくなり、殺意を抱くようになったのです。

あなたなら、多分、あたしのこの気持ちを察してくれるでしょう。

透視能力を持っているあたしだからこそ、わずらわしくなり、殺意を抱くようになったあなたなのですから。

あたしは良人を誰にも知られないように殺しました。そんな完全犯罪ができたのも、実は、良人がそうなるように仕向けてくれたせいなのです。

良人を殺してから知ったことですが、彼もあたしに殺されたがっていました。

それに気づいたのは良人を殺した直後でした。

彼はあなたが今読んでいるような遺書を私に残していったのです。

その遺書によれば、透視能力を持つ者を殺したものは、そっくりそのまま透視能力を受けつぐと書いてありました。

殺されたものの意識が、殺した相手にのりうつるのです。

事実、あたしは良人を殺したとたんに、良人と同様に透視能力の持主となりました。

きっと、あなたもそうなるにちがいありません。

ただし、その能力をさずかったものは不幸のどん底に落とされます。

自分の愛する相手の心の中が見透せるのは、いかにも幸せのようですが、決してそうではありません。

相手の醜い心のうちがありありと読みとれ、哀しい思いをすることの方が多いものです。ましてや、相手がわずらわしく思いはじめたことを知ったときはなおさらです。

そして、透視能力を持つものは、決まって相手にわずらわしい思いをさせるものなのです。

人間は誰しも、自分だけの心にしまっておく秘密を持っていたいものなのでしょう。たとえ、相手が愛する人であっても――いや、特に愛する相手には、自分の胸のうちをさらけだしてしまうものではないのかもしれません。

心のうちをさらけだしてしまったとき、愛は終りになるようです。

良人もそのことで、ずいぶん苦しみ、いっそ死んでしまいたいと何度も考えたらしいのですが、自殺する勇気はなく、あたしに殺してもらうことを望みました。

良人は、莫大な遺産を残してくれましたが、自分の透視能力も、殺したあたしにひきつがせてしまったのです。

それからのあたしは、暗い毎日を送ることになりました。

そのうちにあなたと会い、あなたを愛するようになってから、あたしもあなたの手であたしを殺してもらいたいと願いつづけてきたのです。

今、あたしは願いどおりにあなたの手で殺され、安らかな眠りにつけます。

ただ、あたしの透視能力を受けついだあなたは大変お気の毒だと思っています。

でも、これだけは信じて下さい。いつかも言ったように、あたしはあなたを死ぬほど愛していたのです。

あなたに一日も早く、殺してもらいたいほど愛せる相手がみつかるよう祈っています』

ぶうら、ぶら

ねえ、旦那、渋谷へ行くんなら、三千円やって下さいよ。本当の話、ここでこうやって競輪帰りの客を待っていると、渋谷まで相乗りで五千円の客がつくんだからね、三千円はもらわねえとこっちもあわねえんだよ。

ごらんのとおり、ここは道路がせまいだろ？　客待ちするタクシイの台数は限られているのさ。だから、こちとらはもう一時間の余も前から、ここに並んでいる。なみたいていのこっちゃねえぜ。お巡《まわ》りにみつかりゃ、追っ払われちまうしね。顔なじみのお巡りなら勘弁してくれるが、中には、ひどく融通の利かないのもいて、こっちがどんなに頼んだって駐車させちゃくれねえのさ。一時間余も待ったあげく、追っ払われてみねえな、ほんとに泣けてくるよ。

ね、旦那、三千円はずんで下さいよ。

旦那はものわかりがいいね。さては、競輪でアタったね。そうじゃないって？　へえ、ただ急いでるのに車がないだけ？　そいつはお気の毒だった。考えてみりゃ、しかし、旦那の顔は競輪やる顔じゃねえな。それに、競輪でアタったときにゃ、誰だって、最終レースまでつぎこんじまうもんだからね。こんなハンパな時間に出てくるわけがねえやな。

おれも、昔は、よく競輪やったもんさ。そう、昔たって、ほんの二、三年前のことよ。おれはその頃、ヤクザだったからね。P会の身内で、これでもけっこういい顔だったんだ。今？　今はもうやめたさ。今はスッカタギで、こうして車を転がしている。カカアがうるさくってね。一日に二千円しかくんねえのさ。これじゃ、競輪なんかやれるわけねえだろう？え？　一日に二千円の小遣いは多すぎるって？　旦那、そりゃないよ。ふつうのサラリーマンならそうかもしれねえが、こっちは車に乗ってりゃ、一国一城の主だからね、二千円ぐらいの銭は自由にならなきゃ、心細くって仕事にならねえ。

こう見えたって、以前は一日で百万の銭をとったこともあるんだからな。いや、ウソじゃねえ。ほんとの話さ。そいつが原因で、おれはカタギになったんだ。そうじゃなきゃ、今でもおれはヤクザでいたと思うよ。そうさ、あんときゃ、ほんとにいやあな心持ちだった。百万の銭をふところにして、あんなにいやーな気分になったのは、はじめてだったよ。

三千円はずんでもらったお礼に、旦那、その話を聞かせようか？　……

その頃、さっきも云ったとおり、おれはヤクザだった。前科《まえ》も三つあったし、組の中では兄貴分で通ってたのさ。ところがある日、組長《おやじ》の用で川崎の親分のところへ無尽《むじん》の金を届けに行くことになった。はじめは、おれもそのつもりだったが、まとまった銭がふところにあると思うと、もういけねえ。競輪がやりたくっていてもたってもいられなくなっちまってね。気がついたときにゃ、川崎の親分の玄関じゃなくて、競輪場の中さ。

その金を費《つか》っちまえば、どんなめにあうかはわかっていた。ヤキを入れられるのさ。近頃のヤクザは指をつめるなんて古風なことはあまりしねえよ。そんなことより、三日間うなりつづけるぐらい、痛めつけた方が若い衆にはコタえるからな。その上で、なにかことが起ったときには、代人にしたてられて刑務所《ムショ》におつとめにやらされる。そいつが、ハエノリした借金の抵当《かた》ってわけさ。おれの前科の三つのうち二つは、ハエノリをやったあげく、親分の代人としてつとめてきた前科なんだ、え？　ハエノリってなんだって？　そうさ、ハエノリってのはヤクザの符牒《ふちよう》でよ。つまり、あずかった銭をふところにトンズラを決めこむことさ。これをやると、ヤクザはどこへ逃げても、親分衆のところへは顔が出せなくなる。全国に廻状がまわるからね。まあ、云ってみりゃ、全国指名手配の高とび犯人みたいなもんさ、うっかり、ヤクザにみつかったら、もとの親分のところへ送りかえされたうえ、あとは、さっきおれが云ったようなめにあわされる。

そんなことは、わかっていながら、競輪場へ入っちまうと、これまた別の気分になっちまうんだな。そうさ、あの中は、麻薬《やく》みてえなもんだ。おれはすっかり興奮しちまって、ヤキをいれられるのなんざ、怖くもなんともないって気になってきた。

なあに、レースでがっぽりもうけて、その分だけハエノリしちまおうとおれは腹を決めた。

無尽の金は、そのあとで、川崎の親分のところへ届ければいい。時刻は遅くなるかもしれねえが、そんな云いわけはなんとでもつく。

こんなふうに考えるのが、あさはかなところで、競輪は生命から二番めの金でやっちゃいけないってのはほんとだね。四レースと終らないうちに、おれは組長からあずかった金をすってんてんにはたいちまった。つぎこめばつぎこむほど、裏目、裏目とでやがるのさ。

おれはぼんやりして、競輪場を眺めていた。今頃は川崎の親分から、うちの組長のところへ電話が入っているころだろう。無尽の金はどうしたと川崎の親分が訊く。もうとっくに、若え衆にもたせてやりましたと組長が答える。いや、ちっとも届いちゃこねえというやりとりがあれば、おれの性格を呑みこんでいる組長のことだ、野郎またハエノリしやがったとピンとくるだろう。

(こいつはとても組長のところへ面《つら》はだせねえ)

とおれは観念したね。

(以前のことがあるから、今度はどんなめにあわされるかわからん)

まあ、ヤキを入れられるのはとにかくとして、代人として刑務所へおつとめをさせられるのは真平《まっぴら》だからな。あんなワリのあわねえことはねえよ。昔は代人でおつとめしてくりゃ、ヤクザとしてハクがついたかどうか知らねえが、今じゃ、どうってことはねえ。何年もおつとめしてくりゃ、ハクがつくどころか、いつの間にかてめえの組が解散ということになっていねえともかぎらないしね。第一、ハエノリした代償のおつとめじゃ、誰もほめちゃくれねえや。

どうしたものか――とおれは途方にくれたね。組に帰れねえとすれば、このまま、どこかへ逃《ず》らかるしかねえ。北海道の奥かどこか、うちの組の系統のヤクザの眼の光っていない飯場へでももぐりこむしか手はなさそうだった。

その時だよ、おれの隣に腰を下ろしているおっさんに気づいたのは……。

そのおっさんは、新調の背広こそ着こんでいたが、顔は陽に灼《や》けて真黒だし、手の指のさきがひらいて、爪なんか割れている。ははんとおれは思った。こいつはダンベエだと。ダンベエってのは、ポッと出の田舎者で、こっちのカモになりそうな客のことさ。

見ていると、そのダンベエは背広の内ポケットに手を入れながら、しきりにブッブツつぶやいている。ひょいと、その内ポケットをのぞきこんで、おれは息を呑んだ。ピンピンの万札（一万円札）で、まず、三、四百枚がところはポケットに押しこんであるんだ。

ダンベエはしきりにブツブツ云いながら、その札を大切そうに押え、それから、右手に持ったチビた赤鉛筆で、競輪新聞にマル印《じるし》をつけている。そのマル印をつけたワクはどう考えたって、きっこねえやつばかりなんだ。

おれは他人事《ひとごと》ながら、バカバカしくなった。だって、そうだろう。そんなワクにはりゃ、そのピン札をドブにたたきこむようなもんじゃねえか。

で、ついおれは、そのダンベエに声をかけてしまった。

「おっさん、そんなの、きっこねえぜ」

ダンベエは真黒な平べったい顔の中で光っているちっこい小ずるそうな眼をおれの方に向けた。

「大きにお世話だ」

とやつは答えた。

「どうしようと、おれの銭だからな。おれの賭けたいように賭けるさ」

「ほう、そうかい。それなら勝手にしな」

おれはわざとソッポを向いた。こういうダンベエの気持ちは呑みこんでいる。疑いぶかくて、ヌケてやがるんだ。こういう連中はうるさくつきまとうと、かえって警戒するが、こっちが餌をちらっとみせて知らん顔していると、てめえから罠《わな》の中へとびこんできやがる。

おれは煙草をとりだし、ゆっくりふかしながら、自分の新聞にしるしをつけていった。なあに、こいつは芝居だよ。そんなことをしたってなんにもならねえ。なにしろ、こっちは一文なしなんだからな。しるしをつけたって、その券を買うこともできやしねえ。

そんなことは知らねえから、ダンベエの野郎、自分のやつとおれのしるしをちらちら見くらべてやがった。そして、しきりに首をひねってやがる。

そりゃそうだろう。こっちはガキのときから競輪場通いしているんだ。なけなしの銭をにぎってアツくなってアナねらいばかりしているのならとにかく、冷静にレースを検討してみりゃ、どのワクがカタいかぐらいのことはすぐわかる。まあ、この時のおれぐらい、冷静なことはなかったね。そりゃそうだろう。買えないレースを決めているんだ。アツくなろうはずがねえ。

新聞にしるしをつけると、おれはさっさと立ち上った。

「さて、買いに行ってくるか……」

そうつぶやくと、ぶらりとその場をでた。ダンベエはおれの後ろ姿を見送って、まだしきりに首をひねっていやがる。自分の買うのとおれの買うやつとあんまりちがいすぎるんで、すっかり自信がなくなっちまったにちがいない。

(こいつはひっかかってくるな)

とおれはほくそ笑んだ。

(この次のレースで、やつのがくるか、おれのがくるかで勝負だ)

おれのしるしをつけたワクがくれば、やつはおれの罠にどんぴしゃりはまる。多分、なんとか、おれに話しかけ、レースのアナを教えてくれと云うだろう。そうなったら、しめたものだ。うまく、もちかけて、やつを競輪場から誘いだし、あの金をまきあげてやろう。とにかく、三百万ちかい金が手に入りゃ、組長だって、無尽の金のことを小うるさくは云うまい。

おれは売り場の方へ行き、そこでしばらく時間をつぶしてからスタンドへ帰ってきた。なに気なく、ダンベエの横に腰を下ろす。ダンベエは内ポケットの札束に手をふれながら、考えていた。自分の決めたやつを買おうか、おれのを盗み見したやつを買おうか迷っていやがるんだろう。

ぎりぎりになって、やつは立ち上り、売り場へ行った。帰ってきた時には、買った券を右手ににぎりしめていた。それにしても、豪勢な買い方だ。二、三十万はつっこんだにちがいない。くれば、十倍にはなるだろうが、まず、あれじゃきっこない。すべては一瞬のうちにパアだ。やつはすっかり頭にくるだろう、そうすれば……。

おれは買いもしないレースがはじまるのが待ち遠しかった。

レースはおれの予想どおり、ドンピシャリはまった。買いもしないレースで、こんなに興奮したのは、はじめてだったな。しかし、考えてもみなよ。おれの気持ちもわかるだろう。このレースには、いわば、三百万の銭とおれのこれからの身のふりかたがかかってんだからな。こいつがアタらず、ダンベエをカモにできなかったひにゃ、おれは組長から手ひどいめにあわされなきゃならなかったんだ。それを考えると、アックもなろうじゃねえか。

おれの予想通りにレースが決ったときは、三百万の大穴を射とめたような気がしたものさ。でも、おれは、はやる気持を押えダンベエの方を見て、ニヤリと笑っただけだった。

「どうだい、おっさん、入ったかよ？」

「いいや」

ダンベエのやつ、しぶい面をしていやがった。そりゃそうだろう。やつのしるしをつけたワクは、どれも着外もいいところだ。

「にいさんは、入ったのかね？」

「あたりきよ」

おれはしるしをつけた新聞を見せてやった。券を見せてやりたいところだが、そいつは買っていないから、どうしようもない。

「このとおり、ズバリ適中だあね。おっさんものぞいてたから、わかってたろう。なぜ、こいつを買わなかったんだ？」

「そんなのは、きっこないと思ったからな」

ダンベエはいまいましそうに車券をやぶりはじめた。二、三十万もつっこんだ車券となれば、やぶりがいもあろうというもんだ。そいつがスタンドに散るところは、おれには勝利の花吹雪に見えたが、やつにとっては、ずいぶん情けない眺めだったろうよ。

「にいさん、ずいぶん、競輪はやった方かね？」

「そうさ。たいがいのレースは見てきている。なんせ、ハナをたらしてた頃からの競輪場通いだからな」

おれはハッタリをかませてやった。

「どんなときに、どんなのがくるかは、お見とおしよ」

「どうかね、少しおれにコーチしてくれんかね？」

ダンベエはずるそうな微笑を浮かべた。

「もし、入ったら、お礼をするぜ」

「そんなケチくさいコーチ料なんぞもらうのはごめんだね」

おれはやつの顔をじろじろ眺めて、鼻先で笑ってやった。

「それに勝負はミズモンだからな。アタらなくてうらまれるのもバカくせえ」

「おれはそんなケチな男じゃねえぞ」

ダンベエのやつ、すごみやがった。

「二十や三十の銭でオタオタしねえ。そんな銭はほんの二、三坪の土地売れば、いいんだから……」

「ははあ、すると、おっさんは、土地成金ってやつかい」

それでおれも納得がいった。このおやじ、東京近郊の百姓かなにかにちがいねえ。土地造成会社か高速道路公団かに田んぼを売って何億という銭をつかんだ手合いだろう。それならば、たしかに、二百万や三百万の銭は競輪に注ぎこんでも惜しくはねえかもしれない。

「どうだい、おっさん。それなら、こうしようじゃねえか……」

とおれはもちかけてみた。

「ここで、三十万、おれにあずけてみねえか。今度のレースで、そいつをおれがうまい具合に按配《あんばい》してみせる。これがアタったら、もうけの半分はおれにくれ」

「で、アタらなきゃどうなる」

ダンベエはおれの顔に口を近づけてささやきやがった。ヤニくさい口臭がプンと匂う。

「元金の半分はあんたが保証するかね？」

「冗談じゃねえや」

おれは手をふった。

「話はなかったことにしようぜ。二十や三十がはした金だなんて、大きなことを云っといて、おっさんもケチな男だな。元金の半分をこっちが持つくらいなら、はなっから、てめえひとりで勝負すらあな。おれが信用できなきゃ、それまでよ。あんたのトラの子をパアにさしたくねえからな。ま、自分ひとりで納得のいくようにソンしてみるこったな」

「にいさん、そう冷たいことを云いなさんな」

　ダンベエはニヤニヤしながら、しきりにおれの顔をうかがっていた。その表情を見ただけで、おれにはわかっていた。こいつは、必ず罠にはまってくる。

　三分ほど考えたあげく、やつは案の定のってきた。

「ようし、おれも男だ」

　とダンベエはリキンだ。おれはおかしかったね。もう五十歳にちかい、見栄《みば》えのしねえ百姓おやじなんだ。おれも男だ――なんてせりふが似合う面じゃない。

「三十万。すっぱり、あんたにあずけることにしよう」

　そう云って、やつは一万円札の束を内ポケットからひきぬいた。そいつを、たっぷりツバをつけた指先で、ていねいに三度も勘定して、三十枚きっかり、おれにわたす。

「たしかに、あずかった」

　おれは、次のレースの検討をはじめた。

「いいかい、おっさん。こいつはこれとこれがカタい。こいつにまず、十五万放りこむ。それから、押えに、これに十万。こいつに五万だ。いいかい。おれは逃げかくれしねえ。今、云ったとおりに買うから、心配だったらついてきな」

ダンベエのやつ、大きいことをいったものの、やっぱり心配になったとみえて、車券売り場までついてきやがった。おれは、教えたとおりの車券を買って、やつの手ににぎらせてやった。

そのレースに勝つ自信はあったな。自分の銭じゃねえと思うと、なんて云うか、レース運びをアックならずに検討できる。それにその時、おれには次のレースが見えていた。見えていたたって、ほんとに見えたわけじゃねえよ。カンが冴えて、間ちがいなく自分の思ったとおりにくるという予感がしたんだ。あんたたちだって、そういうことがあるだろう。麻雀でもなんでも、それにうちこんでいるうちに、ひどく冷静になって、カンの冴えてくるってことがさ。そうよ。そういう時は、ツモる前から、なんの牌がくるか、見えるじゃねえか。そういう瞬間には、勝負に間ちがいなく勝てる。プロってやつは、その瞬間――つまり、ツキってやつを逃さねえのがうまいやつさ。そうじゃないときは、オリるのさ。

その時のおれがそうだった。ツキを呼びこんだ――はっきり、そう思ったね。組長の銭でやっているときは、妙にうしろめたくって、ツキがなかったんだが、ダンベエの銭をにぎったとたんに、ツキがまわってきたんだ。

レースがはじまると、ダンベエはソワソワしはじめたが、おれは落ちついていた。おれは確信をもって、レース展開を見守った。

レースはおれの思いどおりにきた。つまり、十五万円放りこんだやつが、ピタリ適中さ。

こいつがなんと、百七十万になったよ。ダンベエはおどりあがって喜んだね。おれもおどりあがりたかったが、それを押え、ごく当り前って顔つきをしていた。券を銭にかえると、ダンベエに渡した。

「おっさん。半分よこせといったのは冗談さ。おれには五十万くれればいいぜ」

これがいわゆる誘い水ってやつだ。ここでうまく餌をかけておかないと、三百万のアナがふいになっちまう。

「いや、そりゃいかんよ、きみ」

ダンベエも気が大きくなりやがって、おれに札束を押しつけた。

「約束したんだから、半分はあんたのもんだ。元金の三十万は別として、百四十万の半分——七十万もっていってくれ」

よっぽど、おれもそうしようかと思った。たしかに、その銭をにぎって組へ帰れば、なんとか詫びがかなうかもしれねえ。あずかった金は四十万だったんだ。わけを話して、五十万も組長にわたせば、まあ、説教ですむだろう。

しかし、おれは、ダンベエの三百万のピン札を見ていた。こいつをこのまま見逃すって手はねえ。あれをすっかりまきあげなきゃ、気がすまなかった。

そうさ、そういうところが、素人衆《しろうとしゅう》とヤクザのちがうところさ。素人衆なら、ある程度こっちがもうければ、満足して放してくれる。ヤクザってのは、ダンベエのケツのケバまでむしらなきゃおさまらねえんだ。だから、ヤクザにかかわりあうと怖いんだよ。銭でも女でもそうさ。ヤクザってやつはよ、お客さん、相手がカラカラになるまでしぼりとるのが商売なのさ。

「まあ、いいってことさ」

おれはダンベエに二十万つっ返した。ダンベエのやつ、土地成金だなんて云ったたって、三十万が百七十万になっただけで、すっかりアツくなって、オタオタしてやがるんだ。

「おれが教えた分は五十万ぐらいのもんさ。あとは、おっさん、あんたに運がついていたってことだ。その銭はうけとれねえ」

きれいなところをみせてやると、ダンベエはすっかり、おれが気に入ったらしかった。そりゃそうだろう。こんなカモをひっかけるために、こちとらは永年ヤクザでおまんまを食ってきたんだ。

「いや、若いのに気《き》ッ風《ぷ》のいいにいさんだね。気に入ったぜ」

ダンベエはうれしそうに、その二十万をふところにしまった。

「最終レースが終ったら、どこかでご馳走しようじゃねえか。どうかね、つきあわんかね？」

「それより、おっさん。最終レースが終る前にここを出ようじゃないか」

声をひそめて、おれはそろそろ、本番の誘いにかかった。

「おれたちはツイているんだ。こういうときは、なにをやってもうまくいく。どうだい、おれが今晩面白い手なぐさみのアナ場を教えてやるから、いっちょう、つきあわねえか？」

「手なぐさみというと、これかい？」

ダンベエのやつ、花札をめくる手つきをしたところをみると、今までにまんざら縁のない方でもなさそうだった。

「わるくねえが、ヤクザ相手で、イカサマでもやられたひにゃ、モトもコもなくなるからな」

「ヤクザじゃねえ。旦那衆の手なぐさみさ」

おれはここを先途《せんど》ともちかけた。

「おれだってヤクザはおっかねえやな。実を云うと、おれの兄貴のところで、近くの商店のおやじさんたちが手なぐさみをやっているんだ。そこだったら、テラはとらねえし、面白く遊べるぜ」

「途中で帰してくれるんだろうな」

ダンベエは念を押した。

「勝ち逃げでイチャモンつけられたりはしないだろうね」

「ああしねえとも」

おれは大きくうなずいた。

「いつ帰ったってかまわねえんだ。おれに眼で合図してくれたら、いつでも、おれが帰してやる。文句はつけさせねえ」

「それじゃ、やってみるか」

ダンベエはようやく乗り気になってきた。すっかり、おれを信用してやがる。さっき、二とさわいでから、おれが案内してやらあ」

十万つっかえしたのがよほど利いたんだ。

「あんたの顔をたててつきあおう」

「よし、話は決まった」

おれは、組の車で競輪場へやってきていた。

「おっさん、しばらく、おれの車でドライヴでもしよう。飯でも食ってよ、一杯呑んでわっとさわいでから、おれが案内してやらあ」


ダンベエと飯を食い、キャバレへおしこんで、女たちにわっとまわりをとりかこませておいてから、おれはそっとぬけだして、組長に電話をかけた。

「いったい、おめえ、どこをほっつき歩いてやがんだ」

受話器の向うで、いきなりカミナリが落ちた。

「川崎の兄貴から、まだ金が届かねえって矢の催促だぜ。仕方がねえから、もう一度たった今、使いを出したところだ。おい、敬二、おめえ、またハエノリをやらかそうってんじゃあるめえな。今度やらかしたら、どういうことになるかわかっているだろう……」

「ちょ、ちょっと待ってくれ、組長《おやじ》さん」

おれはあわてて、組長の叱言をさえぎった。

「たしかに、おれは競輪場へ行ったが、そこでどえらいダンベエをひろっちまったんだ……」

競輪場でのいきさつを詳しく話すと、組長の怒りもなんとかおさまってきた。

「ようし、わかった。それじゃ、こっちで手配はつけておく。おめえは、そのダンベエをうまく逃さねえようにしろよ」

その声を聞いて、おれはようやく胸をなでおろした。これでどうやら、ハエノリの一件だけはうまくまぬがれそうだ。

女たちにうじゃじゃけているダンベエをひきはがし、キャバレから出て、おれは車の中でやつに説明した。

「いいかい、おっさん。これはあくまでも旦那衆だけの手なぐさみだから、そこんところはわかってもらわなくちゃ困るぜ。来ているのは、近所の商店の主人たちだ。はなっから、二十の三十のとぶつけてもらったんじゃ、連中はすっかりおびえちまって、座がシラける」

「というと、五千とか一万とかのバクチかね……」

生意気にダンベエのやつ、バカにしたような皺を鼻先に寄せやがった。

「そんなもんじゃ、バクチをやったような気がしねえな」

「いや、ハナッから大きく出たんじゃ、連中がビビっちまうから、そこんとこをうまくやれって話さ」

おれはなだめるように云いながら、腹の中で、しめたとほくそ笑んでいた。おめでたい野郎だ。てめえがケツのケバまでむしられることも知らねえで、いっちょう前（一人前）の賭博師気どりでいやがる。

「やっているうちには、連中もだんだんアツくなる。そうなってくりゃ、銭がまるっきりねえ連中じゃないんだから、ハッてくる金額もかさもうってもんじゃねえか。それから、大きくハッていきゃいいんだ」

「よし、わかった」

ダンベエは眼を光らして、大きくうなずいた。

「ところで、その賭場には、ほんとにヤクザは出入りしないんだろうな」

「くどいぜ、おっさん」

おれはむきになった芝居をしてみせた。

「ヤクザはからんじゃいねえ。おめえが帰りたいときには、いつだって、そう云ってくれりゃいいんだ。おれが責任を持って、帰してやる。勝ち逃げしたからって、ゴタつくようなことはねえから、安心しな。それに、おれだって、仲間に入るんだ。おれは、おっさんの方にいる。間ちがっても、向う打ちにまわることはしねえさ。おっさんが負けりゃ、おれだって、パアになるわけよ」

それを聞いて、ダンベエはすっかり安心したらしかった。

「で、その賭場はどこにあるんだよ」

「上野さ。池之端のドヤだ」

おれはダンベエを車に乗せて、しばらく走りまわった。

今頃は、若え衆がサクラの旦那衆を集めているころだろう、ヤクザじゃねえが、ヤクザに面がとおっているセミプロの旦那衆だ。この連中を集めて、いかにも素人衆が手なぐさみをやっているふうにみせかける。その最中にこっちが乗りこむという段どりがつけてあった。いや、ダンベエをカモるについちゃ、こっちもいろいろ苦心の要《い》るもんさ。

おれたちがドヤに着いたのは、もう十時をいくらかまわっていた。池之端のドヤというのは組長の女がやっている、半分料亭で、半分は連れこみ宿といった旅館だ。トルコ風呂と安キャバレの間にはさまっていて、いざ、警察にふみこまれたときには、この地下からトルコ風呂とキャバレの地下へ客を逃がすことができる。つまり、この三軒とも、組長の息のかかった店ってわけだ。

ドヤのまわりには、それとはわからねえように見張《しきば》っている若え衆がぶらぶらしていた。

おれたちが奥の座敷に通ると、旦那衆が五、六人でオイチョカブをやっていた。はなっから、アトサキなんぞやっていたひにゃ、多少なりとも賭場へ足を運んだことのあるヤツなら、すぐに、これはヤクザが噛んでいるとわかっちまう。最初は旦那衆の手なぐさみのオイチョカブで場をアツくしておいてから、これでは勝負がかったるくて仕様がないということで、勝負のはやいアトサキにかかろうってわけだ。

ダンベエは旦那衆の顔ぶれを見て、これなら安心だと見きわめをつけたらしい。それに場にハッてある金も、大きくて一万程度だ。やつはでかい面で大あぐらをかき、手なぐさみをはじめた。

みんなは心得ているから、適当に相手になっている。おれはダンベエの賭ける方にこまかく賭けていた。勝ったり負けたりで——それでもダンベエは十万をちょっと上まわるぐらいウケていたが、なんとなくものたりない顔つきをしていた。

「これじゃ、どうってことはないな、にいさん」

とヤツはおれに耳うちした。

「こんなハシタ金のやりとりじゃ競輪をやってた方が面白かったぜ」

「金をうんと動かそうと思ったら、オイチョじゃだめさ」

大分アツクなってきやがったと見きわめをつけて、おれはそそのかした。

「おっさん、どうやらツイているらしいな。どうだい。この連中を相手にアトサキでもやってみたら……」

「アトサキかア……」

ダンベエは考えこんじまった。アトサキといやあ、素人のやるバクチじゃない。かなり年季の入った配り手がいなくては場が立たないから、どうしても、ヤクザが出入りすることになる。

「しかし、アトサキとなると、素人には手に負えねえだろう」

「配り手のことなら、うちの兄貴に頼んでもいいぜ。今でこそ、ここの旅館の主人でおさまっているが、以前はヤクザの身内で年季が入っている。おれから、よく頼んでおけば、イカサマの心配はねえさ」

ダンベエはもうけさせてもらったおれをよっぽど信用していたにちがいない。それに、自分が今夜はよっぽどツイていると思いこんだか……。

まあ、バクチに手を出す人間は、プロはとにかく、素人ならどんな場なれしているやつだって、バクチ場の熱で頭がおかしくなる。トコトンまでやらなきゃ、気がおさまらねえんだ。特に、ツイているときはそうだ。

「じゃあ、ひとつ、アトサキに切りかえるか……」

やつはとうとうおれの思いどおりに、オチやがった。

打ち合わせどおり、奥へひっこんで、おれは組長と話をつけた。おれの実の兄貴ということにして、兄貴分にアトサキの配り手になってもらい、座敷はたちまち、アトサキの場になった。アトサキっていうのは、二枚ずつまいた場の花札の目で決める勝負で、丁半と同じように決着がはやい。しかも、イカサマをやろうと思えば、配り手の腕ひとつでどうにでもできようってバクチだ。

アトかサキかで賭け手は二つに分れ、賭け金が両方同額に揃ったところで、勝負となる。おれはダンベエの方に乗ることにした。他の連中はそろって向う打ちにまわる。金額はここではじめて、十万単位になった。

はじめのうちは、ダンベエは調子がよかった。一時間もするうちに、百万はもうけたろう。場には一種の殺気に似たものがたちこめはじめる。

おれは、組長《おやじ》さんがいつの間にか座敷に入ってきて、旦那衆の仲間に入っているのに気づいた。ダンベエは、組長さんをヤクザとは思わず、すっかり商店の主人かなにかだと思いこんでいるらしい。

「さあ、ハッたハッた」

人相に似合わぬ景気のいい声を、やつははりあげていた。

「今度は、二十――どうだ。二十万で相手にならないか」

もうこうなっちまえば世話はない。てめえでてめえの首を罠の中へつっこんでいくようなもんだ。

二十万の声を聞くと、心得たもので、場の連中はさっとひいた。組長さんがずいと乗りだしてきて、ダンベエの方にニヤッと笑いかけた。

「おたく、ずいぶん、ツイてるようだね。いっそ、あたしとサシの勝負といこうじゃねえか」

「そうさな」

心細くなったと見え、ダンベエはおれの方を見かえった。

「大丈夫だよ」

とおれはささやいてやった。

「あの旦那は、トルコ風呂のチェーン店をもっている大金持ちだ。かまうことはねえ、むしっちまえ」

「そうか」

ダンベエは威勢よく、場に札束を放りだした。

「勝負にいこう」

それからのダンベエは悲惨そのものだった。

組長とサシで、金額はどんどんあがっていく。二十万が三十万となり、五十万となり、しまいには百万になった。はじめは、勝ったり負けたり、配り手はうまく按配してダンベエをじりじりとどん底に追いこんでいった。やつは、三百万にくわえて、競輪のもうけ、それに、バクチで勝った分——かれこれ五百万はもっていたにちがいない。

それが砂時計が時をきざむように、ずるずるとなくなっていった。

午前一時を過ぎるころには、場には百万の声がかかっていたが、やつの手元には、七十万しかなかった。

「三十万足りない」

ダンベエの眼は血走っていた。

「どうかね、三十万、貸してもらえないかね」

組長はしぶい顔をした。

「あんた、これで打ち切りにした方がいいんじゃないかね。それとも、どうしてもやるというのなら、七十万どっこいの勝負にしよう」

「いや、百万でいこう」

ダンベエは首をふった。

「頼む。三十万、貸してくれ。なあに、二十や三十の金なら、家へとりにきてくれれば、いつだって払う」

「そうかい」

組長も覚悟を決めて、うなずいた。こうなれば、残りの七十万をはたかして打ち切りにしようというわけだ。

「じゃ、そっちが百万、こっちが百万で勝負しよう」

配り手は馴れた手つきで場に札をまいた。

「アト！」

ダンベエが叫んだ。

「サキ」

組長が重々しく答える。

配り手が静かに札をめくる。はじめからわかっていたことだ。

おれはダンベエの顔をじっとみつめていた。

やつの顔からさっと血の気が失《う》せて、まるで死人みたいな土気色になりやがった。こういう場面は、今までに何回も見てきた。客がカモにされて、有金残らずはたかせられるのは珍しいこっちゃない。おれたちヤクザはそれで食っているんだ。

とは云うものの、こちとらだって人間だから、カモが罠にはまってジタバタするのを見るのは、あんまり気持ちのいいもんじゃない。

脂汗を流すってよく云うが、ほんとは土気色になりやがって、汗もでないようになる。身体中の毛穴という毛穴がみんな開いちまったような顔つきだ。

そりゃそうだろう。目の前で何百万という金が消えるんだ。どんなに強気の男だってコタエるさ。

ましてや、このダンベエなんざ、口では大きなことを云っていても、根は気の小さい百姓だから、コタエかたがひどかった。

「サキ……」

配り手が静かに言い切ったとき、やつはばったり前へ倒れて、しばらく、起き上れなかった。

おれはあわてて、やつを助け起こそうとした。

「放っといてくれ」

やつはうめいて、おれの手を払いのけた。そして、ぶるぶるふるえながら、顔をあげた。組長は見切り時と腰をあげかけたところだった。やつにもう一文の銭もないことはわかりきっている。それこそ、ケツのケバまでむしったんだ。こんなダンベエには用はない。

「ちょっと待った」

ダンベエは組長に声をかけた。血を吐くような声ってえのは、まさにあれだね。眼だけが土気色の顔にギラギラ光って、まるで幽霊そっくりだ。

「もう一勝負。百万でもう一勝負だけ」

その顔を畳にすりつけると、やつはすすり泣きはじめた。

「いや、よしておこうじゃねえか」

さすがに、組長は落ちついていたね。

「おたがいに、堅気同士でバクチの金の貸し借りは後味がわるいや。なにも、今夜が最後ってわけじゃなし、もし、あんたがまだおれと勝負したかったら、明日の晩にでも出直しておいでなさい。この賭場でまたお会いしましょう」

「いや、ここでもう一回だけの勝負をやりたいんだ」

ダンベエはしつこく云いつづけた。

「そのかわり、負けたら、家へ誰にとりにきてもらってもかまわない。とにかく、もう百万の勝負、一回だけお願いします」

「そうかい」

組長はおれに眼配《めくば》せをした。

「にいさん、あんたこのお人と一緒についてきなさったそうだな。百万、もし、この人に貸したら、あんたが責任をもってくれるかい？」

つまり、組長は、おれに付け馬になって、ダンベエの家まで行き、貸し金をとりたてて来いと云っているんだ。五百万しぼりあげた上に、もう百万もしぼるのは少しアコギじゃないかと思ったが、組長にそう云われて、こっちが調子を合わせねえわけにもいかない。

「よろしゅうございます」

と、おれは答えた。

「この人の貸し金はおれが保証しましょう」

「ありがたい」

ダンベエのやつ、おれの方に向きをかえて頭をすりつけやがった。

「にいさん、恩にきるぜ」

「いいさ。乗りかかった船だ」

こっちはとりはぐれっこねえと思うから、鷹揚《おうよう》なもんだ。

「ただし、おっさん、これが最後の勝負だぜ」

「よし、最後の勝負、百万」

組長は場に札束を置いて、配り手に顎をしゃくった。

「アトかサキか？」

配り手の声に応じて、ダンベエが悲鳴に似た声をあげた。

「アト！」

「サキ……」

組長が応じる。

配り手は場に配った札を静かにめくっていった。

「サキでした」

これで、また百万がダンベエのふところから消えたわけだ。

「勝負は終りだ」

ドスの利いた声で云うと、組長はダンベエの前に十万をぽんと放った。

「こいつを足代にとっておきなさい。それから、貸し金はさっきのと合わせて、百三十万になる。それは、そこにいる兄さんに今晩にでも渡して下さいよ」

ダンベエはなにも云わずに、うつろな眼で畳をみつめていた。ひょっとすると、あまりのショックで腰がぬけたのかもしれなかった。

おれは、場をはずして、組長のあとを追った。

「よくやったな」

組長はふりかえり、おれの肩をぽんとたたいた。

「今夜のご苦労賃に、おめえに五十万小遣いをやろう。それから、川崎の親分《あにき》に義理を欠いたことも、今回だけは見逃してやる。そのかわり、二度とやるとタダじゃおかねえぞ」

「ありがとうござんす」

おれは頭を下げた。さすがに胸が踊ったね。さっきの競輪のコーチ代が五十万、それに今夜の小遣いが五十万——一日で百万がこちとらのふところへ転りこむんだ。こんなウケに入った日は生れてはじめてだものな。

ところが、頭をあげても、組長は札束をくれようとはしなかった。

「ただし、その小遣いは、あのダンベエからうまく貸し金をとりたててくれれば、その中からくれてやる。てめえの銭のつもりで、しっかりとってこい。いいな」

組長はもう一度おれの肩をたたくと、さっさと向うへ行ってしまった。

座敷へ帰って、ダンベエをひき起し、車へ乗せるまでが一苦労だった。身体中の力がぬけて、やつはフニャフニャの人形みたいになっていやがった。おれはやつをひっかつぐようにして車に乗せなければならなかった。

車に乗せてからも、やつは黙りこくって、ぼうっとしてやがった。眼は開いているんだが、なにも見えてはいないらしい。

「おっさん」

おれはやつの肩をゆすった。

「しっかりしてくれよ、おっさん。家へ帰るんだよ。おっさんの家はどこだい?」

「アカサカ……」

とやつがつぶやいたので、おれは聞きちがえかと思った。

「なんだって、アカサカ? アカサカっていうと、あの都心の赤坂かい?」

「そう」

ダンベエは力なくつぶやいた。

「ニュー・リヴィエラ・ホテルの横にあるマンションだ」

「へえ」

おれはびっくりした。

「おっさんは練馬の奥にでも家があるのかと思っていたよ。そんな都心に住んでいたとは知らなかった」

「もとは、練馬の奥にあった」

まるで、墓場の中からしゃべりかけているような声だった。

「ところが、そこはもう売っちまったんだ。それで、赤坂へ越してきた……」

「なるほどね。土地を売った金でマンション住いか、豪気なもんじゃねえか」

おれは車をスタートさせた。

「これからは、百姓なんかせずに、利子だけで食っていこうってわけだな」

「そのつもりだった」

やつはなにか遠い出来ごとを想い起すように眼をしばたたかせた。

「実際の話、一時は金利で食っていけるだけの金が手に入ったんだ。かみさんと二人きりだから、けっこう安楽に一生暮せていけそうだった。ところが、魔がさしたんだ。おれは、生れてはじめてバクチをやってみた。はじめは麻雀、花札――それから、競輪、競馬――しまいには、それであきたりなくって、鉄火場がよいさ」

やつの声を聞いているうちに、おれはいやな予感がしてきた。

「こんな面白いものがあるかと、おれは夢中になった。かみさんがとめる声なぞ聞えるもんじゃない。金はみるみるへっていった。それでも、おれは今度こそと家にある金をかっさら

って は、競輪場や鉄火場に通った」

やつの声は陰気につづいていた。

「あの田んぼを売っちまったのがよくなかったんだ。あれさえ売らなきゃ、おれにも仕事があった。ところが、田んぼを売っちまったおかげで、おれは心の支えがなくなっちまったのさ。おれは自分がなにをしていいのかわからなかった。この年齢になって、自分がこれからなにをしていいのかわかんねえぐれえ心細いことはねえよ。で、おれはバクチをやった。賭けてる間、その心細さを感じないですんだ。そうとも、田んぼを売って、金なぞもらったのがいけなかったんだ。そうしなきゃ、おれとかみさんは幸せに暮していたろう」

「おっさん、愚痴をこぼしたってはじまらねえぜ」

おれは車を赤坂の灯の方へ向けていた。もう午前三時に近かったが、赤坂の街のネオンは生き生きとまたたいていた。

そいつは金をこやしにして美しく咲いた花みたいに見えた。

「とにかく、家に帰れば金はあるんだろうな。百三十万の借金を背負っているんだぜ、おっさんは。おれはその保証人なんだ。今さら泣き言を並べたって、払うものは払ってもらうからな」

「もし、金がなかったら、どうやって払えばいいのかな」

ダンベエの顔にぼんやりとうす気味のわるい笑いが浮かんだ。

「おれが一文なしだったら、あんたどうして借金をとりあげる?」

「ふざけんなよ」

おれはすごんだ眼でやつを見やった。

「鉄火場の借りはそんな甘えもんじゃねえぜ。おれだって、おっさんの借りを背負うほど人が好かねえ。いざとなれば、足腰の立たねえようにしても払ってもらう。おれも、ヤクザに知り合いのねえわけじゃねえからな」

「知り合いがねえどころか、あんたがヤクザなんだろ?」

ダンベエのやつクスクス笑いはじめやがった。その笑い声におれは背すじがゾッとしたぜ。あんまり、すってんてんにひんむしられちまったんで、やつめ、気がフレたのかと思ったのさ。

「おれも鉄火場に出入りしたことがあるからすぐわかる。おれの向う打ちにまわったのはあれはどこかの親分にちがいねえ。ただ、おれはあんたを信用していた。競輪でかけひきなしにもうけさせてもらったんで、眼がくらんだんだ。ところが、最後になって、あんたと向う打ちの男が妙な眼くばせをしたのでカンづいた。あんたは、あの親分の身内の若え衆にちがいない。そうじゃなかったら、こんなふうに、あの親分があんたを安心して付け馬にするわけがねえんだ」

「ほう、そうかい」

おれは腹を決めた。ここまでバレちゃ仕様がない。

「そうわかってもらえればジョウトウじゃねえか。たしかにおれはP会の身内のもんだ。こうなったからには、なにがどうしたって、貸しは返してもらうぜ」

「しかし、一文もなかったら、おれをどうするね。生命をカタにとるかね？」

ダンベエは妙に落ちつきはらった声で云った。

「それならお安いご用だ。いつでもさしあげらあね。この生命が百三十万のカタになるなら御の字だよ」

「おめえ、マンションに住んでるといったな？　そのマンションを売りゃあいいだろう」

おれはダンベエの落ちつき方がうす気味わるかった。

「赤坂のマンションなら二千万や三千万の銭になるはずだ」

「ところが、あいにくなことに、あれはおれのもんじゃねえのさ。バクチのカタにX組の親分にとられちまった。明日にでも追んでなきゃならねえ。それとも、あんたの方でX組に話をつけてくれれば別だが……」

「冗談じゃねえ」

おれはあわてて首をふった。

X組といやあ、うちの組長さんの伯父貴分にあたる親分の組だ。話をつけるもなにも、うちの組長とX組の組長じゃ貫禄がちがう。

「なら、今夜持ってきた金はどうしたんだい？　まだ、おっさん土地を持ってるんじゃねえのか？」

「土地はもう一坪も残ってねえ。あるようなことを云ったのはハッタリだ。わるく思わねえでくれ……」

ダンベエはそう云って、窓の方を指さした。

「ほら、そこを曲るんだ。そのホテルの横をよ。すると角っこにエスクワイア・マンションというのがあるだろ。そこがおれん家《ち》だあよ」

おれは云われたとおりに曲り、マンションの地下駐車場に車を入れた。

「とにかく、おっさんじゃ話にならねえ。どうやら、かみさんに話した方が早そうだ」

せいぜいドスの利いた声で、おれはスゴンだ。

「部屋へ案内してもらおうか」

「いいとも」

ちっともこっちのスゴ味がコタエない様子で、ダンベエはいそいそと車を降りた。

「かみさんに会ってくれ。多分、話にはならねえとは思うがな……」

おれたちはエレベーターに乗って、五階へ登った。広々としたマンションで、ここに住んでいるやつが、百万や二百万の金に困るとは思えない。

(ダンベエのやつ、カモにされたとわかってヤケクソになったな)

とおれは心の中でつぶやいた。

(うめえこと云って、払わねえつもりなんだろうが、そうはいくもんか。こっちはかみさんをおどかしても、払ってもらってやる)

「ここを買うのに、三千万の金が要った」

廊下を歩きながら、ダンベエは云った。

「しかし、X組の組長は七百万のカタにこいつをとりあげ、三百万の銭をくれた。つまり、三千万のマンションを三分の一で手に入れたってわけだ。それを聞いて、かみさんは半狂乱になった。むりもねえ。ここを出ては、おれたちは住むところもないし、仕事もねえ。おれに残された道はたったひとつ、その三百万をなんとか倍か三倍にして食いつなぐことだった。そんなことができるわけがねえと、かみさんがとめるのをふりきって、おれは三百万を持ちだした。あれは、かみさんの執念のこもっている金だあ」

五〇七という番号の出ている扉の前でダンベエは立ちどまり、ポケットから鍵を出して、扉を開けた。

内部へ一歩足をふみ入れたとたんに、おれはびっくりした。

そこは、台所と食堂と兼用らしい十畳ほどの部屋だったが、およそ家具らしいものはなにも見えなかった。いや、食器や炊事道具すらない。

「売れるものはみんな売っちまった」

ダンベエは静かに説明した。

「そうやって、かみさんは細々と生きてきたんだ。金は全部おれがバクチに注ぎこんだからね。そして、残ったのが、この部屋だけだった。それも人手にわたり、最後の金もおれが持ちだすと云いだしたんで、かみさんは、首をくっちまったんだ……」

やつは次の部屋の扉を開けた。そこは洋間になっていたが、ただ床と壁があるだけだった。そして、天井から、ぶらりと一人の女がぶら下っていた。そいつは、扉の開いたのがわかったように、くるりとまわってこっちに顔を向けた。痩せほそった身体、うらめしそうにひんむいた眼……。おれには、それだけしか見えなかったが、それで充分だった。

「どうだね、これが家のかみさんだが、話をつけてみるかね？」

ダンベエの妙に静かな声が聞えた。

「それとも、おれから金をとる気かね。おれも、あと一時間とたたないうちに、こいつの後を追うつもりだがよ……」


いやあ、旦那。あんときは自分がどうして地下まで降りて車に乗ったのかわかんなかったね。気がついたときは、えらいスピードで上野の方へ車をぶっとばしていたよ。

おれも、ヤクザの喧嘩《でいり》で人死にがでたのは見たことはあるが、あのダンベエのかみさんみたいにうらみっぽい眼をした死人を見たのははじめてだ。とにかく、あれを一眼みたときにゃ、とり殺されそうな気がした。

上野へ帰ってから、組長にわけを話したら、組長は代りの若え衆を見させにやった。そいつも蒼い顔をして、すっとんで帰ってきやがったっけ。

そいつの話では、行ったときには、ダンベエも首をくっていて、夫婦で仲よくぶら下がっていたってんだ。おれはせめて、そいつだけでも見なくてよかったぜ。そんなところを見たひにゃ、毎晩眠ることもできなくなっちまう。

旦那は笑うけどさ、そうだぜ。ほんとに死ぬ気で死んだ人間ってのは怖いもんだぜ。まだ、半分生きていて、この世を呪ってるってのがわかったものね。

え？　五十万の小遣いはどうしたって？

あれはもちろん、パアよ。うちの組長さんはしっかりしてるからね。おれがつれてきたカモが借りを背負ったまま死んじまったから、おれの責任だてんで、一文も小遣いはくれずさ、どだい、おれが連れていかなきゃ、一文にもならなかったんだから、パアにするのはアコギだなんて理屈はヤクザの世界じゃ通りゃしねえさ。

それどころか、おれまで、なんだかバクチ打つのがいやになっちまってね。あのダンベエがくれた五十万まで組長にわたして、すっぱりヤクザから足をあらったのさ。

それ以来、こうしてタクシイの運ちゃんをやってるんだが、この方がずっと気楽だよ。そりゃ、何十万という銭には縁がねえけどよ、後味のわるい思いはしないですむし、けっこう気楽にかせげるからね。

さ、旦那、渋谷だよ。

じゃ、この三千円はもらっておくぜ。え？　三千円なんて銭のうちに入らないと思やしないかって？　とんでもねえ。これがほんとうの銭さ。バクチでもうけた銭なんて、ありゃ銭じゃねえ。ちっとも身につかねえどころか、下手をすりゃ、あのダンベエみてえに、ぶうらぶらってことになる。

おれもかかあも、あんなめにあうのは真平《まっぴら》だからね……。

時効は役に立たない

真冬にしては、よく晴れた小春日和だった。

特に、この社長室は大きな窓から陽光がたっぷりと射しこみ、おまけに暖房が利いているので、汗ばむくらいである。

工藤真二は上衣を脱ぎ、ネクタイをゆるめ、チョッキとシャツだけの恰好で、来月完成予定のマンションのモデルを満足気に眺めていた。

このマンションができあがれば、彼の社がてがけたマンションの数は、ちょうど、十棟になる。

マンション建設業者としては、大手とはいえないまでも、すでに安定した基盤を築いたと言えるだろう。

少なくとも、八年前、小さな不動産屋をはじめてから、こつこつと努力を重ねてきた甲斐はあったというものだ。

ローズウッドのどっしりしたデスクの上に置かれた、その十二階建てのマンションのモデルを眺め、革ばりの椅子に腰を下ろしている彼には、今や、なんの不安もないように思えた。

卓上の葉巻入れから、葉巻を一本とりだし、銀製の葉巻切りで端を切りとってから、ダンヒルのライターで火を点ける。

香り高い煙を口の中でころがしていると、いっそう満足感がふかまった。

十年前には、とうてい考えられなかった生活である。

「十年前か……」

そうつぶやいて、彼は眉をひそめた。

十年前のある記憶が、脳裡をかすめ、ふと不安にかられる。

（しかし、あれはもう終ったことだ）

その記憶を打ち消すように、彼は心の中で強く自分に言い聞かせた。

（今さら、あのことを持ち出したところで、誰もおれの現在の生活を邪魔することはできない）

すでに、彼には十億に及ぶ資産がある。四十三歳という年齢で、しかも、彼一代で築きあげた財産なのだ。

それを失うぐらいなら、死んだ方がましだと思った。また、それを失わせるような敵があらわれたら、そいつを殺してやる。

十年前の、まだ若く向う見ずで、荒々しかった頃の自分自身がよみがえるのを感じ、彼は苦笑した。

（縁起でもない。そんなことになるわけがないじゃないか）

彼がもう一服、葉巻を深々とくゆらし、ろくでもない記憶を芳香の中に忘れ去ろうとしたとき、インターホンが鳴った。

ボタンを押すと、秘書の声が聞えてくる。

「社長、山田さんという方から、お電話ですが」

「山田？　山田なんという人だね？」

「それはうかがっておりませんが、緊急の用件だそうです。もし、社長にお心当りがないようでしたら、十年前に取りひきをした山田だと伝えればわかるはずだとおっしゃっています。いかが致しましょう？」

「山田か……」

山田などというありふれた名前には、心当りがなかった。

しかし、十年前の取りひきという言葉がひっかかる。

「とにかく、つないでもらおうか」

インターホンを切り、卓上の受話器をとった。

「もしもし、工藤ですが……」

「よう、工藤さんかい」

受話器から伝わってくる声は低くしわがれていて、聞き覚えはないように感じられた。

「工藤真二さんに間違いねえな」

「そうです。ところで、あなたはどなたです？　十年前に取りひきのあった山田さんと言われても、わたしにはさっぱり見当がつきませんな」

「そりゃあそうだろう。おれは山田なんて名じゃあないよ。本当は、井川吉彦さ。井川吉彦なら、まさか、忘れたわけじゃあるまい。山田と名乗ったのは、おれが本名を使ったんじゃ、会社の手前、あんたが都合がわるかろうと思ってさ」

「井川吉彦……」

工藤は絶句した。その名前は、十年前のあの事件をありありと思い出させた。

「そうよ。その井川よ。あんたの相棒だった井川だ。ところで、あんたに折入って相談があるんだが、この電話は誰にも聞かれちゃいねえだろうな」

「大丈夫だ。この電話は直通に切りかえられたはずだから、誰にも聞かれてはいない」

工藤は苦いものを呑みこむような気分だった。受話器をにぎっている掌が、じっとり汗ばんでくる。

「しかし、あんた、井川本人に間違いないんだろうね？」

「間違いないさ。そのうちに、面をつき合わせることになるから、もっとはっきりするだろうがね」

そう言われると、受話器から伝わってくる声にも、だんだん聞き覚えがあるような気がしてきた。最初、低くしわがれていたのは、わざと声を押し殺していたせいらしく、今ではふつうの話し方になっていて、その声は、まさしく井川吉彦のものだった。

「なにしろ、十年も音沙汰なしだったんだから、いきなり電話をかけられても、面くらうのは当り前だろう」

工藤はようやく少し落ち着きをとりもどし、吸いかけのまま左手に持っていた葉巻を灰皿の中へ押しつぶした。

「ところで、井川、今さら、わたしになんの用があるんだ?」

「いや、こんなことを言えた義理じゃないんだが、このところ、おれは無一文同然でね。あんたに、少しばかり金を融通してもらおうと思ってさ」

「なにを言っているんだ」

工藤の語気が思わず荒くなった。

「あのとき、約束したはずだろう。金は折半にする。そのかわり、あとはおたがいに関係なしだと。それをホゴにして、金の無心とは図々しすぎやしないか」

「それは重々承知の上だ。あんたにゃすまないと思っているよ」

とは言うものの、井川の口調にはすまなそうな気配はみじんも感じられなかった。

「だがなあ、おれにはもう、あんた以外にはアテがないんだ。借りられるところからはみんな借りちまって、どうにもならない。そこで、あんたに頼もうと思いついたのさ。どうだい、昔のよしみで、おれを助けちゃくれないか」

「断るね」

工藤は素っ気なく答えた。

「あのときの約束は守ってもらおう。今のわたしは、おまえなんかと関わりを持ちたくない」

「だろうな」

受話器から卑屈な笑いが伝わってきた。

「今じゃ、あんたはマンション建設会社の社長さんだ。財産もあれば、社会的地位もある。おれみたいなやつと関わりを持つのはご免だろうぜ。けど、こっちはそうはいかないんだ。もし、おれが十年前のあの事件をバラせば、あんただって、無事にはすまないんだぜ」

「たとえ、十年前のあの事件をバラされたって、わたしにはどうってことはないさ。もう、とっくに時効になっているんだからな。警察だって手が出やしない」

「たしかに、警察は手を出せないだろう。しかし、時効になったって、例の事件をおれがバラせば、あんたの立場はどうなる？ せっかく築きあげた現在の地位はめちゃめちゃになるんだぜ。会社だって、このまま無事にやってはいけまい。その点、おれの方は気が楽なもんさ。あの事件をバラしたところで、警察《サツ》に逮捕《パク》られる心配はない。むしろ、時効まで逃げ切ったということで、マスコミの注目を浴び、けっこう金を稼ぐこともできるかもしれん。あんたがおれの無心を断るというのなら、おれはそうするぜ。それしか、今のおれには金になるアテはねえんだからな。それでも、あんた、かまわないかい？」

「きさま、わたしを脅迫するつもりか」

怒りのため、工藤の身体が熱くなった。

「うす汚い野郎だ。ちゃんと分け前をもらっておきながら、わたしを裏切るつもりなんだな」

「おれだって、あんたを裏切りたかないさ。昔の相棒なんだからな。そうだろう？」

井川の声は、相手の弱味をにぎっているふてぶてしさにあふれていた。

「けど、おれの立場も考えてもらいたいな。今、金ができなけりゃ、おれは首でもくくらなきゃならねえ。そういう土壇場に追いつめられているんだ。こうなった以上、手段は選んでいられねえのさ。工藤さんよ、こいつは単なる脅しじゃねえぜ。いざとなりゃ、おれは本気であのことを世間にバラすつもりでいる」

「わかった。やむを得まい」

工藤は自分の敗北を悟った。

「ところで、一体、いくらいるんだ？」

「五千万円だな」

井川は当然のように言ってのけた。

「五千万あれば、おれはなんとか切りぬけられる」

「五千万円だって？」

工藤はその金額に呆然とした。

「冗談じゃない。五千万といや、あのとき、わたしとおまえが折半した分にほぼ相当する。

おまえは、あのときの取り分を、全部寄越せと言うのか」

「そう言っちゃ、身も蓋《ふた》もなかろうぜ、工藤さん。あのときはあのとき、今は今さ。あのときの五千万はおれにとっても、あんたにとっても目のくらむような大金だったにちがいないが、今のあんたにとっちゃ、五千万ぐらい、どうってことはなかろう。なにしろ、マンションをいくつも建てた大社長だからな。それぐらいのことは、こっちもちゃんと調べてあるんだ。あんたの資産は少なく見積っても、五億や六億どころじゃあるまい。その中から、五千万ぽっち安いもんじゃないか」

井川のせせら笑いが受話器に響いた。

「たかが、五千万をケチると、とり返しのつかないことになるぜ」

「わかった。仕方があるまい」

工藤は溜息を吐いた。

「なんとかしよう。ただ、今すぐは困る。明日の午後五時頃、もう一度、電話をくれないか。それも今日のように山田という名を使ってだ。そのとき金の渡し場所を指定しよう」

「了解。多分、そう言ってくれると思ったよ。昔から、あんたは物わかりのいい人だったからな」

そうほめられても、工藤はからかわれているとしか思えなかった。

「明日の午後五時きっかりに、もう一度連絡する。あんたの会社へおれが姿をあらわしたら困るぐらいのことは、こっちも心得ている。あんたが約束どおり、きちんと金を渡してくれるかぎり、なるべく、迷惑はかけやしないよ」

それきり、通話が切れた。

通話が切れても、工藤はしばらく受話器をにぎりしめたままだった。

掌がじっとり汗ばみ、受話器をつかんでいる手がぶるぶるふるえている。

ようやく、受話器をもどしたものの、あんまりしっかりにぎりしめていたので、手を離すのが容易ではなかった。

彼は椅子の背によりかかり、あたりを見まわした。

ついさっきまで彼に寛《くつろ》ぎを与えていたこのゆったりした社長室も、ローズウッドのデスクやぜいたくな調度品も、今は、なんの慰めにもなりそうになかった。

大きな窓からきらめくような陽光が降り注いでいるにもかかわらず、部屋の中は、ひどく暗く陰気に感じられる。

デスクの上から、もう一本新しい葉巻をとりあげ、火を点けてくゆらせてみたが、それを味わう余裕などなかった。

ただ、彼は十年前のことを思い起しているだけだった。

十年前——彼と井川吉彦は現金輸送車を襲った。

現金輸送車といっても、大がかりなものではなく、ただ、ある銀行が商店街をまわって、その日の売り上げを回収してまわるだけの車である。

車には、運転手と係りの銀行員しか乗っていなかった。

そのことを充分に調べぬいた二人は、銀行の車が商店街をまわり終え、銀行へと向かう途中で、あらかじめ盗んでおいた車を使って、追突させた。

向うの車が停まると、まず、工藤が追突させたことを詫びるような形で、その車へ近づき、いきなり拳銃をつきつけた。

こうして、声を出したら殺すぞと運転手と銀行員を脅しているうちに、井川が車の反対側から乗りこみ、すばやく、運転手と銀行員を縛りあげ、猿ぐつわをかました。

さらに、後部座席にあった現金入りの袋を盗難車の方へうつす。

その間、五分とはかからなかったし、商店街を出はずれたその道には人気もなく、あたりはもう暗かった。

そのような状況であることは、二人とも何度もたしかめあった上での犯行である。

銀行の車をその場に置き去りにして、二人は盗難車を走らせ、都心部に向かった。

都心部で盗難車も置き去りにした二人は、現金の入った袋を大きなダンボールの箱に入れ、いかにも引越し荷物を運ぶような体を装って、運送用トラックに積みこみ、工藤のアパートまで運んだ。

当時、工藤と井川は、運送会社に勤めていて、その運送用トラックはその会社のものであり、彼らは事件当夜、実際に、引越し荷物を運ぶ勤務を割り当てられていた。

工藤のアパートへ現金入りのダンボールを運びこんだあと、何食わぬ顔で他の荷物を割りあてられた家へ送り届け、仕事が終ってから、工藤のアパートへ引き返した。

そして、いざ、ダンボールを開け、現金袋の中身を調べてみてびっくりした。

袋の中には、一億二千万円余の現金が入っていたのである。

それほどの大金が入っていようとは、二人とも夢にも思わなかった。

せいぜい、四、五千万円程度と考えていたのだが、暮の押しつまった頃でもあり、商店街はボーナス・セール中で、ふつうの二倍以上の売り上げがあったらしい。

思いもかけぬ大金が転がりこんで、すっかり有頂天になった井川が、早速、分けようと言うのを、工藤は押しとどめた。

この金をすぐに使ったり、勤めを急に辞めたりしたら、怪しまれるに決まっている。

少なくとも、警察の捜査が下火になるまで金をむやみに使うわけにはいかないし、現在の仕事も辞めるわけにはいかない。

充分、様子をうかがってから、金を分配し、好きなように使った方が無難ではないかと……。

井川はしぶしぶ工藤の言い分を認めた。

案の定、事件は翌日の新聞に大きく報道され、犯人の人相特徴なども発表されたが、二人ともサングラスをかけ、マスクをつけていたので、銀行員たちにも、これといった特徴はつかめていないようだった。

盗難車のナンバーも、暗かった上に、彼らが泥をなすりつけておいたので、はっきりしたことはわからずじまいだった。

こうして、盗難車と現金輸送車をむすびつける手がかりも警察はつかめず、捜査は難航をきわめた。

それでも、二人は用心深く、今までどおりの生活をつづけ、捜査の様子を見守りつづけた。

そして、一年後に、ようやく、金を分け、二人とも勤め先の運送会社を辞めた。

さらに一年経ってから、分け前を資金に工藤は小さな不動産会社をはじめ、次第に手をひろげて、自分でマンションを建設する会社を設立した。

八年後の今日では、彼が建てたマンションの数は十棟に及ぼうとし、業績は安定したが、その間の苦労はなみたいていのものではなかった。

自己資金だけではやりくりがきかず、血の汗を流す思いで、資金ぐりに奔走したこともたびたびである。

こうした苦労の甲斐あって、ようやく、財産を築き、不安のない生活を送れるようになった今、あの井川のやつが現われるとは。

(わたしは、断じて、あんなやつの思いどおりにはならんぞ)

工藤はぐいと唇をむすんだ。

(この苦労して得た生活を、あいつなんぞにめちゃくちゃにされてたまるもんか)

そのためには、どうしても、井川を抹殺する必要があった。

五千万円だけを渡して、それだけで万事が片づくのなら、金を渡してやってもいい。

しかし、井川は昔から浪費癖があり、だらしのない性格だった。

そのくせ、図太くわるがしこいところもある。

昔、相棒として組んだときは、彼のそんな性格を利用したわけだが、それが今は裏目に出てしまった。

井川に五千万渡せば、やつのことだから、たちまち使い果たし、またぞろ、無心にやってくるに決まっている。

要するに、これは底なし沼みたいなものなのだ。

一度、やつの脅しに屈すれば、味をしめたやつは弱味をにぎっているのをいいことに、工藤の有金を残らずふんだくるまで、脅しをやめないだろう。

それを阻止するには、今のうちに井川をなんとかしなければならない。

工藤はその方法について、必死に考えをめぐらした。

そのとき、ふたたびインターホンが鳴り、秘書が営業部長が会いたがっている旨を伝えた。

「いま、わたしは忙しいんだ」

工藤はいらだった声で怒鳴った。

「あとにしてくれ」

「でも、マンションの住民組合の件で、至急にお耳に入れたいことがあるのだそうです」

と秘書は応じた。

「ほんの五分ほどでよろしいからと、部長はおっしゃっておられます」

「よろしい。では通したまえ」

やがて、扉が開き、初老の営業部長がおずおずと部屋の中へ入ってきた。

「住民組合の件というのは、なんのことだね？」

デスクの前にかしこまっている営業部長に、工藤は不機嫌な声を浴びせた。

井川に脅かされている憤りと、井川を抹殺する計画を練っていたところを中断されたいまいましさが、つい表情に出るのをかくすことができなかった。

「また、なにか管理上のミスがあって、文句を言ってきたのか？」

「いえ、今回は管理上のミスではございませんで、うちのマンションの建築構造に欠陥があるという苦情でございます」

不機嫌な工藤の表情をうかがった営業部長は、彼より十歳も年長なのにもかかわらず、すっかりおびえきっていた。

「つまり、天井の壁が薄くて、階下に物音が筒ぬけになるとか、キッチンのファンがうまく作動しないとか、水道管から水もれがしてくるとかいう、工事に手ぬきがしてあるのではないかという苦情なのです」

「それはきみも承知のとおり、最初の設計どおりの構造にはなっていないさ。施工については、多少の手ぬきはしてある」

工藤の表情はいっそう不機嫌になった。

「しかし、そんなことはどこのマンション業者でもやっていることだ。なにもかも設計どおりにやっていたら、コスト高になってもうけがなくなってしまう。そこをうまく言いくるめるのが、きみらの仕事じゃないか」

「おおせのとおりで、われわれも今までは、なんとか言いくるめて参ったのですが、今回は住民組合の方がかなり強硬でして。と言うのは、第五号マンションの住民組合長の五歳の息子が、屋上で遊んでいるうちに、屋上に張ってあった金網が破れ、あやうく転落しそうになったのだそうです。そこで、組合長が激怒し、他の構造部分も点検させた。そうすると、いろんな部分に手ぬきの欠陥があることがわかり、彼は他のマンションの住民組合にも呼びかけて、ことを公《おおやけ》にすると息まいているのです」

営業部長は途方にくれた顔つきをした。

「これが公にされ、うちの社のマンション全体の問題になりますと、かなり厄介なことになります。同時に、来月完成予定のマンションの入居者にも影響が出てくるわけでして、うちのマンションが欠陥住宅であると宣伝されたら、現在すでに購入予定の新規入居者からも続々とキャンセルが殺到しかねません。営業部としては、今のうちに、なんらかの手を打っておく必要があると考えて、社長にご相談に参った次第です」

「仕方がないな。とりあえず、その組合長に見舞い金を渡して、口を封じておくことだ。同時に、あまりコストがかからず、素人目にはわからぬ程度の補修工事をおこなってやれ」

工藤はいらいらと指先でデスクをたたいた。

「総務部や補修課に、それぐらいの予算はあるだろう。わたしから、手配しておくように命じておく」

「ありがとうございます」

営業部長は深々と頭を下げた。

「そうしていただければ助かります。例の住民組合長の方は、それでなんとか納得させるよう、わたしの方で話をつける努力を致します。では、お忙しいところをお邪魔して申し訳ありませんでした」

営業部長がホッとした顔つきで部屋から退散していくのを見送り、工藤はまた考えにふけった。

住民組合の連中が文句を言ってきたところで、たいした問題ではない。

マンション経営について、その程度のクレームはつきものだし、今までにも、そういう種類の苦情はうまく処理してきた。

問題は、井川の方である。

井川はよほどうまく処理しないと、一生つきまとわれる恐れがある。

そのとき、ふと、工藤の頭に、営業部長の言葉がよみがえった。

組合長の息子が屋上から転落しそうになったという言葉である。

（待てよ）

それがヒントになって、名案がひらめき、工藤はじっくり考えこんだ。

そのヒントは具体的な形になって、彼の脳裡にくっきりと浮かんだ。

（よし、これならうまくいきそうだぞ）

ようやく、不機嫌な表情が消え、彼はニヤッと笑った。

翌日の午後五時。

工藤は井川からの電話が待ち遠しいくらいだった。

デスクの一番下の鍵のかかっている抽斗《ひきだし》を開け、なかから一挺の拳銃をとりだす。

それは厳重に布でくるまれてあった。

布をほどくと、銃身の短いレボルバーが姿をあらわす。

十年前のあの事件のとき使用した拳銃だった。

それを、彼はずっと自宅の金庫の中にしまっておいたのだが、昨夜遅く、家人に知られないようにとりだし、こっそりと点検してみた。

拳銃は充分にオイルを塗っておいたせいか、それほど錆も出ず、弾丸も装塡されたままになっていた。

さらに、彼は手入れをし、弾丸もとりだして、磨きをかけ、いつでも発射できることをたしかめた。

その上で、今朝、鞄の中へ忍ばせ、会社へ持ちこんだのである。

今、眼の前にある拳銃を手にとり、彼はもう一度点検し直した。

どこにも異常はない。

掌に伝わるずっしりとした拳銃の重味が、彼に自信を持てと告げているみたいだった。

十年前の若くて向う見ずで、荒々しい血のたかぶりがもどってくるのを、彼はありありと感じた。

あのときも、若いに似合わず、彼は用心深く、計画性に富み、実行力も身に備えていたが、現在の彼はもっと用心深く、計画性に富み、実行力を身につけているはずだった。

そうでなくては、現在の地位を得ることはできなかったろう。

彼はもう一度、自分のアイデアを検討し、完璧なものだと満足した。

あとは、これをやりとげるだけである。

ただ、井川から電話がかかってくる前に、もうひとつ、やっておくべきことがあった。

彼は直通の電話で、倉田咲子の自宅を呼びだした。

咲子は、銀座のあるクラブに勤めているホステスであるが、今は、彼が自分の社のマンションの一室を与え、囲い者にしてある。

彼は週に二度ずつ、その咲子の部屋へ通っていた。

咲子が電話口に出ると、今晩、マンションへ行くからと伝えた。

「ただ、客を呼んであるんで、きみは午前三時頃、帰ってきてほしい」

「いいわ。それじゃ、お客さんとお食事でもしてから、帰ることにするわ」

咲子は怪しむ様子もなく答えた。

「でも、お客さんなら、なにか用意しておかなくちゃね。お酒はブランデーもウイスキーもあるけれど、おつまみがないわ」

「なに、それほど大げさな客じゃない。ちょっとした取りひきの商談をすませるだけだ。なんの用意も要らないよ」

「それじゃ、あたしは、ただ三時頃帰ればいいのね？」

「そう。三時頃までには客を帰しておく。あとはわたし独りで、酒でも呑みながらおとなしくきみの帰りを待っているよ」

「パパってやさしいのね」

咲子の媚を帯びた含み笑いを耳にしながら、工藤は受話器を置いた。

（わたしがやさしいか……）

彼自身も含み笑いをもらしていた。

（そいつも相手によりけりだ。井川に対してはやさしいどころか、はっきりけじめをつけてやる）

受話器を置いたとたんに、インターホンが鳴り、秘書が山田さんから電話がかかっている旨を伝えた。

彼はもう一度受話器をとりあげた。

「よう、工藤さん。約束の金はできただろうな？」

井川の声に間違いなかった。

「ああ、できている」

拳銃をちらっとみやって、工藤は応じた。

「ただし、現金はむりだよ。小切手でもかまわないかね」

「けっこう。すぐ金に換わるものなら、なんでもけっこうさ。ただし、妙な細工はするなよ。その小切手が金に換わらなかったら、おれはすぐに例の件をバラすぜ」

「わかっている。こっちもそんな危い橋は渡りたくない。それで、その小切手を渡す場所なんだが、社ではまずいし、わたしの自宅でもまずい。それぐらいはきみも了解してくれると思うんだが……」

さりげなくそう言って、工藤は大きく息を吸いこんだ。ここで、うまく井川を罠にかけてやらねばならない。

「そこで、わたしが使っているマンションの部屋へ来てもらいたい。そこなら、人目につかなくて、こっちには好都合なんだ」

「よかろう。金をいただけるとなりゃ、どこへだって出向きますよ」

井川は疑う気配もなく、まんまと罠にはまってきそうだった。

「で、そのマンションとやらは、どこにあるんだい？」

工藤は咲子の住んでいるマンションの場所と、部屋番号を教えた。

「ここへ午前一時に来てほしいんだが、どうだろう？　わたしとしては、なるべくきみと関わりがあることを他人に見せたくないんでね」

「ごもっとも、ごもっとも」

自分が罠にはまりかけているとは知らず、井川は自分の都合のいいようにことが運ぶと思いこんでいるらしい。

「じゃ、午前一時に、あらためてその部屋でお目にかかりましょう」

午前零時には、工藤は咲子の部屋に着いて、井川が来るのを待っていた。

この八〇三号室へエレベーターで登ってくる間にも、誰にも会わなかったし、廊下にも人の気配はなかった。

すでに、マンション住民の大半が眠っているのであろう。

あと三十分もすれば、このマンションには、もっと人の気配がなくなるのはわかっていた。

彼は部屋へ入る前に、廊下の突き当たりにある扉を開けて、非常階段をたしかめておいた。

その非常階段にも、もちろん人気がなく、十一階の屋上まで、白く塗った鉄の階段がつづいている。

部屋へ入ると、玄関からのあがりばなに、居間兼応接間があり、そこのソファに腰を下ろして、工藤はブランデーをちびちびと呑みはじめた。

これから井川を始末するためには、少しばかり元気をつけておいた方がよさそうだったし、吹きさらしの非常階段をのぞいたおかげで、身体が冷えこんでいた。

井川が罠にうまくはまってくれれば、もっと寒い思いをしなければならないだろう。

グラスがほとんど空になった頃、玄関のチャイムが鳴った。

扉を開け、工藤は眼の前に立っている男をじっとみつめた。

はじめは別人かと思った。

十年前の井川は、小柄ながらよく肥っていたのに、今は見る影もなくやつれ、頰がこけている。

まだ豊かだった頭髪も、すっかりうすくなり、ひどく年寄りじみた感じだった。

それでも、じっとみつめているうちに、そのやつれ年寄りじみた顔から、往年の井川の面影がよみがえってきた。

「工藤さんだね？」

井川も、たしかめるような眼つきで、工藤をみつめ返した。

「すっかり肥って貫禄がついたもんだから、見違えちまったよ。やっぱり、銭が溜まるとちがうもんだな」

「ま、こっちへ入ってくれ」

工藤が顎をしゃくると、井川は靴を脱ぎ、おずおずと応接間へ入ってきた。

電話で脅したときとはうって変わって、いかにも自信なげな、卑屈な態度だった。

(この分だと、おれのペースでことが運びそうだぞ)

内心ほくそ笑みながら、工藤はさりげなく訊ねた。

「ずいぶん久しぶりだな。あれから十年――いや、逢わなくなってから、九年になるわけだ。その間、どうしていたんだ？」

「最初は、ずいぶんおれもあの金で遊びまわったもんだが、そのうちに、肝臓を痛めちまってね。あとは、療養生活みたいなもんだった」

井川は心細そうに首をすくめた。

「自動車の修理工場をやろうとしたんだが、おれが病気がちなものだから、工場はうまくいかず、人手に渡っちまうし、同棲していた女は逃げやがるし、全くついてねえよ」

「じゃ、今は独り暮しなのか？」

身より頼りのいない方が、井川を片づけるにしても、あとで厄介の種が残らないと思い、工藤は探りを入れてみた。

「ああ、十年前と同じようにチョンガーさ。おまけに無一文で借金だらけときていやがる。そこで、あんたのことを思い出し、行方をつきとめたってわけだ」

井川はこすっからい眼つきで、工藤をみやった。

「あんたのことをつきとめるのには、ずいぶん、苦労をしたぜ。まさか、あんたが、これほどまでに成功しているとは、思ってもいなかったからな。しかし、成功してくれてよかったよ。おかげで、無心ができるんだものな」

「その無心も、今回だけにしてもらうぞ」

工藤はきっぱりと言い放った。

「事業をこれだけのものにするには、わたしだってなみたいていの苦労じゃなかった。それをダニみたいに吸いとられてはかなわん。どうせ、あのときの金を全部おまえにくれてやったものと思い、五千万はあきらめるが、今後、わたしを脅すことは許さんぞ」

「わかっているさ。昔なじみを、何回も脅すものか。無心はこれっきりにするよ」

井川の言葉を、工藤は額面どおりには受けとりにくかった。五千万を使い果たしたら、またぞろ、同じ手口を使うに決まっている。

しかし、ここは相手を信用したふりをするしかなかった。

「よろしい。では、今後一切、わたしと関わりを持たないという一札を入れてもらおう」

工藤はデスクの上に用意しておいたレターペーパーとボールペンを指さした。

「その紙に、わたしの言うとおりのことを書きたまえ。そうしたら、それとひきかえに五千万の小切手を渡す」

「仕方ねえな。なんでも書きましょう」

井川はデスクに向かい、ボールペンをにぎった。

「で、どう書く?」

「すべてのことを、これできっぱりと清算致します、と書いてもらおうか」

工藤はあらかじめ考えておいた文句を口にした。

「今後は一切誰にもご迷惑をおかけ致しません。申し訳ありませんでした。そして、今日の年月日と署名をしておいてくれ」

井川は工藤の言うとおりにペンを走らせた。書き終わると、黙って、レターペーパーを工藤の方にさしだす。

工藤はそれを一読してから、うなずいた。

「じゃ、お望みどおり、金を渡してやろう」

かたわらに置いてあった鞄の中に手をつっこみ、拳銃をひきぬくと、銃口を井川に向けた。

「おとなしくしろよ。さもないと、容赦なくぶっ放すぞ」

井川はびっくりして、よろよろと立ち上った。

「おい、まさか冗談だろう？　こんなところで拳銃をぶっ放してみろ。近所中が起きてくるぜ」

「冗談なんかであるもんか。この部屋には防音装置が施してあるんだ。銃声がしても、外には聞えない」

工藤ははったりを噛ませた。

「それに、おれがいざとなりゃ、どんなことでもやってのけることを、相棒だったおまえなら、ようく承知のはずだな」

その脅しは充分に効いた。

十年前の経験で、工藤が思い切った実行力の持主であることを知っている井川は、すっかりおびえ、両手をあげて、その場に立ちつくすだけだった。

工藤は井川のそばに近づくと、肩をつかんで、向う側を向かせた。

そして、井川がこっちに背を向けるやいなや、拳銃の銃把で井川の後頭部をしたたか殴りつけた。

井川はその一撃で意識を失い、前のめりに床の上に倒れた。

工藤はホッと一息ついて、拳銃を鞄の中にしまうと、井川の書いたレターペーパーを四つに折り、玄関に脱いであった靴の中へ押しこんだ。

あとは、井川をかついで、非常階段を登り、屋上から投げ捨てればいい。

靴は屋上に置いておくから、その中に入っているレターペーパーは、井川の遺書とみなされるだろう。

井川は身より頼りもなく病身だった。金にも困っていた。そんな男が投身自殺をしたところで、誰も不審に思うものはあるまい。

警察が一応調べるだろうが、十年前の井川の相棒が工藤であり、その工藤がこうして自殺を装い、井川を殺したという手がかりがつかめるはずはなかった。

工藤が営業部長の話をヒントに組み立てたアイデアというのがこれだった。

子供が屋上から転落しそうになったということから、井川を投身自殺にみせかけて始末しようと思いついたのだ。

工藤は井川の身体をかつぎあげた。痩せこけている井川は、思ったより軽かった。

井川の靴を左手にぶらさげ、彼は扉を開けてまわりの様子をうかがった。

相変わらず、廊下には人の気配はない。

肩に井川をかついだまま、大急ぎで廊下をつっきり、非常階段へ出る扉を開く。

非常階段へ出たとたんに、身を切るような冷たい風が吹きつけてきたが、工藤はなにも感じなかった。

一刻も早く、井川を屋上へ運ばねばならない——それだけが念頭にあるばかりだった。

彼は非常階段を登りはじめた。

と、階段はギシギシと不気味なきしみをあげた。しかも、ひどく揺れる。

よくみると、白く塗った鉄の階段の方々から錆が吹きだしていた。

それに気がついたとたん、ギシッとはげしい音をたて、工藤が重心をかけた階段がはずれた。

ハッと思って、工藤は階段の手すりをつかんだが、それは彼と井川の二人の体重を支えるほど頑丈《がんじょう》にできてはいなかった。

錆びた手すりがもげ、それをつかんだまま、工藤は井川もろとも空中に投げだされるのを感じた。

地上へと落下していく工藤の脳裡に、一瞬、こんな思いが浮かんだ。

（欠陥マンションは信用できない……）

念姦

私があの女を殺したんじゃないかですって？

とんでもありません。

たしかに、私はあの部屋へは行きましたよ。でも、女を殺したりはしませんでした。

第一、私があそこへ行ったのは、あの女にむりに連れていかれたのです。

そんなこと、信じられるかって？

そうでしょうね。ちょっと、ふつうの人には信じられないことでしょうね。

でも、これは事実なのです。

こうなったら仕方がない。信じてもらうために、なにもかもお話ししてしまいましょう。

実を云うと、私は痴漢なのです。

そう、電車や映画館の中で女性にすりより、妙ないたずらをする、あの痴漢です。

ただ、私がふつうの痴漢とちがう点は、女性にじかにふれないでも、いたずらができるということです。

私にはテレパシイがあるのです。

だから、別に、女性とじかにふれ合わなくとも、充分に楽しむことができる。

よく、わからないって？

じゃあ、もう少し詳しく説明しましょう。

私が電車に乗るとする。そこで、気に入った女性をみつけるとします。

すると、私はその女性に向って念力を発するのです。

女性は、必ず、その念力を感じて、私の方を見ます。

こうなれば、もう、しめたものです。

私は彼女の視線をとらえ、さらに強い念力をかけます。

ちょうど、私とその女性の間とが一本の電線でつながれ、その電線を通じて、強力な電流が伝わっていくようなものです。

相手の女性――つまり、私の獲物《えもの》は、私の念力によってしびれてしまい、抵抗する術を失ってしまいます。

そうしておいてから、私はじっくりと獲物にいたずらをはじめる。

はじめに、手を握ってやる。

たいていの場合、女性は本能的に手をふりほどこうとするのですが、私が念力でそれをさせないようにした上で、さらに強く握ってやると、観念して、大人しくなります。

いや、観念して大人しくなるのか、それとも、他人の眼を気にしなくていいと感じて大人しくなるのか、その辺はよくわかりません。

なにしろ、手を握るといったところで、現実に手にふれるわけではなく、念力で手を握ったように感じさせるだけですから、他の乗客に見えるはずがないのです。

他人の眼を気にしなくてもいいとなると、女性がどんなに大胆になるか、それはこれをやったことのない人にはわかりますまい。

電車の中とはいえ、すでに、彼女と私は二人きりの密室に閉じこもっているようなものなのです。

そのことがわかると、むしろ、女性の方から私の手——といっても、念力によって生じた眼に見えない私の触手と云った方が正確でしょうが——を握り返してきたりします。

彼女の手は汗ばみ、唇をうっすらと開けたりする。

そこで、私は唇を奪う。

相手の唇の中へ舌をさし入れ、思い切りむさぼってやる。

同時に、私の触手は彼女の乳房へと伸び、さらに太腿のあたりを愛撫《あいぶ》する。

この頃になると、獲物はすっかり興奮して、私の愛撫に応えはじめます。

彼女は眼をつぶり、身をふるわせ、私の触手の愛撫をよりよく受け入れようと、身体を開く。

あなたは、電車の中で、そんな状態になっている女性をみかけたことはありませんか？

額に汗を浮かべ、眼はうつろで、ひっきりなしに身体をふるわせ、ときおりしゃっくりのような声を出している女性を……。

たいていの人は多分、その女性が気分でもわるくなったのだろうと思いがちですが、実は、そういう女性は私のようなテレパシイの能力の持主に念力で犯され、エクスタシイの状態になっている場合が多いのです。

しゃっくりのような声は、あえぎをもらすまいとして、必死にこらえている証拠で、さすがに、他人にはカンづかれないとはいえ、車内であられもない声を発してはいけないという理性がわずかに働くからでしょう。

私の経験によれば、こういう状態のときに、女性はもっとも恍惚《こうこつ》感を覚えるようです。つまり、他人の眼にさらされていながら、他人には気づかれずに、自分が犯されているという状態がです。

その証拠に、広場や公園へ行くと、夜の闇にまぎれて、あられもない痴態をくりひろげているカップルがいくらでもみかけられるではありませんか。

広場や公園では、いくら茂みの陰にかくれているとは云え、いつなんどき、他人に覗《のぞ》き見されるかわかったものではない。

それを承知で、痴態をくりひろげるのは、むしろ、誰かに見られるかもしれない――いや、見て欲しいという願望のあらわれではないでしょうか。

心理学者によれば、女性は誰でも、意識下に強姦願望を秘めているということですから、その点でも、私のやり方は女性を満足させる最上のものと云えましょう。

他人の眼の前で、他人に気づかれる恐れは全くなく、私に強姦されるわけですから。

こうして、私は電車に乗るたびに、獲物を漁《あさ》り、自由自在に犯してきました。

あの女に対しても、そうするつもりだったのです。

あれはひどくむし暑い晩でした。

電車の冷房さえ、ほとんど効かず、腰を下ろしているだけで、じとっと汗ばんでくるようなむし暑さでした。

車内は満員ではなく、むしろ、ガラガラと云っていいほど空いていました。

ふつうの痴漢なら、満員電車をねらうのでしょうが、私の場合は、その必要がありません。身体を密着させるよりは、ある程度の距離を置いて、獲物の視線を捕える方が好都合なのです。

その車輛に乗ったときから、私はあの女に眼をつけていました。

そう、あの女は私の好みにぴったりだったのです。

私は大柄なグラマーというのは、あまり好きではありません。

どっちかと云えば、小柄で痩《や》せぎすの方がいい。

それもガリガリに痩せているのではなく、うすく肉がついていて、ほっそりした骨がしなうような感じの女性が好みなのです。

あの女は、まさにそういうタイプでした。

小柄で、すっきりと痩せていて、肌は白いというより蒼白《あおじろ》い感じでした。小ぢんまりした顔に、ちんまりした鼻と唇が可愛らしく、そのくせ、眼だけは切れ長で大きかった。

私は彼女の前に腰を下ろすと、じっとテレパシイを送りました。

彼女はそれを感じたらしく、ふと私の方に視線を向けます。

すかさず、その視線を捕え、私は念力を送りながら、彼女の手を握ろうとしました。

そのとたんに、私ははげしい平手打ちをくらいました。

『ピシッ!』

と音こそしなかったが、その音が聞えるぐらい、したたかな平手打ちでした。

面くらって、私は思わず、自分の頬を撫《な》でました。

私の頬は本当に平手打ちをくらったみたいに熱っぽくしびれています。

しかし、実際には、彼女は向いの席に腰を下ろしていて、そこから私に平手打ちをくらわせられるはずがないのです。

私はもう一度彼女をみつめ、念力を送ろうとしました。

すると、私の念力が、もっと強力なテレパシイで押し返されてくるのを感じたのです。

『イヤらしい男ね』

同時に、その女性の声が私の胸の中に伝わってきました。

もちろん、他の乗客に聞えるはずのない、テレパシイによる声です。

『あなたは、いつでも、そんなことをして楽しんでいるらしいけれど、あたしには、その手は通用しないわよ』

彼女は切れ長の大きな眼で、じっと私を見すえています。

彼女の方から押し寄せてくる強力な念波のせいで、私の身体はしびれてしまい、眼をそらすこともできない有様でした。

なんのことはない。いつも私が女性の獲物に対してやっていることを、今度は自分がやられているのです。

『こんな車内で痴漢遊びをするより、あたしのアパートへ来ない』

彼女の声なき声が語りかけます。

『いいえ、あなたがいやだと思っても、そうはさせないわ。あなたは、もう、あたしのものよ。あたしの云うとおりになるのよ』

『わかった』

私も、おずおずとテレパシイで答えました。

『きみの云うとおりにするよ。でも、他のやり方できみを満足させられるかどうか、ぼくには自信がない』

『案外、ウブなのね』

彼女はかすかに笑いました。

『いいわ。そういうウブな男性をあたしはみつけようと思っていたの。ウブで、あたしの念力を受けとめる能力のある男性をね。それじゃ、あたしが降りる駅であなたも降りて、あたしの後に尾《つ》いていらっしゃい』

彼女がとある駅で降りると、私もふらふらっとその駅で降りてしまいました。

その時には、私はあやつり人形みたいに、彼女のテレパシイのままにあやつられていたのです。

駅を降りたときは、午前零時をまわっていました。

すでに、駅前の商店街のシャッターは降り、あたりに人の気配はありません。

私はそのひっそりした暗い商店街をぬけて、彼女の後を尾いていきました。

二十分ほど歩き、商店街からかなり離れたところに、一軒のアパートが建っていました。一応、鉄筋らしいのですが、かなり古びた四階建てのアパートです。

彼女はそのアパートの階段を登っていき、三階のE室の前で停りました。

部屋の中は、おそろしく殺風景でした。

手前にダイニング・キッチン用の板の間があり、奥に畳敷きの寝室があるだけの一DKでしたが、ダイニング・キッチンにはテーブルがひとつと食器棚、それに小型冷蔵庫があるきりで、他にはほとんどなにもありません。

寝室の方には、セミダブルのベッドと天井まで届きそうな、大きな洋服箪笥がひとつ置いてあるだけでした。

あまり掃除もしていないらしく、そのすべてにうっすらと埃《ほこ》りが積り、おまけに、窓も扉もずっと開けていないようなこもった饐《す》えた臭気がむっとたちこめています。

『こっちへいらっしゃい』

彼女は寝室の方へすっすっと歩いていって、ベッドに腰を下ろすと、私を手招きしました。

私は抗《あらが》う力もなく、寝室へ入っていきました。

彼女は、薄い紫色のジョーゼットのワンピースを脱ぎすてます。

その下には、ブラジャーもつけていず、花模様のついた小さなパンティをはいているきりでした。

想像したとおり、彼女は肉がうすく、その蒼白い肌を透して、きゃしゃな骨格が透けて見えるような身体つきをしていました。

いいえ、私が彼女の裸体を見たのは、そのときがはじめてです。

いつもなら、テレパシイで、獲物の裸体を透視してしまうのですが、彼女に限っては、彼女の念波にさえぎられて、そのときまで、その裸体を見ることはできませんでした。

『どう、気に入った？』

彼女はツンと顎《あご》をあげ、挑戦的な眼差しで私をみやりました。

『あたしって、あなたの好みにぴったりなんでしょう？』

たしかに、そのとおりです。

外見からもそうでしたが、裸体になった彼女は、私の好みにぴったりでした。

あまり大きくはないが、かすかに盛りあがって感度のよさそうな乳房。肋骨《ろっこつ》が浮き彫りになっていて、抱くと、骨のきしみが伝わってきそうな身体。そのくせ、腰から太腿にかけては成熟しきった女を思わせるずっしりとした肉がついています。手足はほっそりとして、長い指先はよくしないそうです。

手首も足首もきりっとしまり、特に、足首のアキレス腱のあたりに深いくぼみがあり、そこに濃い影をつくっているのが、奇妙に私の欲情をそそりました。

『あなたも服を脱いで裸になったら』

彼女にそう誘われても、私はただ呆然《ぼうぜん》と立ちつくすだけでした。

『あら、あなた、ふるえているのね』

彼女はくすくすと笑うと、ベッドから降りて、私の前へ立ち、そのよくしなる指先で私の頬を撫でました。

『あんな痴漢の真似をするくせに、いざとなると、だらしがないわね。ひょっとしたら、あなた、童貞じゃない？』

恥ずかしい話ですが、そのとおりでした。

私はまだ童貞なのです。

電車の中で、テレパシイを使っては、いろんな女を犯してはきたものの、直接、女性とセックスした経験はありません。

私の場合、そんな必要はなかったのです。

テレパシイによって、いろんな女性にエクスタシイを与え、その反応を感じては、自身もまたエクスタシイを得てきた私は、実際にセックスを行うことなどは、わずらわしいだけで無意味にしか思えませんでした。

しかし、彼女にそうあからさまに指摘されると、私は手ひどい侮辱を受けたような気がし、また、自分だけの秘密をさらけだされたような気分になって、つい顔を赤らめてしまいました。

『おお、可愛い』

彼女は私に軽くキスをし、あやすように私の肩をたたきました。

『いいのよ、心配しないでも。お姉さんがちゃんと教えてあげるから』

そう云いながら、馴れた手つきで私の服を脱がせます。

私が裸になると、ベッドにあおむけに横たわるように命じました。

そして、あおむけになった私の上に、彼女は自分の身体をそっと重ねました。

彼女が私の上に重なっているのに、私はほとんど、その重味を感じませんでした。

多分、彼女が痩せているせいと、初体験の興奮が私にそれを感じさせなかったのでしょう。

私の上に重なると、彼女は自分の唇を私の唇に押しつけました。彼女の尖《とが》った舌がするりと私の唇の中へ忍びこみ、私の舌とからみあいます。

いつもなら、私の方が車中の獲物に対して、そうやってやるのですが、今度は、私の方が全くの受け身でした。

彼女は私の唇をむさぼり、私の舌をやさしく愛撫します。

同時に、彼女の指先は、私の全身をまさぐっていました。

彼女の指が、私の胸を、横腹を、さらには太腿から股間をさまよっているうちに、私ははげしい恍惚感に襲われ、身ぶるいをとめることができませんでした。

彼女は私の唇から自分の唇を放し、舌先を私の全身に這《は》わせはじめました。

耳たぶから耳の中、耳の後ろから首すじ、さらには胸から横腹へと……。

彼女の舌技は絶妙でした。

彼女が舌を私の太腿へと這わせ、股間へ移動させ、私のものを軽くくわえたとき、私はどうにも我慢ができなくなりました。

身をよじり、つい、体内に溜っていたものを迸《ほとばし》らせてしまったのです。

彼女は、さもおいしそうに、私の液体を呑み干し、ニヤリと笑いました。

『あら、もうおしまいなの。むりはないわね。童貞なんだから。でも、これだけでは許さないわよ。あなたは満足したかもしれないけれど、あたしの方はまだ満足していないんだから』

そう云うと、またはじめから愛撫をくり返しはじめます。

その舌技のすばらしさに、またもや私がふるいたつと、今度は、自分の体内にやさしく導き入れてくれました。

しかし、導き入れたとたんに、まだ彼女を充分に味わういとまもなく、私は発射してしまいます。

『もう一度。今度こそ、時間をかけてね』

彼女はさらに念入りに愛撫をはじめました。そのときは、さすがに私も疲れたのか、彼女の愛撫に馴れたのか、それほどすぐには反応を起しませんでした。

しかし、結局、興奮させられたのは、前の二回と同じです。

興奮した私のものを、彼女はするりと自分の体内にすべりこませました。

私の上に馬乗りになったまま、彼女はたくみに腰をくねらせます。

そのたびに私のものは、彼女の体内にあるひだにこすられ、なんとも云えぬ恍惚感が全身を貫くのです。

おまけに、彼女のその部分は、それ自身が別の生き物のようにうごめき、私のものをしめつけ、愛撫するのです。

こういうことが何回もくり返しくり返し行われました。

そのうちに、あまりのエクスタシイの連続のせいでしょうか、私はなにがなんだかわからなくなってしまいました。

そして、気がついたときには朝になっていて、私は裸のまま、独りでベッドに横たわっていたのです。

私はぐったりした気分で身を起しました。

部屋中を見まわしても、彼女の姿はありません。

同時に、部屋の中にひどい悪臭がたちこめているのに気づきました。

それは部屋の中へ入ったとたんに臭った、あのこもった饐《す》えた臭いではなく、なにかが腐敗している悪臭です。

思わず、吐き気をもよおすような、すさまじい悪臭なのです。

私は早々に服をつけ、その部屋からとびだそうとしました。

すると、彼女の声が聞えてきたのです。

『あたしはここよ、洋服箪笥の中よ』

それは、天井に届くほど大きな洋服箪笥の中から聞えてくるようでした。

私は寝室にひき返し、洋服箪笥を開きました。

彼女はその中にいました。

首をつり、なかば腐乱した死体となって、その中にいたのです。

私の話はこれでおしまいです。

私は決して彼女を殺したりはしなかった。

ただ、彼女に誘われて、あの部屋へ行っただけです。そして、彼女に童貞を奪われた。

刑事さん、どうか、信じて下さい。

なに？ 信じてくれるんですか？ 彼女の身許がわかったんですね？

そうですか。彼女は恋人に裏切られて、あの部屋で五日前に首つり自殺をした女性なんですか。

ただ、どうして、私があの部屋に入り、彼女の死体を発見することになったかが、わからなかったですって？

それは、今、お話ししたとおりです。

彼女の霊魂が浮かばれずに、さ迷い歩き、たまたま、テレパシイの能力を持った私にとり憑《つ》いたのでしょう。

彼女は自分の死体を発見させるために、私をあの部屋へ誘いこみ、ついでに、私を慰みものにしたにちがいありません。

お調べになればわかるでしょうが、生前の彼女は人一倍セックスが強い方だったんじゃないですか。

それで、恋人が逃げだし、失恋自殺することになったのではないでしょうか。

彼女のあのしつこさから考えると、その恋人が逃げだしたくなったのも、むりではないような気がしますよ。

え？　おまえは、これからも念力を使った痴漢遊びをするつもりかって？

いや、とんでもありません。

ひょっとして、また死人のテレパシイにひっかかりやしないかと思うと、とてもそんな気にはなれませんよ。

それに、私はすでに女の身体を知ってしまったんですからね。

本当のセックスの味を知った以上、テレパシイで女を犯すなんてことはバカバカしい。

これからは、ちゃんと生身の女を相手に、自分の身体を使って、セックスを味わうことにします。

でも、ちょっと自信がないんだなあ。

私にちゃんとセックスができるでしょうかねえ。

たしかに、童貞は失ったんだが、なにしろ、相手は死人の霊魂だったんですからね。

それでも、本当のセックスを体験したことになるでしょうか？

ねえ、刑事さん、どう思います？

他力念願

人間は、生れながらにして、その人に備わった才能と運によって、世に出られるかどうかが決定されているようです。

才能が豊かでありながら、運に恵まれないために、チャンスを与えられても、その才能を生かしきれずに、陽の目を見ることなく、埋もれたままの一生を送る人もいれば、その逆に、才能がないのに、運に恵まれたおかげで、なにかの拍子に、ふいとチャンスをつかみ、世の脚光を浴びたものの、哀しいかな、それは一時の運に頼っているだけであって、才能が伴わないために、たちまち、化けの皮がはがれていき、次第に誰からも見向きもされなくなる人もいる。

どっちの場合も、悲劇といえましょう。

どうやら、世に出て、脚光を浴びながら、いわばスターとしての座を守りきるには、才能と運の両方を兼ね備えた人間でなければならないらしいと、私は考えます。

そんなことを私が実感したのは、編集者という立場にあるからで、十年間も編集の仕事にたずさわっていると、いろんな執筆者とかかわりを持つ機会があり、執筆者には、才能がありながら、編集部の方でせっかくチャンスを与えてやっても、妙にちぢこまってしまい、そのチャンスを棒にふって、結局、われわれの期待に応えることができず、スターになることのできない人がいれば、また、才能がそれほどあると思えないのに、下らない作品が読者の注目を浴び、あれよあれよという間に、スター作家にのしあがり、当人もその気分で、次々と新作を発表し、結局、それらが駄作《ださく》ばかりなので、読者からあきられてしまい、いつの間にか、もとの木阿弥《もくあみ》になってしまうケースを、イヤというほど目《ま》のあたりにしてきたせいにちがいありません。

いや、執筆者ばかりではなく、編集者にも、そのことがあてはまります。

大して編集能力がありもしないのに、どういうわけか、執筆者に恵まれて、ヒットする作品を集め、それが編集能力があるというふうに解釈されたあげく、編集長に抜擢《ばってき》されたり、上司の覚えがめでたく、運よく、幹部にのしあがっていくケースもある。

もちろん、才能もあり、運もよくて、実力相当の地位を確保している編集長や出版局長や重役もたくさんいることは事実です。

ま、これは、あらゆるサラリーマンにあてはまることでしょう。

いや、サラリーマンばかりでなく、どんな職種についても、云えることかもしれません。

ところで、私のことですが、私自身は、大して才能もなければ、運がついている方でもありません。

だからこそ、十年も同じ出版社に勤めていながら、とうてい編集長になることなど思いもよらず、ある劇画雑誌のデスクを担当している有様です。

そういう自分の限界をよく心得ている私は、それで満足しています。

しかし、私には才能も運もないけれど、不思議な能力には恵まれているらしい。

それは、一種の念力というようなもので、私自身がここぞというときに精神を集中して、念力をかけると、すべてのことがそのとおりになってしまうのです。

たとえば、雑誌づくりにしても、私がこの雑誌が売れるようにと念力をかけ、編集長にいろんな形で助言をし、私の思いどおりのタイプの雑誌ができあがると、必ず、その雑誌は爆発的な売れ行きを示します。

つまり、私には、その雑誌の形が、できあがる前に、くっきりと頭に浮かびあがり、それが売れることが現実のように予知できるのです。

といって、私が編集長になり、そういう形の雑誌なり単行本なりをつくってみても、一向に予知能力が働かず、念力をかけても通用せず、無惨な失敗に終ってしまいます。

要するに、私の超能力は自分自身に関しては、全くなんの役にも立たず、誰か自分以外の媒体があったときにのみ、発揮できるらしい。

多分、私は将たる器《うつわ》ではなく、参謀としての器にふさわしいのでしょう。

それも、参謀らしく機略縦横の才能を持ち合わせているわけではなく、ただひたすら、媒体を通じて発揮できる予知能力と念力の持主にすぎないのですから、なんとも、情けない話です。つまりは、参謀などという大げさなものではなく、芝居の黒衣《くろこ》の役目にふさわしいと云った方が正確かもしれません。

私が自分にそういった能力を持ち合わせていると実感しはじめたのは、ここ五年ばかりの間のことです。

それ以前は、自分の助言がぴたりぴたりと適中し、これと思う企画に全力をあげると、みんな成功するものだから、けっこう、自分には編集能力があるのだと錯覚していたのですが、いざ、自分が主になって、編集したり、企画実行の責任者になってみると、すべてが裏目に出てしまうので、自分の編集能力に見切りをつけざるを得ませんでした。

今では、自分はデスクあたりがもっともふさわしいと観念し、それで満足しています。

そのかわり、私の助言が適切なので、編集長は、私をかけがえのない片腕と思って信頼してくれているようです。

私が自分の超能力について自信を得たのは、なにも、編集の仕事に関してばかりではありません。

編集者にギャンブルはつきもので、たとえば、うちの編集部の連中にも、競馬や競輪に目がないのが沢山います。

そういう連中が、競馬新聞などに目を凝《こ》らし、明日の予想をどうのこうのと騒いでいるときに、ふと私に予知能力が働いて、つい口を出してしまいます。

「ちょっと、その新聞を、おれに見せてくれないか」

そして、その新聞を手にとり、出走馬を眺めているうちに、私の脳裡《のうり》にまざまざと、明日のレースの結果が浮かんでくるのです。

「ああ、これは3―5だな」

本当のことを白状すれば、私は競馬について、そんなに詳しくはありません。詳しいどころか、出走馬についての知識もほとんど皆無にひとしく、どういうレース展開になるかというデータもなにひとつ知らないのです。

そのことを知っている仲間たちが、私の発言を頭からバカにしてかかるのは当然でしょう。

「3―5だって？　矢代さん、冗談じゃないよ。そんなものがきたら、大穴もいいところだぜ」

はじめは、誰も私の云うことに耳を傾けませんでした。

ところが、その翌日、私がテレビの競馬実況放送を見ながら、『3―5よ、来い』と念力を送ると、そのとおり、『3―5』の大穴が出てしまうのです。

そんなことが度重《たびかさ》なるので、次第に、みんなは、競馬というと、私の予想を信頼するようになりました。

ただし、不幸なことに、私自身が馬券を買った場合には、いくら、予知能力を働かせようとしても、皆目、見当もつかず、必死になって念力を送ってみても、全部はずれてしまいます。

やはり、私の超能力は自分に対しては、なんらの効力を発揮せず、他人のために——なにかの媒体を得て、はじめて、完璧《かんぺき》に効果をあらわすらしいのです。

以来、私は自分は馬券を買わず、他人が買った場合にだけ予想することにしました。

おかげで、うちの編集部の連中は、大もうけをし、私に大いに感謝してくれましたが、私自身は一向にその恩恵にあずかれないのですから、こんなつまらないことはありません。せっかく、なみの人間にはない、超能力を授けられながら、私の人生は、一生、黒衣としての運命に甘んじなければならないのだと思うと、なんだか、納得のいかない、暗然とした気分にならざるを得ませんでした。

麻雀《マージャン》についてもそうで、私が自分で卓を囲んだ場合には、一向に予知能力も念力も通用せず、負けてばかりいるのですが、他の連中が卓を囲み、私が傍観者の立場にいるとき、ある特定の人物のうしろに座って、じっと見ていると、その人物が媒体となり、たちまち、私の超能力が働きだします。

私には、他の三人の手の内にある牌《パイ》が透視でき、どういう聴牌《テンパイ》になっているかがわかってしまうし、闇聴《ヤミテン》にしろ、立直《リーチ》をかけたにしろ、待ち牌がはっきりよみとれる。

そこで、媒体となっている男が放銃《ほうじゅう》しそうになると、つい口を出したくなる。

「きみ、それは対面《トイメン》に放銃になるよ」

私自身は麻雀が強いわけではないので、その男が信用せず、助言を無視して、牌を切りだすと、それが私の予想どおり、対面の当り牌なので、びっくりしてしまう。

「矢代さんは、自分は下手なくせに、他人がやっていると場がよく見えるんだなあ」

「そうだよ。競馬と同じことさ。おれには、超能力があるんだ。その証拠に、今度はきみに大きな手でアガらせてやろうか」

そう云って、私は媒体に念力をかけはじめます。

「大三元《ダイサンゲン》の役満をツモらせてやろう」

そして、私が念力をかけはじめると、あれよあれよという間に、その男に三元牌が集ってきて、ほんの四、五巡目に大三元をツモアガリする結果になるのです。

当然、他の三人は憮然《ぶぜん》とした面持《おもも》ちになります。

「なんだか、納得がいかないな。矢代さん、あんたの超能力はわかったから、そいつのうしろにいるのは、やめてくれないか。今度はぼくのうしろに座って、超能力をかけてくれよ」

「よろしい」

私は重々しくうなずき、今度は、その男のうしろに座って、背後から念力をかけてやると、新しく媒体になった男が、たちまち、圧勝することになる。

「じゃあ、今度は、こっちへお願いします」

三人目の男の願いを受けて、そこへ座ると、またまた、その男が断然トップになってしまう。

そして、最後の四人目の男のうしろに座った場合も、同じ結果になるわけです。

「これじゃ、麻雀の面白味がない。とにかく、矢代さんがうしろにいてくれりゃ、簡単にトップになれるんだから」

「そうだよ。やはり、超能力者はご遠慮いただいて、われわれは超能力ぬきの麻雀をやろうや」

「トップにさせていただいた上、こんなことを云うのは申し訳ないが、矢代さんはおひきとり願いましょう」

こういうわけで、みんなが私の能力をみとめた上で、私がその場にいることをイヤがるようになってしまった。

ただ、こんなことが度重なるので、私が超能力の持主であることは、すっかり有名になり、編集部内から外部にも、それがもれるようになったのです。

私が担当している劇画家の山内光も、そのことを編集部の誰かから聞いたらしく、あるとき、私につきあってもらえないかと頼みました。

山内光は、劇画家としては、二流どころで、決してトップクラスの売れっ子というわけではありませんが、劇画ブームのせいで、一応、各週刊誌や月刊誌に何本かの連載をかかえている男です。

器用で才能もあるのですが、その器用さが災《わざわ》いして、彼自身でなければ描けない自信作を持っていず、したがって、爆発的な売れ行きを示す劇画を発表するには至っていません。

「なあ、矢代さん、あんたがうしろに座っていてくれると、麻雀では負け知らずなんだってな。実を云うと、おれ、ここんところ、全然、ツキがなくって、負けてばかりなんだよ。稿料は全部まきあげられた上に、大分借金がかさんでいるんだ。そこで、今晩、その仲間たちと卓を囲むことになっているんだが、ためしに、おれのうしろに座ってみてくれないか」

「いいですよ」

私は山内光の気の弱いところが、なんとなく、気の毒でもあり、その人の良さに好意を抱いていました。

「でも、お仲間同士でやる麻雀のなかに、ぼくみたいなやつが入りこんだりしたら、他の方たちがいやな思いをしやしませんか」

「そんなことはないさ。おれたちの仲間は、きみもみんな顔なじみだし、原稿の催促のために、おれを監視しているんだと云えば、納得するよ」

山内はニヤッと笑った。

「それに、他の連中は、あんたが超能力者だなんて知らないもんね」

こういうわけで、私は、その夕方、山内光と彼らの仲間がよく集る雀荘へ同行することになりました。

山内の仲間というのは、いずれも劇画家や漫画家たちで、それも、山内より、ずっと売れっ子の連中ばかりでした。

しばらく、私は、山内のうしろに座ったまま、別に超能力を発揮せずに、傍観していました。

もちろん、私には、他の連中の手の内や、打ち方の巧拙、ツキの呼びこみ方が手にとるように透視できます。

そのかぎりにおいて云えば、さすがに、当代の売れっ子連中だけあって、他の三人は、雀力以上のツキ運に恵まれているようです。

それにひきかえ、山内の打ち方は、決してまずくはないのですが、弱気で、せっかくのツキを自分から見放してしまい、勝負所《どころ》で他の三人の強引さに気押《けお》されて、どうしても勝つことができないのです。

半荘《ハンチャン》二回のうちに、山内は大敗を喫し、うらめしげに、私の方をふり返りました。

(なんだ、あんたの超能力もアテにはならないな)

といった表情です。

「山内さん、ツキがないようですね。ぼくがオマジナイをしてあげましょう」

そう云って、私は彼の肩に自分の両手をかけ、ヤッと気合いをかけてやりました。

(これから、ぼくの超能力を発揮してみせますよ)

という合図のつもりで、それは、山内にもわかったようです。

私の掌から霊気のようなものが彼の身体に伝わり、生気がみなぎった感じがしました。

「これで、大丈夫です。山内さん、これからは強気で押しまくりなさい」

「ようし、押しの一手で行くぞ」

山内の言葉に、他の三人はせせら笑いました。

「けっこう、けっこう。強く打ってくれりゃ、ふりこんでもらうチャンスが多くなる」

「山ちゃんの強気はアテにならんからな」

「そうそう、山さんなりにカタい麻雀を打った方が怪我《けが》は少ないよ」

しかし、それからの山内は見ちがえるようなツキを呼びこみはじめました。

むろん、私が背後で念力をかけているせいもあるのですが、山内自身が念力をかける媒体としては、まことにうってつけで、まるで私自身が乗りうつったみたいに、超能力を発揮しはじめたのです。

私が他の三人の聴牌が見えるのと同じように、彼にもそれが透視できるらしく、決して放銃することはなくなったし、ヒキの強さも抜群で、配牌のときは、クズみたいな手が、ツモっているうちに、アッという間に満貫《マンガン》の手役になってしまいます。

こうなっては、いくら実力と運に恵まれていても、所詮《しょせん》はふつうの人間でしかない他の三人が、超能力者にかなうはずはありません。その半荘のうちに、山内は一度も放銃すること なく、満貫、倍満、三倍満の連続で、三人の点棒をすっかりまきあげました。

さらに、次の半荘では、役満を二度もアガり、これまた、三人の点棒を空にした上に、それだけでは足りずに、三人のうち二人まで手持ちの点棒の倍貸しという圧勝を果しました。

そして、次の半荘もまたその次の半荘も、同じ結果になり、他の三人は呆然《ぼうぜん》として、なす術《すべ》もない有様です。

「こりゃ、どうなっているんだ」

一人がボヤきました。

「こんなに山ちゃんがツイたのは見たことがないぜ」

「どうやら、今夜は完敗らしいな」

もう一人が溜息を吐きます。

「なんだか、イヤになっちゃったよ」

「この負けはとり返せそうもない。別の機会にとり返した方がよさそうだ」

三人目の劇画家は、すっかり、あきらめきった様子でした。

「今夜は、これでお開きにしよう」

結局、その晩の山内の勝ちは百万ちかくになっていました。

さすがに、売れっ子の漫画家や劇画家だけあって、レートが高く、千点につき二千円の賭けで、その上、トップになれば三万円のウマがついていて、その他に、それぞれが総握りと称して、二万円ずつを賭けていたのですから、半荘一回で、山内のふところには、二十五万以上の金が転がりこんできたわけです。

最初の半荘の負け分を差し引いても、百万ちかい金が入るのは当然でしょう。

その帰りのタクシイのなかで、山内はしみじみと私にもらしました。

「実を云うと、おれ、あんたの超能力なんて、本気で信じていなかったんだけど、本当にあるもんなんだなァ。あんたが肩に手をかけて気合いを入れてくれてから、おれ自身がみんなの牌がはっきり透視できたし、ツモってくる牌もわかった。世の中には、不思議なことがあるんだね」

「ぼくも、はじめは、自分にそんな能力があるなんて思いもよらなかったんです。でも、近頃は、それについて確信を持つようになりましたよ」

「とにかく、今夜はあんたのおかげで勝たしてもらったんだ。おれ一人だったら、いつものとおり、あの連中のカモになっていただろう」

彼はソッと二十万ばかりの札束を私に渡そうとしました。

「本来なら、今夜勝った分の半額は、あんたにさしあげるべきなんだろうけれど、おれもこんところ負けがこんで苦しいから、これで勘弁《かんべん》してくれないか」

「いいんですよ。そんな心づかいをして下さらなくても……」

そう云って、私はその金を受けとろうとしませんでした。

「ただね、山内さん。あなたは、もう、あの連中と麻雀はやらない方がいい。今夜は、ぼくがいたんで勝てたが、ぼくのいない場合には、あなたはあの人たちにかないっこない。あの連中は運と才能が備わっている。それが麻雀の場合にもあらわれるんです。これは、雀力の問題ではない。率直に云うと、あなたには、才能があるけれど、運に見放されているところがある。長い間、あの連中とやっていれば、必ず負ける」

「そうかな。そういうもんかもしれないな」

山内は苦笑をもらしました。

「自分でも、そのことはうすうすわかっているんだ。あの連中に決して才能でも、画でもヒケはとらないつもりだが、おれには運がない。それに、そのせいか、どうも弱気になってしまうし、自信が持てないんだ」

「じゃあ、こうしたらどうです」

そのとき、私は天啓のようにひらめいたものを感じて、つい口走っていました。

「ぼくをあなたのパートナーにするんです。ぼくなら、今夜の麻雀のように、あなたにすばらしい自信をつけてあげられる。その上、どんな作品がヒットするか予知することもできる。あなたには、才能があるんだから、自信と運さえあれば、たちまち、第一級の売れっ子になれますよ。ぼくの念力で、必ず、そうしてみせる」

「あるいは、それはいい考えかもしれない」

山内はじっと考えこみました。

「しかし、あんたがおれのパートナーになってくれるとしたら、どの程度の報酬をさしあげればいいんだろう？」

「ぼくも、あなたのパートナーになる以上、今の勤めはやめなければならない。しょっちゅう、あなたのそばにつきそっていなければならないとしたら、とうてい、編集の仕事はむりですからね。だから、そうですね、四分六《しぶろく》ではどうですか？　あなたの稼ぐ分の四分をぼくがいただく」

「四分六か。パートナーとしては当然だろうが、もし、麻雀みたいなぐあいに仕事の面であんたの超能力が発揮できなかったら、四分の稼ぎを渡すのは辛いな」

「それは、ぼくも同じことです。もし、あなたに仕事の面でぼくの念力がなんの効力もなかった場合には、ぼく自身、今さらもとの社へもどるわけにはいかない。これは、あなたにとっても、ぼくにとっても、大きな賭《か》けです。おたがいに、この賭けで、一生に一度の運だめしをすることになる。この賭けに乗るかどうかは、あなたの決心次第だ」

「よく考えてみるよ。考えた上で、近いうちに連絡する」

山内は、まだ決心がつかない様子だったが、私には、はっきりわかっていました。彼がいずれ、私をパートナーにするであろうことが、彼という媒体を透して、ありありと予知できたのです。


果して、三日後には、山内から私に連絡があり、自分のパートナーになってくれるよう云ってきました。

私は即座に辞表を出し、勤めを辞めさせてもらいたいと編集長に申し出ました。

「藪《やぶ》から棒に、どうしたっていうんだい？」

編集長が怪訝《けげん》そうな顔つきをしたのは当然でしょう。

「なにか、うちの社に不満でもあるのかい？　それなら、おれがなんとかしようじゃないか」

「いや、編集長にはよくしてもらっているし、社に対しても別に不満はありません。ただ、勤めがイヤになったのです。これからは、フリーの立場で働いてみたいと思います」

「フリーだって？」

編集長は、ますます、わけがわからなくなった様子です。

「まさか、きみ、フリーのもの書きになるつもりじゃあるまいね」

「それが、実は、そのつもりなんです」

「だって、きみは文章が書けるわけじゃなし、画も駄目だろう。フリーの立場になって、どうやって食っていく？」

「山内光さんとコンビを組みます。ぼくが企画をだして、山内さんが、それを劇画化する。そういう約束なんです」

「山内光ねえ。そいつは、コンビを組むには、あまりパッとしない相手だぞ」

編集長は首をふりました。

「あの男は、画も器用だし、才能もあるが、どうもこれといったヒットを出せない男だ。それは、きみも知っているだろう？　所詮は、二流の劇画家でしかない。彼とコンビを組んだりしたら、後悔することになるぞ」

「いや、これまでの山内さんはそうでしたが、これからはちがいます。ぼくは、山内さんをトップスターの劇画家にしてみせます。彼に自信がつけば、必ず、そうなれるはずだとみこんだから、ぼくは彼とコンビを組むつもりになったのです」

「ま、きみがそれほど思いつめているのなら仕方がなかろう」

編集長は私の辞表をしぶしぶ受けとりました。

「だが、考え直すようなら、おれに相談に来いよ。おれにとっても、きみはかけがえのないデスクだった」

それはそうでしょう。私は編集長には向かないが、デスクとして、どんな作品がヒットするか、どんな企画で雑誌を編集するかについては、ずいぶん、編集長の役に立ってきたはずです。

つまりは、編集長という媒体を透して、私の予知能力と念力が効を奏し、雑誌はものすごい売れ行きを示していたのです。

そのことを知っている編集長は――それが私の超能力のせいだとまでは思わず、企画力だと信じていたようですが――編集長にとって、私を手放すことは、大きな損失にちがいありません。

「ご好意は感謝します。そのかわり、フリーになった場合、なにかとご援助をお願いすることになるでしょう。そのときは、よろしくお願いします」

私としては、編集長を媒体として、自分の超能力を発揮して、雑誌の売れ行きをふやしたところで、月給がさほど増えるわけでなし、それぐらいなら、山内光を売れっ子にのしあげて、その稼ぎの四分をもらった方が、ずっと得だという目算があったわけです。

社を辞めた私は、早速、山内のところへ駈《か》けつけました。

山内は私同様、独身《ひとり》暮しで、新宿のあまりパッとしないアパートに毛の生えた程度のマンションの中に自宅兼仕事場を持っています。

八畳敷きの仕事場で、山内は冴《さ》えない顔つきをしていました。

「なあ、矢代さん。あんたは、おれが売れっ子になるように念力をかけてくれると云ったが、どうすればいいんだい？」

「山内さん、いま、あなたは、どのくらいの連載をかかえていますか？」

「おたくが勤めていた週刊誌の連載の他に、もう一本、劇画週刊誌の連載がある。それ以外には、月刊誌の連載が三本。あとは、その場かぎりの注文をひき受けているだけだよ」

「よろしい。そんなにいろいろ仕事をすることはない。いろんな仕事をひき受けていれば、私だって、念力を分散しなければならないし、その全部をヒットさせることはむずかしい。まず、二本だけに絞《しぼ》るんですな。そして、その二本の連載を大ヒットさせる」

「でも、二本の連載だけじゃ、稿料はしれたものだし、今よりは収入が下るぜ。それを、あんたと四分六で分けたら、食えなくなっちまう」

「稿料の値上げも要求するんです。大ヒットする作品を書いてみせるから、稿料をあげてくれと堂々と要求すればいい。なに、私が一緒に行って、念力をかけてあげるから、あなたにも自信がつくし、必ず、その要求は通ります。ぼくの超能力を信頼しなさい。麻雀のときと同じことですよ」

「そうかなあ」

いささか不安気だったが、私が念力を彼に送ると、彼も自信を持ってきた様子でした。

「しかし、どんな作品を書けばいいだろうね？」

「あなたは、今まで、器用すぎて、編集部の注文に応じた作品を描きすぎた。今度は、自分がこれと思う作品を強引に編集部に持ちこんで、載せさせるようにすべきです。ところで、いま、あなたが描きたいと思っている劇画は、どんなものがありますか？」

「実を云うと、たしかに、あんたの云うとおり、自分で描きたい作品は二つしかない。その二つなら、納得もできるし、全力投球できるような気がする」

その二つの作品のうちのひとつは、はじめてのタイムマシンが発明され、それに乗りこんだ十一人の乗組員が、タイムマシンの故障によって、慶長年間に不時着し、もはや病気のために衰弱して死にかかっている真田幸村の頼みで、豊臣家再興にキャプテンが力を貸すことになり、他の乗組員の十人が、それぞれ真田十勇士を名乗って、徳川家と大坂城で一戦を交えるというストーリイでした。

もうひとつは、一人の男が、新しい薬品の被験者となり、そのおかげで、筋肉が鋼鉄以上の強靭《きようじん》さを得ると同時に、常人の三倍のスピードで動きまわるようになる。

こうして、この主人公は、あらゆるスポーツの万能選手として活躍しはじめ、プロ野球のヒーローとなったり、全階級のプロ・ボクシングの世界タイトルを獲得していく。

どうも、少し、荒唐無稽《こうとうむけい》すぎるようですが、劇画の世界では、これぐらいの荒唐無稽さがあった方が、ヒットするかもしれないと私は思いました。

いや、私の念力によって、必ず、ヒットさせてみせる。

「大丈夫です。それでいってみましょう」

そこで、山内は私の助言どおり、この二つの連載にしぼり、必死になって仕事をしはじめました。

その前に、連載をしようと思う週刊誌の編集長のところへ、二人でかけあいに行きましたが、いつもは、弱気で、自分の企画をはっきり云いきれない山内が、私の念力のおかげで、人がちがったように、自信満々で、熱っぽく説得し、とうとう、連載の承諾も得、稿料の値上げにも成功しました。

こうして、『逆行真田十勇士』と『アイアン・ヒーロー』の二つの山内作品は、私の予知能力のとおり、大ヒットとなり、これを連載した週刊誌は、二つとも、発行部数を二倍にしても、売り切れになるというブームをつくりあげました。

作品がヒットするにつれて、稿料の方も二倍になり、その上、単行本になると、これがベストセラーになってしまう。

他にも、この作品の登場人物が玩具やシャツ等、いろんな形の商品に使われ、それらについてのパテント料として莫大《ばくだい》な金がわれわれのふところに転がりこんできました。

仕事をする場合、私は別に、山内と一緒にストーリイの展開にアイディアを出したり、劇画を描いたりするわけではありません。

ただ、彼のそばにすわって、ひたすら、念力を送っているだけです。

それだけで、山内は、いつもの弱気や迷いを感じることなく、次々とアイディアを生みだし、無我夢中でペンを走らせるのです。そして、それは、私が予知能力で頭に描いたものとぴったり一致しました。

半年のうちに、彼は劇画界の第一人者として、不動の地位を築き、以前とは全くちがった自信と貫禄《かんろく》を身につけるようになったのです。

「やっぱり、きみをパートナーにしてよかったよ」

彼はしみじみ、私にそう云いました。

「自分でも生れ変ったような気分だものな。きみがいなかったら、おれは、いつまでも、二流の劇画家でいたにちがいない」

「それは、おたがいさまだよ。おれだって、きみみたいな、願ってもない媒体に恵まれなかったら、超能力の発揮のしようがなかったんだから」

私と山内はしっかり握手をかわしました。

おたがいに、一生、パートナーでいようという暗黙の信頼が、その握手にはこめられていました。

ところが、あるきっかけから、その信頼が崩れるような事件が起ったのです。

それは、銀座のクラブに勤めている、三奈というホステスが原因でした。

その頃になると、山内は新宿の自宅兼仕事場をひきはらい、原宿に新築された十一階建てのマンションの九階にうつっていました。四ＬＤＫの部屋を自宅にし、同じ階のもうひとつの部屋を事務所兼仕事場に使うほど豪勢な暮しができるようになっていたのです。

私も彼と仕事をしやすくする都合上、同じマンションの六階に、二LDKの部屋を買いました。

莫大な収入を手にした二人にとって、それぐらいの金はどうということもありません。経済的に余裕のできた私たちは、仕事ばかりでなく、遊びの方も一緒に連れだっては、銀座の高級クラブへ出入りするようになりました。

山内にしろ、一編集者だった私にしろ、それまでは、銀座の高級クラブに足をふみ入れるほどの身分ではなかったのですから、二人とも、誰に気兼ねもなく、自分の金で呑めるというのは、また格別の気分です。

そうして、いろんなクラブに出入りしているうちに、私の目にとまったのが、三奈というホステスでした。

彼女は二十《はたち》を越したばかりで、ホステスになってから、まだ三カ月にもならず、いわゆる水商売の垢《あか》に染まっていないウブな感じの娘でした。

態度も控え目で、客が卑猥《ひわい》なことを口走ると、白い頰をポッとあからめる純情さが、私には、なんとも可愛く思えました。

私は次第に彼女を自分のものにしたいと考えるようになり、いっそのこと、結婚してもいいとさえ思いつめてしまったのです。

ある晩のこと、私は山内と一緒に、そのクラブへ行った帰り、三奈を食事に誘いました。食事をしながら、自分の想いを打ち明けてみようと決心していたのです。

ところが、山内も、当然のように、一緒についてきました。

六本木にある、あまり客のいない、ほの暗いサパークラブの中。ムード・ミュージックのもの憂いメロディが流れていて、雰囲気としては申し分ありません。

邪魔なのは、山内だけです。

しかし、山内は私と一心同体みたいなものだし、いずれは、彼にも三奈のことは話をしようと思っていたので、私は彼を無視し、三奈に自分の想いを打ち明けようとしました。

と、私が口を開く前に、山内が三奈を口説《くど》きはじめたのです。

「三奈ちゃん、突然、こんなことを云いだして、びっくりするかもしれないが、おれは、きみをはじめて見たときから、忘れられなくなってしまったんだ」

その言葉は、まさに、私が云おうとしていた口説き文句とそっくりでした。

どうやら、媒体としての山内は、私の気持ちを、自分の気持ちと錯覚しているにちがいありません。

私はあわてました。

「いや、山内は錯覚しているんだ。ほんとうは、ぼくの方がきみにホレているんだよ」

必死になって口をはさんだが、山内は耳を貸そうともしません。

「冗談じゃない。矢代よりもおれの方が真剣なんだ」

私は、なんとか、三奈の注目を自分に向けたいと試みてみたものの、そうすればそうするほど、三奈は山内の方に関心を向けていきそうな気配です。

それはそうでしょう。

恋心というのは、一種の念力みたいなものですから、私が恋心をつのらせると、それが念力となって山内という媒体にのりうつり、山内がその念力を利用して、迫力のある口説き文句を並べるという結果になるのです。

私がしどろもどろになるにしたがい、山内の方は自信に満ち、説得力のある口ぶりで彼女を口説いていきます。

所詮、私の念力は媒体を通じてしか効力がなく、自分のためには、なんの役にも立たないのだと、あらためて、思い知らされました。

なんのことはない。私は自分の念力の効用を充分に発揮したあげく、山内と三奈を結びつける役割りを果す結果になったわけです。

三カ月後には、二人はすっかりいい仲になり、私は狂おしい思いをしながらも、指をくわえて眺めているより仕方がありませんでした。

しかし、私は三奈をあきらめたわけではなかった。

いつか、機会があったら、山内に念力をかけ、三奈を山内の手によって殺してやろうと考えつづけていました。

媒体としての山内が、私の念力どおりに動くとすれば、山内は三奈を殺すにちがいありません。その場合、私は自分が手を下さずとも、山内を殺人犯に仕立てあげることができるはずです。

三奈を殺すのはむごい気もしましたが、どうせ、自分のものにならないくらいなら、死んでくれた方がましだとさえ、私は嫉妬《しっと》に狂っていたのです。

さて、その機会は、案外早くやってきました。

三奈を自分の部屋に招待したとき、山内が私にも来ないかと誘ってくれたのです。

なんでも、内輪《うちわ》の婚約パーティだという話でした。

(そんなことをさせてたまるか)

私は殺意を胸に秘めて、彼の部屋を訪れました。

三奈と山内はテラスのついた見晴らしのいい応接室で、シャンペンのグラスを傾けていました。

「さ、矢代さんもどうぞ」

三奈が、もうすっかり、女房気どりで、私にグラスを渡し、シャンペンを注《つ》いでくれます。

その態度を見ただけで、私は腹の中が煮《に》えくりかえる思いでした。

「どうも、ありがとう」

グラスを受けとり、山内の方を見やると、こいつも、亭主気どりで悠然《ゆうぜん》と、グラスを傾けています。

「矢代、これからは、おれだけじゃなく、三奈とも仲よくやってくれよ」

「いいとも」

と答えながら、私は、あらんかぎりの念力を山内に向って送りこみました。

（さあ、立て、この野郎。立って、三奈の首を絞めろ。力いっぱい絞めつけて、殺してしまえ）

ところが、山内は一向に立ち上る様子もなく、三奈につかみかかる気配もみせません。

その逆に、私の身体が熱くなり、その場にいても立ってもいられなくなりました。

私は自分も気づかぬ間に、グラスを手にしたまま、テラスの方へ歩きはじめています。とめようとしたが、自然に足がそっちへ向いていくのです。

（しまった）

と私が気づいたのは、テラスへ出るガラス戸を開けたときでした。

（おれは自分のために念力を使おうとした。おれの念力は自分にはなんの役にも立たず、媒体の目的と一致したときに、はじめて効力を発する。そうでない場合、媒体を無視し、自分のためだけに念力を使おうとすれば、その念力が逆に作用して、おれ自身を破滅させるんだ）

私の身体が熱くなったのは、自分の念波が媒体を通過せず、山内という壁に当って己れ自身に反射したからにちがいありません。

しかし、そう悟ったときは、もう手遅れでした。

「矢代、なにをするんだ！」

山内の声を遠くに聞きながら、自分の意志を抑えきれず、私はテラスから身を乗りだし、地面へと身を躍《おど》らせていました。

アル中の犬

その事件とかかわりあいを持つようになったのは、私にとって、不運としか云いようがなかった。

しかも、それが捜査一課の刑事に配属されてはじめての私に与えられた事件だったのだ。

「丸山くん」

捜査一課一係の係長、細井警部補が私を手招きすると、部屋の隅へ連れていって、云いにくそうに切り出した。

「きみに担当してもらいたい事件があるのだが、やってくれるかね?」

だいたい、細井警部補がこういうふうに下手に出て部下に頼むことからして、おかしいと勘づくべきだった。

事件であれば、部下がどんなにいそがしかろうとも、頭ごなしに命令するのが、彼のやり方である。

もっとも、その頃は私はまだ、細井警部補のくせをのみこんでいなかった。なにしろ、捜査一課へ配属されて、まだ一週間と経っていなかったのである。

「どんな事件でしょうか？」

私は緊張のあまり、息をはずませた。

「そうね、なんというか……」

細井警部補は私から視線を逸《そ》らし、天井のあたりに眼をやった。

「つまり、その、一種の誘拐事件なんだ」

「誘拐ですって？　そいつは大事件じゃないですか」

「そう。たしかに大事件なんだが、こいつはふつうの誘拐事件とはちがうんだ。誘拐されたのは人間ではなくて、犬なんだからな」

「犬が誘拐された？」

私は拍子ぬけがしてしまった。

「その犬はよほど特種な犬なんでしょうか？　たとえば、世界に何匹しかいないというような……」

「特種と云えば特種なんだが、高価な犬と云うわけじゃない。どこにでも、ありふれた雑種だ」

「どうも、よくわかりませんな。そんなありふれた雑種の犬が誘拐されたところで、事件になりますか？　少くとも、われわれが捜査をしなくちゃならん事件とは思えないんですがね。

そいつは、保健所かなにかの仕事ではないでしょうか」

「たしかにその通りだが、これは単なる行方不明ではない――と、その犬の飼主が主張しているんでね。犬の身代金《みのしろきん》を出せと、誘拐犯人から脅迫電話がかかってきたんだそうだ。こうなると、一種の恐喝《きょうかつ》事件になるし、届け出られた以上、うちの署でも放っておくわけにはいかない。そこで、きみに飼主に会ってもらって、事情だけでも聞いてもらおうというわけだ。きみ、やってくれるね？」

「はあ、やってみます」

と私は答えざるを得なかった。

誘拐された犬の飼主、浜田光代はもう七十に手が届こうかという老婆だった。白髪を染めているらしいのだが、それがあまりうまくいかず、ところどころ、紫色のまだらになっている。

顔は皺《しわ》だらけで、鼻も口も、その皺の中に埋もれかかっているようにみえた。ただ、眼だけは澄み切っていて若々しく、まるで少女のようにあどけなかった。

着ているものは、純白のセーターにピンク色のカーディガン、スカートは淡いブルウという取り合わせで、ひどく若づくりである。左手の薬指にはめているダイヤモンドの指輪が目立った。かなり大粒のダイヤで、私には宝石のことなどよくわからないが、多分、何カラットもある高価なものにちがいなかった。

そういうダイヤの指輪をさりげなくはめているところをみると、浜田光代は資産家なのであろう。

「おたくの犬が行方不明になったそうですが……」

と私が切りだそうとすると、

「行方不明ではありません。ちゃんと誘拐されたのです」

と彼女は、カン高い声で訂正した。

「誘拐されたんでなければ、警察に届け出たりはしません」

「ごもっともです」

私はうんざりしながらうなずいた。

「で、その犬はなんという名前です？」

「ゴロウといいます」

と答えられて、私はますますうんざりした。私の名前も吾郎なのである。

老婆は黒い大型のバッグの中からとりだした写真を私に手渡した。

手札型の写真には、そのゴロウという犬がカラーで撮《と》られている。

足が短く、毛足が長く、キョトンとした眼つきの妙な犬である。ダックスフントと他の種類の犬とが混っているのがありありとわかる雑種だった。

「なるほど、このゴロウが誘拐されたんですね。で、誘拐されたとわかったのは、いつのことです？」

「二日前でした。あたしはマンションで独り住いをしているのですが、買いものに行って、帰ってみると、ゴロウの姿が見えなかったのです。扉には鍵《かぎ》がかかっていましたし、テラスへ出るガラス戸や窓も閉めてありました。ゴロウが外へ出られるはずがないのです。誰かがあたしの留守に忍びこんで、ゴロウを連れていったにちがいありません」

「賊が忍びこんだとして、他に被害はなかったのですか？　つまり、ゴロウ以外になにも盗られたものはありませんでしたか？」

「いいえ。あたしは用心深い性質《たち》ですから、部屋の中に余分の現金などは、置いてありません」

老婆はちらっとダイヤの指輪をみやって、にんまりと笑った。

「それに、こういう貴金属類は特殊な金庫にしまってあります。その金庫をこじあけようとした形跡はありませんでした」

「では、被害はゴロウという犬だけなんですな。しかし、妙だな。なぜ、賊は犬だけ盗んで――いや、誘拐していったんでしょう。あなたがその犬をよほど可愛がっていることを知っていたんでしょうかね」

「そうとしか考えられません。きっと、犯人はあたしがこの犬をとりもどすためなら、いくらでもお金を払うということを知っていたにちがいありません」

そこで、老婆は不気味な笑みを浮かべ、奇妙なことをつぶやいた。

「本当は、その誘拐犯人の方がお金を積んでも、あたしにゴロウをひきとらせるべきだと思うんですけど……」

「犯人が金を積んでも、あなたに犬をひきとらせるべきだというのは、どういうことです?」

「あなたは、あたしを気ちがいだなどとは思わないでしょうね」

老婆はじっと私をみつめた。

「また、ここでしゃべったことは、決して他言しないと約束して下さいますか?」

老婆の澄み切った眼から、異様な輝きが奔《はし》って、私の背筋をぞくっとさせた。

一瞬、気を呑まれて、私はただうなずくばかりだった。

「よろしい。では、お話ししましょう」

老婆は私をみつめたまま、呪文をとなえるような単調な声でしゃべりはじめた。

「実を云うと、ゴロウには、三年前に亡くなったあたしの主人が憑《つ》いているのです。主人は七十五歳で亡くなるまで、お酒を呑みつづけていました。おそらく、アル中だったのでしょう、お酒がないと、一種の禁断症状を起し、幻聴幻覚におびやかされて、よく暴れたものでした。それで、何度か病院にも入院したのですが、肝臓がなみの人よりもずっと丈夫で、あれほど酒びたりになっていても、なんの異常もなく、お酒を何日かぬくと、ふつうの健康体になってしまう。ですから、退院してくるなり、また酒びたりになり、結局、同じことのくり返しでした。多分、あの人が七十五まで永生きできたのは、よほど内臓が丈夫だったからにちがいありません。死んだのは脳溢血《のういっけつ》で、それも酔っ払っているうちに発作が起り、アッという間に息をひきとってしまいました。当人にとっては、大往生とも云える死に方でした。

た仔犬がいます。あたしが、その犬を見つけたのは、主人が亡くなって葬儀万端をすませた七日めの夜のことでした。ひどく寒い晩で、あたしがマンションの入口の方へ歩いていくと、足許《あしもと》にじゃれかかる仔犬がいました。あたしは、元来、犬でも猫でも生き物が好きな性質《たち》ではないので、無視して通り過ぎようとしたのですが、その仔犬はしつこくあとを追ってきては、足許にじゃれつきます。そして、しきりにくんくんと鼻を鳴らすのです。あまりしつこいので、あたしがにらみつけると、その仔犬もあたしをじっとみつめました。うるんだ哀れな眼つきでした。そのときです。あたしの耳許で、亡くなった主人の声が聞えたのは……。その声は、こう云いました。『おい、おれだよ。わからんのか。おれはこの犬の身体を借りているんだが、どうにも、酒が呑みたくてたまらん。頼むから、一杯呑ませてくれ』もちろん、あたしも、空耳《そらみみ》にちがいないと思いました。でも、頭をふって通り過ぎようとすると、その仔犬の身体がみるみるふくれあがり、あたしの背丈ほどの大きさになって、眼の前に立ちふさがったのです。『おまえが、おれを放っておくと、アルコールが切れて、おれは暴れだすぞ、そのことは、誰よりもおまえがよく知っているはずだろう。禁断症状が起り、他人様を嚙《か》み殺したりしたらどうする？　それより、おまえがひきとって、この犬の——つまり、おれ自身の世話をしてやった方がいいと思わないか。なに、大した面倒はない。一日に一度ずつ、酒を呑ませてくれりゃいいんだ』そこで、あたしは、犬を連れて帰り、ためしに、日本酒を呑ませてみると、その仔犬は、さもおいしそうに五合ばかりを空け、ぐっすりと眠ってしまいました。あたしがゴロウを飼うようになったのは、それ以来のことです。ゴロウは、一日に五合のお酒さえ呑ませておけば、ごく大人しく、ふつうの犬とちっとも変りはありません。けれども、お酒を呑ませないと兇暴《きょうぼう》になり、人間を嚙み殺す可能性もあるのです。ゴロウを誘拐していった犯人は、そんなことを知っているはずがありません。だから、もちろん、お酒を呑ませないでしょうし、ゴロウをほんの雑種の駄犬だとみくびっているでしょう。しかし、ゴロウは発作を起すと、身体がふくれあがり、熊ほどの大きさになるのです。歯も爪も鋭く、一撃で人間を倒し、嚙み殺してしまいます。あたしが誘拐犯人は、たとえ金を積んでも、ゴロウをあたしに返すべきだと申しあげたのは、そういう危険があるからなのです」

私は、呆気《あっけ》にとられるばかりだった。

老婆は、自分では気ちがいではないと云っているが、これはなんとも気ちがいじみた話だし、老婆が真面目であればあるほど、バカバカしくなってくる。

かと云って、相手が大真面目に訴えているのを、こっちが無下《むげ》にしりぞけるわけにもいかない。

「事情はわかりました」

私は細井警部補が新米の私にこの事件を押しつけたわけがわかると同時に、ひどくいまいましい思いを味わった。

「ゴロウを誘拐したという電話がかかってきたのは、いつのことです？」

「昨夜の十一時でした」

「ゴロウが行方不明になったのは、二日前でしたね。それなのに、今まで、なんの手も打たなかったのですか？　ご主人が憑いているとすれば、あなたにとって、ゴロウはなにものにも替えがたい可愛い犬だったでしょうに……」

「もちろん、警察に捜索願いを出そうとしましたよ」

老婆は憤然として云った。

「でも、警察では、犬の行方不明を捜索するのはこっちの担当ではないと云って、とりあわなかったんです。保健所の方へ行ってみたらどうかと云ってね。そこで、保健所へ行ったんですが、保健所でも人手をさいて捜すわけにはいかない。もし、路上でみつかって捕えた場合、通知するからというだけでした。警察がようやくとりあげてくれたのは、脅迫電話がかかってきたことを届け出てからですよ。三日めの今日、はじめて、あなたがまともに事情を聞いてくれたんです。この三日間、多分、ゴロウはお酒を呑ませてもらっていないでしょう。餌は与えられたかもしれませんが、お酒までは呑ませてもらっていないに決っています。そろそろ、アル中の発作を起して、兇暴になる頃です。はやくなんとかしないと、取り返しのつかないことになってしまいます」

「その脅迫電話ですが、なんと云ってきたんです？」

「二百万円を出さないと、ゴロウを殺すと云うのです」

「で、あなたは二百万円渡すおつもりですか？」

「ええ、そのつもりで、ここに用意してまいりました」

老婆はバッグを開き、中に入った二百万円の札束を私に示した。

「なにしろ、早くとり返さないことには、ゴロウが犯人を嚙み殺してしまいます。あたしにはちゃんとわかっているのです」

「ゴロウを誘拐し、身代金を脅《おど》しとろうというやつなら、嚙み殺されたってかまわないじゃありませんか」

私はいいかげんにして、この事件から手を引きたかった。

「そいつは自業自得というものですよ」

「そうはまいりません。ゴロウは犬の形こそしているものの、あたしにとって、主人同様なのです。主人が他人様を殺《あや》めるのをみすみす放っておくわけにはいきません」

老婆は強情だった。

「考えてもごらんなさい。あなただって、身内の人間が人殺しをするのを、黙って放っておけますか？　たとえ、二百万円払っても、そんなことをゴロウにさせるわけにはいかないのです」

「わかりました」

と私は答えざるを得なかった。

「なんとか、できるだけの手配をしてみましょう」

誘拐犯人を取り押えるには、身代金の受け渡しの現場に張りこんで、相手が金を取りにきたところを逮捕するのが、もっとも手っとりばやい。

しかし、現場に張りこむ人数を、細井警部補がまわしてくれるはずはなかった。たかが犬一匹のために、忙しい捜査課の刑事をまわすわけにはいかない。とにかく、婆さんが気のすむように、きみ一人でなんとかことをおさめてくれというすげない返事だった。

仕方がないから、私だけが誘拐犯人の指定した場所に張りこむことにした。

犯人が老婆に二百万円を持ってこいと指定した場所は、サザンクロス・ホテルのロビイだった。

老婆はロビイにある一番奥のソファに腰を下ろし、私はその場所がよく見える、三つ手前のソファに腰を下ろした。

指定の時間は午後四時ということだったが、その時間になっても、一向に犯人らしき人物はあらわれなかった。

私はじりじりしてきた。

四時を一分過ぎ二分過ぎても、犯人は姿を見せない。その一分一分が気の遠くなるほど永い時間に思われた。

四時五分過ぎに、ボーイが声高に老婆の名を呼びながら、ロビイの中を歩きまわった。

「浜田光代さん、いらっしゃいますか。浜田光代さん、お電話です」

老婆はその声に応じて立ち上り、私もソファから腰を浮かせた。

ボーイに導かれて、老婆はフロントの方へよちよち歩いていく。その後ろ姿を見送りながら、私は舌打ちした。

犯人は警察が見張っているのを恐れ、身代金受け渡しの場所を変更したのにちがいない。よくある手だ。はじめ、身代金受け渡しの場所を指定しておいて、被害者がそこで待っていると、電話で別の場所へ移動するように指定してくる。その間に、被害者に尾行がついているかたしかめようという寸法だろう。

老婆はフロントの電話で、なにかしゃべり終えると、真直ぐ私の方へやってきた。

まずいな、と私はもう一度舌打ちした。

老婆が私のところへやってきたのでは、もし、このロビイに犯人側の監視者がいた場合、老婆に刑事がついていることがすぐにバレてしまう。

私はさりげなく後ろをふりむき、煙草をとりだしてくわえた。その素ぶりで、老婆に私に話しかけてはいけないと知らせてやるつもりだった。

ところが、老婆は近づいてくるなり、私の肩をたたいた。こうなっては、どうにも監視者の眼をごまかしようがない。

私は苦い顔でふりむいた。

「今度は、どこへ来いと云うんです？」

そう訊《き》くと、老婆は呆気にとられた表情で私をみつめた。

「身代金を他のところへ持ってこいという電話だったんでしょう？」

いらいらしながら、私は早口にささやいた。

「今度の場所はどこなんです？」

「いや、向うはそんな話はしなかった。ただ、助けて欲しいという電話だったんですよ」

老婆の澄んだ眼がキラリと光った。

「ゴロウに嚙み殺されそうだから、助けてくれという電話だった。案の定、ゴロウはアルコールが切れて、兇暴になっているらしい。それで、犯人に襲いかかったのでしょう」

「じゃ、犯人が誰かわかったんですか?」

「ええ、わかりましたとも。あたしの家に先週までお手伝いに来ていた家政婦でしたよ。詳しいことは、現場へ向うタクシイの中で話しましょう。このまま放っておいたら、その人まで嚙み殺されてしまう」

老婆は私の腕をひっぱり、ホテルの玄関に並んでいるタクシイの方へ急いだ。

タクシイに乗りこむと、運転手にある公団住宅の場所を教えた。

「手遅れにならなければいいが……」

タクシイが走りだすなり、老婆は両掌を合わせ、念仏らしきものを口の中でとなえた。

「家政婦が誘拐犯人でしたか。それなら、辻褄《つじつま》が合うな。ぼくは、多分、浜田さんの家庭の事情に詳しいものの犯行にちがいないと思っていたんですよ。浜田さんがゴロウをひどく可愛がっていることを知っている者の犯行にちがいないとね。そうでなければ、たかが犬一匹に二百万円もの身代金を払うとは考えないでしょうからね。おそらく、その家政婦はお宅に出入りしていたときから、ゴロウに眼をつけていたんでしょう。それで、浜田さんのすきをうかがって、部屋の扉の鍵の型をとっておいた。その型からスペア・キイをつくり、留守の間にお宅へ忍びこんで、ゴロウを連れ去った」

「それぐらいの推理なら、あたしにだってできますよ」

老婆はにべもなく、私の話の腰を折った。

「それよりも大変なことは、すでに人間が一人、ゴロウに嚙み殺されているということです」

「なに、すでに一人が嚙み殺されている？　ということは、その家政婦に共犯者がいたということですか？」

「多分、そうなのでしょうね。家政婦さんのご主人が嚙み殺されたのだそうです。あの家政婦さんは人の好いよく働く人でした。ゴロウを誘拐して身代金をとろうなどという大それたことを考えるタイプではなかった。きっと、ご主人にそそのかされて、あんなことをしでかす気になったのでしょう」

「すると、家政婦の亭主が誘拐の主犯なんですか」

「主犯も共犯も、とにかく、今では、そんなことはどうでもいいことです。それより、あの家政婦さんまでゴロウに嚙み殺されるのを、なんとかしてやらなくちゃ。家政婦さんはあたしがゴロウを可愛がっていたことは知っていても、ゴロウに主人がのりうつっていることや、そのせいで、ゴロウがアル中になっていることは知らなかったでしょう。あたしがゴロウにお酒をやるときは、いつでも、深夜でしたからね。ゴロウは寝酒に一杯やるのが好きだったんです」

タクシイが団地の中へ入ろうとすると、その入口にあるスーパー・マーケットのところで、老婆は車を停《と》めさせた。

「あたしはここでお酒を買っていきます。ゴロウを大人しくさせるには、なにしろ、お酒がないことにはどうにもなりませんからね。刑事さん、あなたは一足先に家政婦さんの部屋へ行って、ゴロウをなんとかして下さい。お願いします。十一号棟の三階のB室が家政婦さんの部屋です」

私はそのまま、現場へタクシイを走らせた。十一号棟の前で車から降りると、三階へ駈《か》け登る。

B室の扉をノックしてみたが、なんの応答もなかった。扉に耳をつけて、内部の様子をうかがってみると、なにやら人のうめき声らしきものが聞えてきた。

扉のノブをまわしてみたら鍵はかかっていなかった。

私は部屋の中へ足をふみ入れた。そのとたんに玄関先で、血の海の中に横たわっている中年の女の姿が見えた。

女はあおむけになり、なにかから自分の身を守るように両手をつきだしている。しかし、結局、身を守るわけにはいかなかったらしく、その咽喉笛《のどぶえ》が無惨に切り裂かれていた。

私は拳銃をぬきだすと、血溜りを飛びこえ、部屋の奥へ突き進んだ。

二DKの部屋の中は、足のふみ場もないくらい、いろんなものが散乱していた。襖が倒れているので、ダイニング・キッチンからは奥の六畳が丸見えだった。

そこに、もう一人、初老の男が倒れていた。玄関先と同様、そこも血の海で、まわりの畳がじっぽりと血を吸っているのが、ありありとわかった。

私は吐き気を抑えながら、その男に近づいてみた。

その男も、やはり、咽喉笛がぱっくりと割れ、顔には苦悶とも恐怖ともとれる表情を浮かべている。

私はかがみこんで傷の状態を調べた。

鋭利な刃物で切り裂いたのではなく、あきらかに、動物の歯で嚙み裂かれたようにみえた。

（すると、この二人は、やはりゴロウに嚙み殺されたのか……）

私の背筋のあたりを冷めたいものが走りぬけた。

そのとき、背後で、クンクンと鼻を鳴らす声が聞え、私はとびあがって、そっちに銃口を向けた。

そこには、いつの間にか、脚が短く毛足の長い小さな犬がうずくまっていた。

犬は、うるんだ哀《かな》しげな眼で私を見あげると、またもや心細そうに鼻を鳴らした。

どうみたところで、雑種の駄犬にちがいなく、この犬が兇暴になり、二人を嚙み殺したとは思えなかった。

「おまえがゴロウか」

私は駄犬の方に手を伸ばしかけた。

「よしよし、怖がっているんだな」

犬はもう一度くすんと鼻を鳴らし、私をじっとみつめた。

そして、しわがれた声でこう云った。

「おい、酒はねえのか。酒を呑ませねえと、てめえも噛み殺してくれるぞ」

私はびくっとして伸ばしかけた手をひっこめた。

たしかに、犬がそう云ったように聞えたのだが、眼の前の小さな犬を見ていると、それが空耳だったとしか考えられなかった。

「酒はないよ」

と私はためしに犬に向って云ってみた。

「おまえみたいなアル中に酒なんか呑ませてたまるか」

そのとたんに、犬の長い毛が逆立った。ぺたっと垂れていた両耳もピンと立ち、歯をむきだす。

「グルルル……」

犬は私をにらみつけ、身体を低くかまえ、いまにもとびかかろうとする気配を示した。

同時に、そのうるんだ眼が爛々《らんらん》と輝き、小柄な身体はみるみるふくれあがって、セパードほどの大きさになり、仔牛ほどの大きさになり、ついには熊ほどの大きさにふくれあがった。

私は夢中になって、拳銃の引金をひこうとした。

「お待ち!」

老婆の叱咤《しった》が聞えなかったら、恐怖のあまり、引金をひいていたにちがいなかった。

「仕様がない人だねえ」

老婆は両手にかかえていた一升壜を犬の方に見せた。

「ほら、お酒はここにあるよ。いま、呑ませてあげるから、大人しくおし」

一升壜を見るなり、犬はニタッと笑った。いや、少くとも、私には犬が笑ったように見えた。

それは酒好きの人間が、一杯やる前に見せるあの満足気な笑みに似ていた。

ニタッと笑うと、犬の巨体はみるみるちぢこまり、熊ほどの大きさから、仔牛ほどの大きさへ、さらにセパードほどの大きさから、もとのダックスフントの雑種の大きさへともどっていった。

そして、老婆が台所にあった丼鉢の中へ、冷酒をなみなみと注いでやると、さもうれしげにその中へ鼻を突っこむようにして、ぺちゃぺちゃと呑みはじめた。

「ゴロウ、よかったねえ。おいしいだろう。でも、お酒が呑めないからって、人を嚙み殺したりするんじゃないよ。わかったね」

老婆は、人間に云いきかせるような口調で犬に語りかけ、その背中を撫でてやっている。

その背中のあちこちに、まだ生々しい血がこびりついていた。

部屋の中には酒の匂いと、血の匂いがむっとたちこめ、私は胸がむかむかしてきた。

「浜田さん、お気の毒ですが、その犬を逮捕しますよ」

われながら妙な言葉だと思ったが、それしか云いようがなかった。

「殺人罪で、ゴロウを逮捕します」

「逮捕して、どうなさるおつもりですか？」

老婆はニタッと笑った。さっき、犬がみせた笑いにそっくりだった。

「ちゃんと裁判にかけてくれるんですか？」

「さて、それはどうですかね」

そう云われてみると、私も途方にくれる。

「多分、保健所にまわすことになるでしょうな。保健所の方で、薬殺するんじゃないかな。なにしろ、人間を二人も嚙み殺しているんだから……」

「ゴロウは、あたしにとっては良人《おっと》も同様です」

老婆は私をにらみつけた。

「ちゃんとした裁判をしてくれるならとにかく、いきなり薬殺などという無法なことは許しません。第一、ゴロウが二人の人間をこんなふうに嚙み殺したなどとは誰も信じてくれやしませんよ」

「しかし、ぼくという証人がいる」

「あなたの証言など、誰が信じるもんですか。ゴロウにあたしの主人が憑いていて、そのせいでアル中になり、兇暴な発作を起すなどと云いだせば、あなたが気ちがい扱いにされるだけですよ」

それはたしかにそのとおりだった。

と云って、この事件を細井警部補にどう説明すればいいものか。

「すみませんがね」

と私は云った。

「ゴロウに酒を全部呑ませないで、ぼくにも残しておいてくれませんか。なんだか、ぼくも一杯呑まずにはいられない気分になってきた……」

暗殺

二〇二〇年の日本において、もっとも、深刻な社会不安をまき起していたのは、ロボット工学の急速な進歩であった。

二十世紀には、まだロボット工学は初期の段階で、せいぜい、人類の興味を惹く程度の愛敬のある玩具に過ぎなかったのだが、二十一世紀に入ると、ロボットは次第に改良され、実用化されるようになってきた。

つまり、単なる玩具ではなく、人間の代用品として、立派に通用するほどの機能を備えるロボットが出来あがったのである。

こうして、この改良され実用化に適するロボットが、次々と市場に送りだされた。

はじめは、ごく単純な作業を行うためのロボットがつくられ、これらのロボットは、自動掃除機や自動皿洗い器程度の役割りしか与えられていなかったし、形態もいかにもロボットらしい姿で売り出されたのだが、改良されるにつれて、いろんな用途をこなせるだけの機能を持ち、その形態も人間そっくりのものがもてはやされるようになった。

そして、二〇一〇年には、人間そっくりの、ロボットというより、ヒューマン・アンドロイドと呼ぶにふさわしいロボットたちが、大量生産にふみ切られ、各家庭の雑用をすべて行い、各工場でも、単純な作業はロボット任せで行われるほどに普及しはじめた。

この結果、もっとももうかったのは、ロボット・メーカーの大手企業である。

ロボット・メーカーの各大企業は、次々と新型のヒューマン・アンドロイドを開発し、単純な作業から、複雑な作業までこなせるロボットを売りだした。

最初は、ちょうど新型の車や、冷蔵庫や、冷暖房機を買うようなつもりでこの便利なロボットを争って買ってきた消費者たちも、労働者用ロボット、エンジニア用ロボット、事務員用ロボット等々が売りだされ、各企業がそれらのロボットを利用するようになって、失業者が増大するにつれて、不安と反発をロボット・メーカーに対して感じはじめた。

二〇一五年には、ロボットに職場をうばわれた失業者が巷にあふれてきて、ロボット・ボイコットの市民運動が盛んになった。

しかし、すでに日本有数の大企業に成長していた各ロボット企業は、莫大な政治献金を行って、これらの市民運動を弾圧するべく政府に働きかけ、ロボット・ボイコットの市民運動はなかなか実をむすばなかった。

すでに、ヒューマン・アンドロイドの開発は、警官や自衛隊員、ガードマンに至るまで、人間の代用に適するものが製品化されていたのである。

これらの暴徒鎮圧用ロボットに守られて、政府は大企業の云うなりに、民衆の声を黙殺してきた。

内閣ならびに与党は、ロボット・メーカーの大企業はもとより、ロボットによって、大幅な人件費を節約できた他の大企業の要請もあって、民衆の要求する『ロボット使用規制法案』を、この五年間、廃案にしつづけてきたのだが、二〇二〇年に至ると、日本全国にこの法案の成立を望む声が激化し、連日のデモがくりひろげられて、このまま事態を黙過すれば、内閣や与党に対する不信感はつのるばかりか、クーデターさえ起りかねない状勢にあった。

この事態に対処するために、首相でもあり、与党民和党の総裁でもある黒木亨一は、ついに『ロボット使用規制法案』を成立させるべく決意して、それを国民に呼びかけると発表した。

もちろん、ロボット・メーカー企業やその他の大企業の執拗な反対を押し切ってである。彼はその発表を、テレビを通してなどではなく、民衆の面前で行うことにした。じかに民衆と接して、彼らの要望に応える方が、自分の政治生命の延長にとっても、党にとっても、より効果的だと判断したからである。

そのステートメントの発表は、午後六時に新宿駅前の広場につくられた仮設の壇場で行われることになっていた。

午後四時、総理大臣官邸で黒木は、二人の男に説得されていた。

一人は内閣官房長官で、彼の右腕と云われる沢村正平であり、もう一人は彼の最大の政治スポンサーである、ロボット・メーカー最大の企業の社長、末永国雄であった。

「総理、どうか、今晩のステートメントの発表は中止していただきたい」

と沢村が云った。

「いや、総理のご決意のほどはよく承知しているつもりですが、現在暴徒化している連中の前へ姿をあらわすことは、きわめて危険です。内閣調査室の情報や、警察の情報によると、この機会に総理を暗殺しようとする過激派の動きがあるようですから」

「と云って、今さら、わたしが雲がくれするわけにもいくまい。ステートメントの発表は、新聞、テレビ、ラジオ等のあらゆるマスメディアを通じて、国民すべてが承知している。わたしが姿をあらわさなかったら、それこそ、全国で暴動が起るぞ。わたしにはそれを阻止する義務がある」

黒木は葉巻きをくゆらせながら、ゆとりありげに微笑してみせた。

「大丈夫だよ。いくら過激派とは云え、全国民が願っている法案の成立が実現しようというのに、わたしを殺すようなバカげた真似はするまい。そんなことをしたら、やつらこそ民衆の反感を買うだけだ」

「しかしですな、万一ということがある。ここはひとつ自重していただきたいもんですな。あなたに今死なれたら、われわれがあなたをこれまで支持してきた意味がなくなる」

末永がやんわりと説得にかかった。

「問題の法案が成立したら、われわれロボット・メーカー企業にとっては大打撃だが、それでも、あなたが総理であるかぎり、抜け道は考えてくれるでしょう」

「そいつはどうかな？　あんたにはいろいろ世話にはなってきたが、ことはわたしの政治生命にかかわることでもあり、国民の生活にかかわることだ。このまま黙過すれば、クーデターも起りかねん」

微笑を消し、黒木は断乎とした口調で云い切った。

「わたしはここまできた以上は、この法案を必ず成立させるし、その法にふれるものは、いかなる企業といえども、抜け道はない」

「総理のそのお覚悟を承知しているからこそ、わたしは万全の備えをしておきたいのです。今日のステートメントの発表を中止するわけにはいかないのならば、せめて、総理自身がお出かけにならず、代りのものを行かせることにしてはどうでしょうか。もちろん、代りの人物をと云うことではありません。それでは、民衆が承知しないでしょう。そこで、われわれは、総理とそっくりのものを用意したのです」

沢村は末永と目配せした。

「実は、その代りのものというのはロボットでして、この末永社長のところで特別に注文して、あらゆる点で総理とそっくりに出来あがっております。顔や身体はもちろんのこと、総理のくせ、仕種《しぐさ》、声から、趣味嗜好まで、あらゆるデータをインプットされているアンドロイドなのです。とにかく、ごらんにいれましょう」

官房長官が扉口に行って、合図をすると、一人の男がゆっくりと室内に入ってきた。

黒木は眼をみはった。

それはまさしく、自分とそっくりの男だった。右脚をややひきずる歩き方と云い、両手のふり方と云い、顔の皺ひとすじ、染《しみ》に至るまで、鏡に映っている自分を見る思いだった。

「これはすごい」

呆気《あっけ》にとられて、彼は末永をみやった。

「きみのところでは、こんなロボットまでつくれるのかね？」

「ま、特別製ですから、コストはかかりましたが、うちの社の技術をもってすれば、そんなにむずかしいことではありません」

末永は得意気な笑みを浮かべた。

「これなら、どこへ出したって、あなたの替え玉として通用しますよ。今夜のステートメントだって、その原稿をインプットしてやれば、立派に代役を果すでしょう。そして、こいつなら、いくら、狙撃されたところで、あなた自身はなんの痛痒もないわけだ。もちろん、銃弾を受ければ、この替え玉だって倒れるし、血も流しますが、それはあとで、総理は過激派に狙撃されたが、幸い、軽傷で生命に別状はなかったと発表すればすむことです。こうして、何日か後に、あなたは無事な姿を民衆の前にあらわす。その方が、あなたの政治家としての株はあがるし、民衆の過激派に対する反感をあおる効果もある。一石二鳥じゃありませんか」

「なるほどな」

黒木も自分の生命が惜しくないわけではなかった。このしぶとく権力欲の強い老人は、もっともっと永生きして、権力の座に君臨しつづけることが、唯一の生き甲斐だった。

「では、ひとつ、ためしてみるか」

午後六時きっかりに、新宿駅頭にあらわれた黒木首相――すなわち、黒木首相のロボットは、駅前広場を埋めつくした十万にも及ぶ民衆から熱烈な拍手と歓呼の声に迎えられていた。

黒木自身は、その現場の状況を、首相官邸内の執務室にあるテレビで見ていた。

黒木の身代りは民衆の歓呼に応えて、大きく両手をふってみせている。

その仕種は、黒木自身がやっているのと寸分ちがわなかった。

「驚いたな」

彼は自分の隣りに腰を下ろしている官房長官に対して、満足そうにうなずいてみせた。

「これじゃ、わたしよりもわたしらしいじゃないか」

「ごらんになっていれば、もっと驚くことになりますよ」

官房長官は意味ありげにテレビを顎でしゃくってみせた。

「あのロボットのしゃべり方、ステートメントを発表する間の置き方まで、総理にそっくりのはずです」

たしかに、沢村の云うとおりだった。

ひとしきり、民衆の歓呼に応え、愛敬をふりまいていたロボットは、やがて、重々しい咳払いをして、民衆の歓呼が静まると、ゆったりした声で、ステートメントを読みあげはじめた。

その声はしわがれていて、重々しく、しかもマイクに乗ってよく響いた。

「わたしは、ここに国民全部がかねてから強く要望してきた『ロボット使用規制法案』を、今国会において、成立させることを、みなさまの前で、公約致します」

と同時に、ふたたび、民衆の歓呼の声がどよめきわたった。

ロボットはそれらの民衆へにこやかな笑みを浮かべて、さらに言葉をつづけた。

「この公約を実現するために、わたくしは自分の政治生命を賭ける所存でおります。この法が適用されれば、各企業からはロボットが追放され、ロボットのために職場を失った人たちは、もとの職場に復帰できるでありましょう。今後は、ロボットがわれわれ人間の生活をおびやかす心配はありません。したがって、国民のみなさまは一部の過激派のアジに乗ることなく、冷静に今後の事態を見守っていただきたい……」

そこまで、黒木ロボットがしゃべったとき、民衆の背後から銃声が起った。

同時に、拡声器を使った声が広場に響きわたる。

「だまされるな！　やつはロボット企業の手先だ！」

さらに、もう一発、銃声が聞えた。

壇場にいた黒木ロボットにその一弾が命中したらしく、ロボットは胸を押えながら、よろよろとよろめいた。

右手で左胸を押えているその掌が血に染まっているのが、クローズアップで、テレビの画面にはっきり映しだされた。

黒木は自分が射たれたようなショックを覚え、実際、胸に鋭い痛みさえ感じた。

画面のロボットは、そのまま、横倒しに壇上に倒れてしまう。

広場は混乱のルツボと化した。

「やっぱり、きみが云っていた情報は正しかったようだな」

やや、蒼ざめた顔で、黒木は椅子から立ち上った。無意識のうちに、彼自身もロボットと同じように、左胸を押えていた。

「しかし、ロボットを代役に立てておいてよかった。そうでなかったら、わたしは今頃、生命を失っていたかもしれん。きみや末永くんには感謝しなければならんな」

「いや、感謝には及びませんよ」

沢村は冷ややかな眼つきで、黒木を見上げた。

「これは、はじめから、われわれが仕組んでおいたことなのです。わたしや末永社長、それに他の企業の経営者たちにとって、あの法案を通されることは、甚だ迷惑だ。だから、力をもっても、それを阻止することに決めたのです」

「なんだって?」

黒木は愕然として、冷ややかな沢村の顔を見守った。ある予感が彼の背筋を冷たく駈けぬけた。

「すると、きみらはわたしを罠にかけるためにあのロボットをつくらせたのか」

「そういうわけです」

沢村は腕時計をちらっとみやった。

「まあ、総理、お座り下さい。じたばたしたってはじまりませんよ。まだ、五分ほど時間がありますす。その間に、これからのことをご説明しましょう」

黒木は力なく、ふたたび椅子に腰をおとした。


「実を云うと、過激派があなたを襲撃するといった情報はでたらめです。いや、あなたを襲撃することはたしかだが、これは過激派の犯行ではなく、われわれがやとった連中が計画したものなんです。それも末永さんたち、ロボット・メーカー企業の経営者が資金を出し、計画を立てさせ、周到な準備をした。しかも、あなたを襲う犯人は、あなたのロボットをつくったのと同じように、特別注文でつくらせたロボットです。ロボットなら、現行犯で逮捕されようが、警官に射たれようが平気ですからね」

沢村は淡々と言葉をつづけた。

「こうして、あなたそっくりのロボットは、ごらんになったとおり、銃弾に倒れた。さっきは、あなたの身代りになったロボットを利用して、あなたは軽傷で無事だったと発表するつもりだと申しあげたが、お気の毒ながら、われわれの筋書きはそうではない。あなたは、あの現場で射殺されたことになるのです。なにしろ、あの現場には十万もの目撃者がいる。その連中が、あなたが銃撃を受け、血を流したところを目撃しているのだから、あなたが過激派によって射殺されたと発表されても不思議には思わんでしょうな」

「ということは、きみらこそ、わたしを暗殺しようと企んでいるんだな」

「そういうことです。はじめは、身代りロボットなんか使わずに、あなた自身を現場で襲撃させて、暗殺する計画も練ってみた。しかし、万一、襲撃に失敗して、暗殺に失敗する可能性もある。単に銃弾を受けて、生命に別状がなかったりしたら、なんにもなりはしない。それより、あの身代りロボットに銃弾を受けさせ、そのあとで、この官邸内であなたを確実に殺させた方が間ちがいがない。おそらく、今頃は、われわれの同志が、あのロボットをしかるべき病院に運びこみ、完全に消滅させた上で、あなたが銃弾によって暗殺されたという発表を行う段どりをつけている頃でしょうよ」

「しかし、わたしが暗殺されたことを知ったら、全国民が憤激するぞ。民衆はあの法案の成立することを熱望していた。それがご破算になれば、全国各地で暴動が起る。クーデターだって起りかねん。きみらはそういう事態を予想しておらんのか」

「当然、予想しましたよ。むしろ、クーデターを起すのは、われわれの方なんです。あの法案を通さないためのクーデターです。そのために、もう何カ月も前から、ロボット・メーカー各企業は、ひそかに暴徒鎮圧用の特殊ロボットの大量生産を行ってきた。これらの特殊ロボットに重装備をさせ、暴徒鎮圧に当らせれば、人間どもなんか問題じゃない。ほんの一カ月もありゃ、やつらをたたきつぶして、われわれの思いのままの独裁政治が行えるんです」

沢村は、もう一度、腕時計に視線を向け、椅子から、立ち上った。

「総理、残念ながら時間切れです。この官邸のまわりは、特殊ロボットによって固められています。警察も自衛隊もすでに襲撃されて、われわれの手におちるのは、もはや、時間の問題でしょう。各放送局も占拠され、クーデターが行われたことが、全国に報道される手はずになっております」

そう云いながら、扉口まで歩いていって、沢村は扉を開けた。

数人の重装備の兵士たちが室内になだれこんでくる。

彼らの顔は、みんな同じで、なんの表情も浮かべていなかった。

彼らは無表情のまま、いっせいに銃口を黒木の方に向けた。

「待て。待ってくれ」

黒木はあえぐように息を呑み、じっと沢村の顔をみつめた。

「最後にひとつだけ教えてくれないか。きみとわたしとは永い間のつきあいだった。きみがそれほど冷血な人間でないことは、わたしが誰よりも知っている。きみがこんな冷酷な計画に参加していたとしたら、わたしには、勘でわかったはずだ。それなのに、きみはそんなことは気ぶりにもみせなかった。どうしてなんだ？　それは、きみがきみではないからではないのか？　きみも、やはり、末永の手によってつくられたロボットだからじゃないのか？」

「さてね」

沢村はニヤリと笑った。

「そいつは、あなたのご想像にお任せしますよ。それを知るチャンスは、もはや、あなたには永遠にないわけですがね」

その言葉が終ると同時に、兵士たちの銃口は、黒木に向って一斉に火を吹いた。

蜘蛛の巣

「わたしは、幽霊《ゆうれい》とか妖怪変化《ようかいへんげ》の類いの存在を信じてはいませんし、そういうこの世ならぬ化けものなんぞ、ちっとも怖ろしいとは思いません」

と、その老紳士は、もの静かな声音で語った。

「そんなものより怖ろしいのは、生きた人間です。それも、一見、正気のようにふるまっていながら、ときおり、突然、気がふれてしまう人間ぐらい怖ろしいものはない。今でも、あのときのことを思い出すと、身ぶるいがしてくるのです。そのことをしゃべっても、誰も信じてくれない。むしろ、わたしの方が精神異常者かノイローゼ患者扱いにされるだけだ。でも、わたしはウソを吐《つ》いているわけではない」

「それは、どういう経験だったのですか?」

と、私は訊《たず》ねてみた。

「あなたがそうおっしゃるからには、よほどショッキングな経験をなさったにちがいない。

ぜひ、そのお話をぼくにもうかがわせて下さい」

「わたしは何人もの人たちにこの話をしてきた。だが、無駄でした。多分、あなたもわたしの話を信じてはくれますまい」

老人は、あきらめきったように、首をふった。

「あなたが信じようと信じまいと、どうでもいい。とにかく、わたしの体験談をお聞かせしましょう。わたしは今年で六十歳になります。妻は二年前に胃ガンで亡《な》くなり、二人の息子たちは、それぞれ独立して、わたしの手許《てもと》からはなれて生活しております。つまり、妻に先立たれてから、わたしは独《ひと》りぽっちの暮しをしなければならなくなったわけです。息子たちは、わたしを自分の家へひきとるなり、わたしの家へ家族ともども移ってきて、一緒に生活し、わたしの面倒をみようと申し出てくれましたが、わたしは拒絶しました。というのも、わたしには、ある女がいて、彼女を妻にするつもりだったからです。事実、妻が亡くなってから、一年後には、その女と同棲《どうせい》するようになり、さらに半年後には、正式に籍を入れて、夫婦になりました。わたしとその女とは、年齢が三十歳も差があるので、さすがに、大っぴらに結婚式や披露宴《ひろうえん》をするわけにはまいりませんでしたが、とにかく、彼女と結婚したことは間ちがいありません。むろん、息子たちや親類たちはこの結婚に反対でした。年齢がちがいすぎるし、女が水商売の出だったので、わたしの財産が目当てにちがいないというのです。わたしは、そんなことは気にしませんでした。どうせ、老い先短い生命なのだし、財産など、自分が死んだあとにどうなろうとかまいはしない。むしろ、息子たちや親類どもの方がわたしの遺産めあてに、余計な嘴《くちばし》を入れるのだとカンぐって、息子や親類どもを義絶《ぎぜつ》してしまいました」

「つまり、あなたは、その女性にそれほど惚《ほ》れこんでいらっしゃったわけですね？」

と、私は口をはさんだ。

「その女性のためなら、なにもかも犠牲にしても悔いないくらいに……」

「そのとおりです」

苦笑を浮べて、老人はうなずいた。

「年甲斐《としがい》もなく、恥ずかしいことですが、わたしは圭子（というのがその女の名ですが）に夢中になっていました。圭子と一緒に暮せるのなら、なにもかも要《い》らないと思いつめてしまったのです。うぬぼれかもしれないけれど、彼女もわたしを愛しているように感じられました。少なくとも、かゆいところに手の届くほど、細かく気を配って、わたしに一生懸命つくしてくれた。そういう彼女が、わたしには愛しくてならなかった。彼女との生活は幸せでした。少なくとも、彼女と共に暮した半年の間は……。ところが、彼女と結婚して、そのハネムーンがわりの旅行へ行ったとたんに事情が一変してしまいました」

大鳥誠一郎が圭子を伴って新婚旅行へ出かけたのは、九州へだった。

宮崎から別府へまわり、さらに熊本から博多へ出て東京へ帰る予定である。

今まで、二人でときおり一、二泊の小旅行を試みたことはあったが、これほどの長旅ははじめてのことであったし、それも、誰にはばかることのない正式の夫婦として旅することもはじめてであった。

それだけに、圭子はうれしげにはしゃいでいた。

「あたし、とても幸せだわ」

宮崎へ向う飛行機の中で、彼女は誠一郎の手をそっとにぎりしめた。

「あなたとこうして新婚旅行に出かけられるなんて、なんだか、夢みたい。だって、あたしはあなたと結婚できるとは考えていなかったんですもの。息子さんたちや親類の方たちが反対するのはわかりきっていたし、年齢がちがいすぎるから、あたしはあなたのおそばに置いていただけるだけでも満足しようと思っていたの」

「そんなふうに、きみを日陰の身にしておくはずはないじゃないか」

誠一郎は、圭子のそういう控えめな態度がいっそう可愛く感じられた。年齢の差が、かえって、彼女への愛をつのらせた。そう、息子しか持ったことのない彼にとって、彼女は恋人であると同時に娘のような存在であった。そして、今では、妻でもある。

「圭子、きみはもうなにも心配することはない。誰にも気兼ねする必要もないんだ」

「そのことでは、あたし、あなたに感謝しているわ」

圭子は眼をうるませた。

「本当のことを云うと、今までは、どこへ行っても、なんとなくうしろめたい感じがつきまとって仕方がなかったの。あなたと旅行するときも、なんだか、後ろ指さされているような気がして……。でも、今度はちがうのね。あたしたちは、正式の夫婦なんですものね」

「そうだよ」

誠一郎はそっと彼女の肩をたたいた。

「きみがうしろめたい思いをする必要はない。むしろ、うしろめたい思いをしなければならんのは、わたしの方だ。なにしろ、わたしはこんな老人だし、きみは若い。きみほどの美しさと気質《きだて》の良さを持った女性なら、いくらでも、もっと若くて男ぶりのいい相手と結婚できたろう」

「若い男なんて真平《まつぴら》だわ。あたしが年上の男性が好きなのはわかっているでしょう？　若い男の人って、ギトギトした感じで、気持のゆとりがないから嫌いよ。なんだか、セックスの対象としてしか、女性を求めていないような気がするの。その点、年上の男性は、セックスだけではないなにかを与えてくれる。特に、あなたの場合はそうだったわ。あなたはあたしをあたたかく包んでくれた。誠意を持って、たかが、ホステスでしかないあたしを一人前の女として扱ってくれた。あたしもホステスの経験は長いけれど、そういうふうにあたしを扱ってくれた男性はいなかったわ。たいがいのお客さんは、あたしたちホステスを一時の遊び相手としか考えないものよ。それが当り前なんでしょうけれどね。でも、あなたは最初から、あたしを一時の遊び相手ではなく、ちゃんとした女性としてつきあって下さった。だから、あたしはあなたを好きになってしまったのよ。あなたのそばにいると、気持が安らかになって、思いきり甘えられるんですもの。それだけでも充分だったのに、あなたは周囲の反対を無理に押しきって、あたしとの結婚にふみきってくれた。そんなに誠意のある人は、あなた以外にいやしないわ」

「ずいぶん、わたしを買いかぶってくれているんだな」

そう答えながら、誠一郎は満足だった。

圭子の言葉には、真実味がこもっていた。

たしかに、バーやクラブへ通う客たちは、ホステスを一時の憂《う》さをはらす酒の相手、気まぐれの遊び相手としてしか考えていない場合が多い。

ホステスの経験が長かっただけに、圭子はいろんな客たちと接してきただろうし、客を観察する眼も肥《こ》えていたにちがいない。

彼女が店を辞めて、大鳥誠一郎と同棲する決心をしたのは、彼の財力だけが目当てではなく、彼の人柄に惚れこんだせいだとしか思えなかった。

ベテランの税理士である彼が、かなりの財力の持主であることはたしかだが、圭子の勤めているクラブには、彼女めあてに彼以上の財力のある客たちがいくらも通っていたはずだ。

そのなかから、誠一郎を選んだのは、やはり、圭子が彼の誠実さと愛情を感じとってくれたからにちがいなかった。

「とにかく、二人とも気が合ったということさ」

誠一郎はわざと軽い陽気な口調で云った。

「気が合った同士でこれからも仲よく暮していこうよ」

宮崎で一泊しただけで彼らは、翌日、タクシイで別府へ向った。

宮崎は新婚旅行のメッカと云われるだけあって、市内から離れた海岸沿いのリゾート・ホテルは、新婚らしい若いカップルで満員だった。

それだけに、ホテルのどこへ行っても、二人は自分たちだけが人目に立ち、うさんくさい眼つきで眺められているような気がしてならなかった。

二人の年齢の差が、ここでは正式の夫婦とは認められず、老人が若い情婦を、ひそかにホテルへ連れこんだという印象しか与えないように感じられた。

二人はそういう人目を避けて、宮崎の観光地といわれる青島やサボテン公園や、サファリ・パークなどへドライヴに出かけて行ってみたが、観光ずれのした場所は、さして魅力のあるものではなかった。

市内へも行ってみたけれど、ありきたりの地方都市にすぎず、新婚旅行にふさわしいときめきを覚えさせることはなかった。

自然、二人は早々にホテルにもどり、部屋に閉じこもりきりで過した。

せめてもの慰めは、ホテルの窓から見渡せる樹海《じゅかい》と、その向うにひろがっている波の打寄せる海岸の風景である。

しかし、それも、ある程度の間、眺めていると、飽きがしてくる。

「あたし、もうここはたくさんだわ」

と、圭子が云った。

「早く、別府へ行きましょうよ。別府なら、温泉場だから、いろんな人たちが集まっているでしょうし、あたしたちが目立つこともないと思うの」

「よかろう」

誠一郎も同感だった。

宮崎では、もう一泊する予定だったのだが、キャンセルして、早々に別府へ向おうと決心した。

「別府へ行けば、ここみたいに、気兼ねせずに、楽しむことができるだろう」

そういうわけで、翌日の正午にチェックアウトをすまし、二人は別府温泉へ向うことになったのだ。

別府までは、タクシイで五、六時間くらいかかるということだった。

誠一郎が圭子の様子に不審を抱いたのは、そのドライヴの間のことである。

途中まで、飛行機の中とは別人のように、圭子は黙りこくって、沈みがちな表情を浮べていた。

「どうしたんだね？」

誠一郎は心配になって訊ねた。

「どこか気分でもわるいのか？」

「いいえ、なんでもないわ」

首をふって否定したものの、彼女の態度はどことなくぎごちなかった。

「宮崎で少し緊張しすぎたから、そのしこりがとれないんでしょ」

「しかし、もう宮崎からは出てしまったんだ。別府では、きっとリラックスできるよ。さ、元気を出したまえ」

彼がそう云って、彼女の肩に手をまわそうとすると、彼女はビクッと身体をふるわせ、彼の手を払いのけた。

「きみ、わたしがイヤになったのか？」

さすがに、気色ばんで彼は云った。

「そうじゃない。機嫌《きげん》をわるくなさらないでちょうだい」

圭子は不自然な笑みを浮べた。

「この車には、蜘蛛《くも》がいっぱいいるの。あなたの身体にも蜘蛛が一面にとりついているわ。だから、さわられるとゾッとしたの」

「蜘蛛だって？」

誠一郎は、車内を見まわし、自分の身体を見まわした。

しかし、蜘蛛なんか一匹も見えなかった。

「なにを云っているんだ。蜘蛛なんか一匹もいやしないよ」

「いるのよ」

彼女は低いしゃがれ声でささやいた。

「あたしには、それがはっきり見えるわ」

「落ちつきなさい。そいつはきみの錯覚にすぎないよ。たしかめてみようか」

誠一郎は、タクシイの運転手に声をかけてみた。

「運転手さん、きみには、この車の中に蜘蛛がいるのが見えるかね?」

「蜘蛛ですって?」

運転手は怪訝《けげん》そうな顔つきでふりむいた。

「いいや、一匹もいませんぜ。それとも、いつの間にか、窓からでもまぎれこんできやがったかな。どこにいるか教えて下さりゃ、車を停《と》めて、追いだしましょうか」

「いや、いいんだ。そういう気がしただけなんだから」

誠一郎は圭子の方をふりむいて、そっと云いきかせた。

「ほら、運転手も蜘蛛なんかいないと云っている。やはり、きみの錯覚だ」

「そうかもしれないわね」

彼女はホッと息を吐いた。

「あたしがどうかしていたのよ。もう、大丈夫。あたしにも、もう、蜘蛛が見えなくなったわ」

事実、同時に彼女の身体の緊張がほぐれ、顔つきも平常にもどった。

あとのドライヴではなにごとも起らず、二人は無事に別府温泉へ着いた。

しかし、ホテルへ着いてから、彼女の態度は、ふたたび、おかしくなった。

ホテルとはいうものの、いわゆる温泉ホテルで、二人が通された部屋は最上のスウィート・ルームではあったが、寝室はベッドではなく、畳敷きで、布団が二つ並べられてあった。

彼女がおかしくなったのは、夕食のときである。女中は気《き》を利かしたのか、夕食の膳《ぜん》を運ぶと、あとは圭子にまかせて、ひきとっていった。

飯をよそおうとしたとたんに、彼女はギャッと叫び声をあげた。

「蜘蛛よ」

わなわなと身体をふるわせながら、彼女は眼をうつろに見開いた。

「このおひつの中には、蜘蛛がいっぱいつまっているわ」

誠一郎もぎょっとして、そちらへ眼を向けたが、それには、ただ米飯が入っているだけだった。

「なにを云っているんだ。よく見ろよ。蜘蛛なんかじゃない。ただのご飯じゃないか」

「ちがうわ。蜘蛛よ。蜘蛛がうじゃうじゃいる」

彼女は恐怖の面持《おももち》で、眼をむけた。

「あたしには、蜘蛛は食べられない」

「しっかりしろ」

誠一郎は彼女の身体を両手でしっかり押えつけた。

「気を落ちつけて、よく見るんだ。また、きみは錯覚を起しているにすぎない」

「いや、いや！」

彼女は身もだえして、彼の手をふりはなし、その場から立ち上り、逃げだそうとした。女とは思えない力だった。

誠一郎がそれでも必死になって押えつけていると、やがて、彼女の身体から力がぬけ、ぐったりとなった。

「あたし、なにか云ったかしら?」

ぼんやりと彼女はつぶやいた。

「蜘蛛の夢をみたような気がしたのだけれど……」

「そうらしいな。もう、すっかりよくなったかい?」

「ええ、なんでもないわ」

さっきの狂態がウソだったかのように、彼女は甲斐々々《かいがい》しく、彼に給仕をし、自分も平気で夕食をすませた。

夕食をすませると、長時間のドライヴの疲れもあって、早目に寝ることにした。

寝酒にウイスキイの水割りを呑《の》んでから、二人はそれぞれの布団に入った。

誠一郎は、布団に入るとすぐ、眠りに落ち入った。若い新婚夫婦なら、眠る前にセックスをせずにはいられないのだろうが、老齢の彼には、その精力はなく、圭子の方も、それを心得て無理強《じ》いすることはなかった。

布団へ入る前に、二人は軽くキッスをかわしただけである。

眠ってからどれぐらい経《た》った頃だろう。

誠一郎は異様な気配を感じて、ふと、眼を覚ました。

何気なく、眼を開けた彼の上に、圭子がおおいかぶさるようにして立っている姿が見えた。彼女は長い髪をおどろにふり乱し、蒼白《そうはく》な顔で、眼をつり上げ、うす笑いを浮べている。そして、彼の枕元に立ち、両手の指先をおどらせながら、なにやら、あやつり人形の糸をたぐるような仕種《しぐさ》をしていた。

うす暗い部屋のなかで、浴衣一枚の女が立ち、自分を手招きしている姿は、この世のものとは思えぬほど不気味だった。

特に、彼女が美人なだけに、その異様な顔つきには凄味《すごみ》がある。

誠一郎は、あまりの恐怖に、しばらくは、身動きもできなかった。

「蜘蛛の巣があなたに巻きついているわ」

単調な、しゃがれ声がひびいた。

「それを、あたしがとってあげる。ほら、こうして、こうして……」

「あのときくらい、怖ろしい思いをしたことはありません」

と老人は云った。

「わたしは、ようやくのことで起きあがり、彼女をなんとか正気に返らせました。しかし、彼女が精神に異常をきたしていることは間ちがいない。わたしは彼女にそのことを云いきかせ、専門医に診《み》てもらうようすすめました。彼女も、自分がときおり正気を失うことを自覚したらしく、わたしのすすめに同意しました。わたしたちは、旅行を中止して、東京へ帰り、この精神病院を訪れたのです」

「その結果、彼女の病状は、はっきりしたのですか？」

と私は訊ねた。

「どうやら、そうではなかったようですね」

「皮肉なことに、結果は逆になってしまいました。ここを訪れると、彼女は自分が正常であり、わたしの方が異常なのだと医師に訴えたのです。つまり、彼女がなんらの異常を示さないにもかかわらず、わたしが彼女を異常だと錯覚している。一種の幻想にまどわされているというわけです。自分は蜘蛛など見たことはないし、そんなものがいると云ったこともないのに、わたしが勝手に、彼女が蜘蛛にとりつかれているという妄想《もうそう》を抱き、あらぬことを口走り、彼女にそう納得させようとした。だから、彼女はわたしの身を案じて、わたしが云いだしたのを幸い、専門医に診てもらうことに同意した。ぜひ、わたしの病気を治してやってもらいたいと医師に申し出たのです」

老人は哀《かな》しげに溜息を吐いた。

「当然、わたしはそんなことはない。彼女は蜘蛛の幻覚を見たのだと主張しましたが、残念ながら、彼女が幻覚を見たという証人は誰一人いない。タクシイの運転手が辛《かろ》うじて、その一人にあてはまりますが、その運転手も、圭子が蜘蛛が車にうじゃうじゃしていて、わたしの身体にもまつわりついていると言っていたことは証言できない。彼女がそう訴えた言葉は低くて、運転手には聞きとれなかった。むしろ、蜘蛛がいるかどうか訊ねたのは、わたしの方なのですから、わたしが幻想を抱いたとしか思ってくれないでしょう。別府のホテルのなかでも、彼女が正気を失ったのを目撃しているのは、わたしだけだから、他に証人はいない。要するに、どっちが正気を失ったのかは、水かけ論に終ってしまった」

「しかし、ここの病院では、どっちが精神に異常をきたしているか、検査をしたはずでしょう」

「たしかに、検査はしました。ところが、検査の結果も、わたしに不利だったのです。脳波やその他の反応検査の結果、わたしの方に異常があり、彼女にはなんらの異常がないとの診断が下されました。それは、わたしが不眠症で、しばしば、睡眠薬を用いていたせいかもしれません。しかも、老齢で、いくらか反応がにぶくなっているのも診断の結果が不利になったのでしょう」

「彼女の方は、全く正常だという診断の結果が出たのですか?」

「そうです。彼女の検査の結果は正常でした。もっとも、わたしには専門的なことはわかりませんが、彼女はときおり発作的に幻覚症状を起すだけで、他の場合には、全く正常なのですから、正常なときに検査をしてみても、なんらの異常はみとめられないのかもしれません」

「なるほどね」

私は老人をみつめた。

「で、今もあなたは自分が正常であり、彼女がときおり正気を失うと思っておいでなのでしょうか?」

「それが、もう、わからなくなったのです」

老人はうなだれた。

「あるいは、彼女の云うとおり、わたしの方が幻覚を見たのではないかと疑いを持つようになってきました。あのやさしい圭子がウソを吐いてまで、わたしをこんなところに閉じこめておくはずがない。わたしをペテンにかけて、こんなひどい仕打ちをするはずがない。とすれば、わたしが彼女が蜘蛛の幻想を見たと思いこんだのが、実は、わたしの幻想だったのではなかろうかという気もするのです」

「あなたは、圭子さんを愛しておられるのですね?」

「そう、愛しています」

老人は顔をあげて、きっぱりと云った。

「もし、わたしがだまされていたとしても、わたしは本望です。少なくとも、半年は彼女と幸せに暮せたんですから……」

精神病院を出ると、私は入口のそばに駐《と》めてある、純白のスポーティ・カーの方へ近づいていった。

夕闇《ゆうやみ》のなかでも、その純白のスポーティ・カーはくっきりと浮きあがってみえた。

「どうだった？」

私が近づいていくと、圭子は扉を開けて、私を助手席に乗せた。

「あのじいさん、まだ、たわ言をしゃべっているの？」

「ああ、今では、自分が正気だったかどうかもわからなくなっているらしいぜ」

「ふうん、あたしの芝居がうまくいったってわけね」

圭子はスムーズに車をスタートさせた。

「ま、それまでには、あたしもずいぶん我慢をして、あのじいさんにつくしてやったもの。とにかく、正式に結婚させるまでの苦労ったら並たいていじゃなかったわよ。結婚してしまえば、こっちのもの。あとは、あのじいさんが、精神病院へ閉じこもりきりになっている間は、あたしは好き勝手なことができるし、もし、死んでくれでもしたら、莫大《ばくだい》な遺産が転げこんでくる。そう考えたからこそ、一生懸命、気ちがいの真似《まね》もしてみせたんだわ」

「おまえさんも、相当のワルだな」

私はニヤリと笑った。

「しかし、蜘蛛とは考えたもんだな。蜘蛛ってやつは、誰だって、気味がわるい。ましてや、枕元に立って、蜘蛛の巣をとってやる仕種をしてみせたりしたら、こいつは、さぞかし、ゾッとしたろうよ」

「あのじいさん、ふるえあがったわ」

圭子はクックッと思い出し笑いをした。

「あたしはおかしくて、今にも吹き出しそうになったけれど、そんなことをしたら、せっかくの芝居が台なしになっちまうから、一生懸命我慢したのよ」

「女ってのは怖いぜ。あのじいさんも、いわば、おまえさんの蜘蛛の巣にからめとられたってわけだ」

私は、精神病院のなかに閉じこめられ、いまだに圭子の愛を信じつつ、あてどのない日々を送っている老人に哀れをもよおした。

と云って、せっかくものにした圭子を手放すつもりは毛頭なかった。

圭子は年増《としま》ではあるが、とびきりの美人ではあるし、老人の財産を自由にできる身の上でもある。

四十歳をすぎても、たかがクラブのマネージャーにすぎない私には、過ぎた相手だ。

第一、私には大鳥誠一郎ほどの財力はないから、圭子にだまされる心配もない。むしろ、彼女から、このところ、大分、小遣をもらっている。

「どこへ行く?」

と彼女がハンドルをあやつりながら、訊ねた。

「いつものところ?」

いつものところというのは、二人がしょっちゅう逢いびきにつかっているモーテルのことである。

「ああ、そうしよう」

一時間後には、二人はモーテルのベッドの上で、愛撫《あいぶ》をかわしあっていた。私は彼女の身体をむさぼりつくし、彼女もはげしく、それに応じた。

ことが終ると、私はぐったりとなり、汗まみれだった。

「ちょっと、シャワーで汗を流してくるぜ」

私は、そう云って、浴室へ入り、冷たいシャワーをゆっくり浴び終ると、寝室へもどってきた。

ところが、圭子はベッドに横たわったきり、背中を向けて、じっとしている。

「おい、どうしたんだい？」

私は彼女の肩に手をかけて、こっちを向かせた。

そのとたんに、彼女は素裸のまま、すっくと立ち上った。

彼女の顔を見やった私は、思わず、一、二歩、後退《あとずさ》った。

彼女の長い髪がおどろにふり乱され、汗に濡《ぬ》れた顔にへばりついている。

顔色は蒼白で、大きな切れ長の眼はつりあがり、空《うつ》ろな光を帯びていた。

「ああ、いや、いや」

しわがれた声で、彼女はつぶやいた。

「あたしの身体に蜘蛛が巣をはっている」

そう云いながら、両方の指先で、自分の身体のまわりから、なにかをつまみとるような仕種をした。

「ほら、また、一匹出てきて、巣をはろうとしている」

彼女はそろりとベッドから降り、私の方へ歩みよってきた。

「ねえ、あなた、あたしの身体から蜘蛛を追っぱらってちょうだい。はやく、蜘蛛の巣を払いのけてちょうだい」

それは、あの老人が私に話したのと、同じ不気味さを感じさせた。

私は、もはや足がすくんで、身動きができなかった。

彼女は足音も立てずに、私のそばに近づいてくると、いきなり、私の肩に両手をかけた。

その掌は冷《ひ》んやりしていて、死人の掌みたいだった。

私は大声で悲鳴をあげた。

そして、思わず、力一杯、彼女の首を絞めあげていた。

ふと、われにかえったとき、圭子は私の足元に倒れていて、すでに息絶えていた。

タクシイ・ジャック

人は見かけによらないものとよく云われるけれど、花井了介の場合など、まさにそれにあてはまるかもしれない。

年齢は六十二歳だが、とうていそんな老齢には見えなかった。

まず、五十代のはじめか、せいぜい半ばといった印象である。

髪はうすくなり、頭の地肌が透けてみえるほどだが、すっかり禿《は》げあがっているわけではないし、よく陽に灼《や》けているせいか、顔の皺《しわ》もあまり目立たず、つやつやとした顔色をしている。

太い眉《まゆ》は八の字形に下り気味で、その眉の下に人なつこそうなドングリ眼があり、鼻は平べったく、正面から孔《あな》がまともにみえるくらいで、唇は厚い。

丸っこく、ややエラのはった顔に、そういう目鼻立ちが並んでいるところは、どう見たって悪人面ではなく、愛嬌のある好人物と云った感じを受ける。

今では、ぜい肉がつき肥り気味ではあるものの、元来は、小柄だが筋肉質のがっしりした身体つきだった。

彼は、この十五年間、タクシイの運転手をやってきたのだが、この仕事の職業病ともいうべき、背骨の痛みや、胃腸障害に悩まされることもなく、六十二歳という年齢にしては、特にこれといった病気もないようで、まずまずの健康体と云えそうである。

そういう健康体にもかかわらず、会社を辞めさせられたのが、彼には大いに不満だった。彼が運転手として働いていたのは、タクシイ業界の大手四社と呼ばれるうちのひとつであり、そこの社では、六十歳が停年と決っている。

花井了介は、六十歳を過ぎても、若い連中に負けないぐらいの稼ぎをあげていたので、会社でも大目に見てくれていたのだが、さすがに停年を二年も過ぎると、会社側でも規定に従って、彼に運転手をつづけさせるわけにはいかなかった。

了介だけを特別あつかいにしていては、他の運転手たちに対してしめしがつかない。

そこで、会社側は了介に、運転手を辞めて、デスク・ワークにうつらないかと説得してみたのだが、彼はその説得に応じなかった。

たいていのタクシイの運転手がそうだが、彼らは、いったん、外へ出て行けば、ふつうのサラリーマンのように、上司の顔色をうかがう必要もなく、机にしばりつけられることもなく、なんの制約もなしに、自由で気楽に自分の思うまま稼げるのが、なによりの魅力なのだ。車に乗って、外へ出てしまえば、彼らは、いわば一国一城の主《あるじ》の気分になれる。

むろん、一日の売りあげのノルマはあるけれども、それを下まわったところで、自分の歩合給が少くなるだけの話である。

カンのいい運転手なら、ノルマの稼ぎをあげるのは、わけのないことだし、特に大手のタクシイ会社の場合は、各企業の得意先をいくつも持っていて、そこから依頼があった時には、無線で各車に連絡し、それらのお客を乗せるよう手配するから、中小企業のタクシイ運転手より、ずっと稼ぎの分がいい。

たしかに、ほとんど一昼夜ぶっつづけに車を流しつづけ、客を拾って運転するのは、肉体的にも神経的にも、かなりの疲労を伴うものだが、会社勤めのように、縛られっぱなしの拘束感はなく、自分の腕一本で稼いでいるという誇りと解放感を味わえる。

だから、肉体的な疲労がたまらなくなり、歩合給という不安定さにイヤ気がさして、タクシイの運転手をいったんは辞めて、ふつうのサラリーマンになろうとした連中が、やはり会社勤めの不自由さに我慢ができなくなって、またぞろ、タクシイの運転手に逆もどりしてくるケースがきわめて多いのだ。

花井了介は、その意味でも、生っ粋のタクシイの運転手だった。

自分の思うままに車を流し、客を拾いあげるカンの良さは抜群である。

タクシイの運転手の能力を左右するのは、通りに立っている人間が、お客になるかならないかを見分けるコツであり、あるいは、ためらっている客を自分の車に拾いあげてしまうかどうかのタイミングをつかむことである。

それは、ほんの数秒のうちのカンのひらめきで決定するのだ。

カンの良い運転手なら、ぴたりとタイミングよく車を停め、まんまと客を拾いあげてしまうし、カンのわるい運転手は、数秒のうちに他のタクシイに客をさらわれてしまう。

了介はそういうカンもよければ、十五年のキャリアにもの云わせて、自分自身の固定客もつかんでいた。

その意味で、彼はタクシイ運転手としての自分の能力に自信を持っていたし、車を流しながら、カンをひらめかせて、客を拾いあげるスリルがなんとも云えない喜びだった。

にもかかわらず、今さら、デスク・ワークにまわされて、一日中、社内に閉じこめられるのは真平である。

車に乗れないぐらいなら、社を辞めた方がよっぽどましだと考え、彼はあっさり、辞職してしまった。

大手のタクシイ会社では停年はあっても、中小のタクシイ会社なら、そんな規定はなかろうと思い、早速、いくつかの中小タクシイ会社をあたってみたのだが、六十二歳という年齢を聞くと、さすがに、中小のタクシイ会社でも、彼をやとおうとはしてくれなかった。

こうして、彼は完全な失業者になってしまったのである。

いくらかの貯えはあり、当座の暮しにすぐ困るということはなかったものの、その貯えもたかのしれたものであり、いつまでも働かないわけにはいかなかった。

それに、彼には今年十八歳になる娘がいた。了介が四十四歳になったときに、はじめて生まれた独りっ娘《こ》で、三年前に妻に先立たれてからというもの、親娘二人きりで暮している。了介にとっては、この娘の雅子が唯一の生き甲斐だった。

雅子は、目下、女子短期大学の一年生である。

彼女が大学を卒業するまでは、なんとしても稼がねばならないと了介は決心していた。

午前零時きっかりに、彼は眼を覚ました。

いつもそうなのだ。

午後六時に雅子と一緒に夕食をすませてから、すぐ床につき、六時間ぐっすり眠って、午前零時には自然に眼を覚ます。

ここ半年ほどの間に、すっかり、そういう習慣が身についてしまった。

若い頃には、八時間は眠らないと眠った気がしなかったし、あるいは逆に、二晩ぐらい徹夜しても、一向にコタえなかったものだが、さすがに、この年齢になると、そんなわけにはいかない。

どうしても、眠りが短くなり、ぶっつづけに徹夜すると疲労がはげしくてめまいがする。

といって、こういうふうに、きちんと六時間ずつの睡眠をとっているかぎりは、きわめてさわやかな気分である。

床から起きあがり、大きく伸びをすると、パジャマ姿のまま、台所へ行って、コーヒーを沸かしにかかる。

その気配に、隣室にいた雅子が顔を出した。二人は二DKのアパート住いで、了介が玄関口の居間の方に寝て、奥の六畳はほとんど雅子専用の部屋になっている。

「お父さん、起きたの？　また出かけるんでしょう？　なにか軽いものでもつくりましょうか？」

「いいんだよ。おまえは寝ていなさい。明日、学校があるんだろう？」

雅子が起きてくるたびに、了介はなにかうしろめたさを覚えると同時に、娘の自分に対する心づかいをいとおしく思い、この娘のためには、どうしても、自分もひとふんばりしなくてはと感じる。

「あたしのことなら大丈夫よ。明日の授業は昼過ぎからだし、まだベッドに入ったまま、本を読んでいたところなの。気にしないで」

雅子はさっさと台所へ入ってきた。

「お父さんは出かける用意をしたら？」

「そうか。それじゃ頼むよ」

了介は洗面所へ入って、歯を磨き、入念に髭《ひげ》を剃ってから、顔を冷めたい水で洗い、用便をゆっくりすませた。

これでますます気分がすっきりし、仕事へ出かける前の心の準備が整った。

洗面所を出ると、食欲をそそる香ばしい匂いが台所の方からただよってくる。

彼は、グレイの薄手のタートルネックのセーターに、紺色のジャンパーに同色のズボンを身につけた。

いずれも真新しいものではなく、といって、すりきれるほど古くうす汚れたものでもない。適当に清潔で、目立たない服装だった。

こういう服装が、彼の仕事にとって、大切なポイントのひとつなのである。

鏡に向って、自分の身なりを点検すると、了介は満足気にうなずいた。

「お父さん、食事ができたわよ」

ダイニング・キッチンの方から、雅子の声がかかる。

ダイニング・キッチンへ行ってみると、ハムエッグスとトーストに、沸かしたばかりのコーヒーが並んでいた。

年齢のせいで、起きたてにそんなに食欲があるわけではなかったが、これからの仕事のことを考えると、空《す》っ腹《き》で出かけるわけにはいかない。

ハムエッグスとトーストぐらいがちょうどいい食事だった。

それに、コーヒーは深夜の仕事の眠気ざましにどうしても必要である。

「うまそうだな」

雅子に微笑みかけて、了介は食卓につき、早速、食事にかかった。

「ねえ、お父さん」

食卓の向い側に腰を下ろして、コーヒーを飲んでいた雅子が声をかけた。

「どうして、いつも、こんな時間の勤務にまわされるようになったの？　もっと早い時間の勤務にはまわしてもらえないの？　お父さんの年では、こんな勤務は無理だわ。今に身体をこわしてしまうわよ」

雅子の問いに、ぎくりとし、了介は食べかけたトーストを、あやうく咽喉《のど》につまらせてしまうところだった。

あわてて、コーヒーでトーストのかけらを流しこみ、了介は咳《せき》ばらいした。

「それは会社の都合でね。どうにもならんことなのだよ」

雅子には、会社を辞めたことはまだ打ち明けていない。むろん、今の仕事のことなど、おくびにも出すわけにはいかなかった。

ここはなんとかうまく、雅子を云いくるめてしまわなければならない。

「お父さんはもう停年を過ぎてしまったんだ。だから、正規の運転手としては使ってもらえない。いわば、補助員として、使ってもらっているんだ。タクシイの運転手というものは、ふつう、一台の車を二名の運転手が交代に乗る。一人が十三日の勤務で、一台のタクシイを交互に使うわけだ。しかし、病気その他の理由で、正規の乗務員が欠勤したり、車が空いている場合のために、補助用の乗務員を用意してある。わたしは停年を過ぎたために、正規の乗務員からはずされて、その補助乗務員にまわされた。それでも、運のいい方なんだよ。本来なら、停年退職させられても文句は云えないんだからね」

「でも、いくら補助乗務員でも、勤務時間はなんとかならないの？」

「むりだね。朝から夜にかけては、正規の乗務員が車に乗る。そうなると、空きができるのは、どうしても、この時間が一番多い。つまり、正規の乗務員が交代する間、空いている車を使わせてもらうわけだ。わたしにとっても、その方がいい。昼間出かけていっても、必ず、欠員があって、補助員が車を使えるチャンスがあるかどうかわからないからね。欠員があるのをぼんやり待っているくらいなら、この時間帯で、確実に、空いた車を使わせてもらう勤務の方が、気分的にずっと楽なんだ。雅子、おまえはなにも心配することはないんだよ。わたしは十五年もタクシイの運転手をやってきたんだし、その頃のほとんど一昼夜にわたる勤務にくらべれば、今の方が身体のためにいい」

「お父さんがそんな年なのに、むりして働いていると思うと、あたし、たまらないわ」

雅子は涙ぐんだ。

「あたし、大学を辞めて、どこかへ働きにいこうかしら。そうすれば、お父さんも少しはむりをしないですむでしょう？」

「バカなことを云っちゃいかん。せっかく、おまえを大学に入れたのに、今、辞められては、お父さんの苦労が水の泡になってしまう。そんなことは絶対に許さんぞ」

怖い顔をしてきびしく云ったものの、了介は涙ぐんだ雅子の、まだあどけなさの残っている顔がいとしくてならなかった。

この可愛い娘のためなら、どんなことだってやってやるぞと思った。

「それにな、雅子。お父さんはこの仕事が好きなんだよ。タクシイの運転手という商売が性に合っているんだな。別に、おまえのためにだけ働いているわけじゃない。身体が丈夫なうちは、この仕事を辞めたくない」

それは、彼の本心でもあった。

「もし、お父さんがこの仕事を辞めたりしたら、めっきり老けこんでしまうだろうよ。これはわたしの健康法の一種なんだ。第一、おまえが大学を中退して、どこかへ勤めたところで、もらう給料はたかがしれている。とうていわたしが遊んでいられるほどの給料はもらえやしないだろう。とすれば、わたしが今のうちにせっせと稼いで、貯金をしておくしかないじゃないか。いいかい、雅子、わかってくれるね？」

「ええ、わかったわ」

雅子は涙を指先でぬぐい、微笑を浮かべてみせた。

「あたしはちゃんと大学を卒業するわ。そして、どこかの立派な会社へ就職して、今に、お父さんに楽をさせてあげる」

「お父さんもそれを楽しみにしているよ」

了介も微笑を返し、食事をきれいに平げると、立ち上った。

「じゃ、出かけるとするか」

「いってらっしゃい」

雅子は玄関先まで見送りにきて、手をふった。その仕種が子供のときとちっとも変っていないと思い、了介は安らかな満足感にひたることができた。

アパートから五百メートルほど歩いたところで、了介はタクシイを拾った。

「池袋まで行ってくれ」

と運転手に命じる。

彼の住んでいるアパートから、池袋まではかなりの距離があり、タクシイ代がかさんだが、やむを得なかった。

もっと近いところは、すでに、この半年の間、かなり荒しまわっていたから、同じところを何回も襲うのは危険である。

池袋へ着くまでに、どこをどう最短距離で走ればいいか、了介はむろん心得ていた。

十五年の運転手生活のうちに、都内のあらゆる道路や町名、いろんな建物や公園が頭の中にぎっしりつまっている。

彼の乗ったタクシイの運転手は二十代で、あまり、運転歴がなさそうだった。

ベテランであるかどうかは、了介ぐらいになると、ハンドルのにぎりぐあい、眼の配り方、ギア・チェンジ、車の走らせ方で一眼でわかる。

後部座席から、運転の様子を観察していた了介は、運転手の車のあやつりぐあいにいらいらしてきたが、それをいちいち指摘してやるわけにもいかず、じっと我慢していた。

ただ、間ちがった方向へ車を走らせそうになったときだけ、注意してやった。

ベテランの運転手のなかでも、タチのわるいのは、客があまり道を知らないとみると、わざと遠まわりして、料金を多く稼ごうとするものがいる。

このタクシイの運転手は、タチがわるいのではなく、まだ、都内の地理に不案内で、つい間ちがった方向へ車を走らせそうになるのだった。

そのたびに、了介が適確な指示を与えるので、運転手はびっくりしていた。

「お客さん、ずいぶん、都内の道に詳しいんですね。われわれタクシイの運転手より詳しいぐらいだ」

と運転手に云われて、了介は内心いささか動揺したが、さりげなく答えた。

「いや、しょっちゅう行くところだからね、そこへ行くまでの道はよく知っているんだ」

ベテランの運転手ならとにかく、この程度の運転手なら、自分の正体をみぬくことはあるまいと心を落ちつけた。

「へえ、しょっちゅう、こんな夜中に、池袋までいらっしゃるんですか？」

運転手は不思議そうに訊ねた。

「失礼ですが、どういうお仕事で？」

「仕事で行くわけではないのさ。たまたま、今夜は、友人の家で麻雀をしてしまってね、家へ帰るところなんだ。池袋に自宅があるんだよ」

この運転手に、実は自分も同業で、それもちょっと変った仕事のやり方をしているのだと教えてやったら、さぞかし驚くだろうと思いながら、了介はほくそ笑んだ。

「もうこの年になると、この時間まで麻雀をやているのも身体にコタえる」

「そうでしょうね。おれたち運転手仲間もギャンブル好きが多くてね。明け番になれば、しょっちゅうギャンブルですよ。おれも今月はツイていないから、せいぜい稼がなくちゃ」

運転手仲間がギャンブル好きなのは、了介もようく承知していた。

競輪、競馬、麻雀、花札、サイコロ博打と、手当り次第、ギャンブルにうつつをぬかす運転手は多い。

そういう運転手は、たとえ一時的に金が入っても、結局は身につかず、荒稼ぎしようとするようになり、生活はすさむし、身体もこわしてしまう。

中には、ちゃっかりした運転手もいて、小金を元手に、仲間相手に競馬のノミ屋をやり、それでしこたまもうけたあげく、土地を買ったり、女房にスナックをやらせたりしているのもいる。

了介は、そのどっちのタイプでもなかった。つきあい程度にはギャンブルをたしなむが、決して深入りはせず、そうかといって、仲間相手にノミ屋をやって、金をまきあげるようなあこぎな真似もしようとは思わなかった。

運転手は、自分の腕一本で稼ぐものだというのが、彼の誇りであった。

目的の場所から、やはり五百メートルほどはなれたところで、タクシイから降りた。

あまり、目的の場所に近すぎると、あとでバレた場合に、自分の人相特徴を、運転手から、その会社に告げられる怖れがある。

すでに、午前一時に近く、あたりに人通りはほとんどなかった。

了介は、五百メートルをゆっくり歩いて、目的の場所へ近づいた。

目的の場所とは、ある中企業のタクシイ会社の車庫だった。

そのタクシイ会社が、二十台ほどの車を動かしていることは、あらかじめ、調べてある。それぐらいの台数を持っているタクシイ会社が了介のカモだった。

実を云うと、彼の仕事というのは、車庫に置いてあるタクシイを無断で乗り逃げし、そのまま流して稼ぐのである。

いわば、タクシイ泥棒であり、今、はやりの言葉を使えば、タクシイ・ジャックとでも云おうか。

しかし、タクシイを盗んで自分のものにしてしまうわけでもなければ、どこかへ売り払うわけでもない。

要するに、タクシイを無断借用し、稼げるだけ稼いで、ガソリンがなくなると、そのまま、そこへ置き去りにしておく。

了介自身の解釈によれば、これは決して、車泥棒ではなく、置き去りにされた車は、いずれ、その会社へもどされるのだから、彼が盗んだのは燃料と車を使用する時間だけということになる。

その程度なら、車そのものを盗むより、会社に対する被害も少く、罪も軽かろうと考えていた。

しかも、了介にとっては、このタクシイ・ジャックはきわめて効率のよい稼ぎ方なのである。

ふつう、タクシイ運転手の稼ぎの場合、一日に平均三万円の水揚げがあると、まずまずだとされている。

一昼夜働いて、その水揚げの約六十パーセントが自分のものになり、四十パーセントを会社におさめる。

大手の会社の場合は、固定給があり、保険その他いろんな面倒をみてくれるので、このパーセンテージが五分五分となり、歩合を合わせて、二十万前後の収入になる。

ところが、中小のタクシイ会社になると、固定給はほとんどなく、歩合給制だから、稼げば稼ぐほど収入は多くなるのだが、大手の会社のように大企業の上顧客をまわしてもらえないので、自分自身の腕で客を拾い、水揚げを増すより仕方がない。

いずれにしても、十三日間、ほとんど二十四時間車に乗りづめで、平均収入二十万前後、よほど腕のいいタクシイの運転手でも、三十万の収入をあげるのがせいぜいである。

ところが、了介の場合は、タクシイ・ジャックをやっているのだから、会社に稼いだ金の一部を収める必要はなく、まるまる自分のふところへ入れることができる。

あまりしょっちゅうタクシイ・ジャックをやっていると、捕まるリスクが高くなるので、せいぜい、一カ月に五回程度にとどめ、あとは各タクシイ営業所の下見をしているわけだが、五回でも、彼ほどのベテランになれば、三万円の水揚げはかたいから、十五万の収入を得ることはたやすい。

こうして、彼はこの半年間、いろんなタクシイ会社を荒しまわってきた。

それも、中小企業のタクシイ会社がめあてである。

大手四社のタクシイ会社は、それぞれ、いくつも各所に営業所を持ち、タクシイの台数も多いから、タクシイ・ジャックにはもってこいだと素人は考えるかもしれないが、かつて、大手のタクシイ会社に勤めていた了介は、それは非常に危険だと承知していた。

大手四社といわれるタクシイ会社は、それぞれに無線室を持ち、盗難車があるとわかれば、その旨の連絡を各車に流し、各乗務員に盗難車をみつけるよう指示する。

同時に、大手四社は各社おたがいに協力しあって、自分の社のタクシイではない盗難車の場合も、それぞれの無線室から、四社全部のタクシイに盗難車を発見するよう呼びかける。

四社全部のタクシイの台数といえば、千台以上になり、これらのタクシイの乗務員が都内各所を走りまわって眼を光らせているとなると、いつ、盗難車としてみつけられるかしれないし、その眼をごまかして都内のどこを流せばいいか、その地域もほんのわずかにかぎられてくる。

つまりは、大手四社のタクシイを無断拝借するのは、ことほどさように、リスクは伴うし、神経をとがらせていなければならず、おまけに、流す場所も限定されるから、間尺に合わないのである。

大手四社の無線連絡の威力は、警察でも認めていて、なにか事件が発生したときには、しばしば各社の無線室に協力を求めることがある。

こういう場合には、各社の無線室は、いつもとちがう連絡方法で、全タクシイに呼びかける。

はじめ、特殊なコールサインを送り、それから、乗客にはわからない言葉で無線連絡を行うのだ。

たとえば、殺人、強盗、重傷害などの事件が発生し、その犯人が逃走した場合は、コールサインのあとで、こんなふうな無線連絡が入る。

『大きな茶色の鞄を忘れた乗客がおります。その方の人相特徴は……』

と云って、犯人の年齢、人相、衣類などを伝えるわけである。

連絡を受け、たまたまそれに該当する乗客を乗せていたタクシイの乗務員は、車の上部についている赤ランプを点滅させる。

すると、附近を走っていたパトカーがそのタクシイを停車させ、乗客を調べるのである。

むろん、もよりの警察署なり交番なりに、乗務員がタクシイを乗りつけてもよいのだが、万一、その乗客が犯人でなかった場合には、乗客からはげしい抗議を受けるし、会社のイメージダウンにもなるので、乗客に気づかれないようにパトカーを呼びよせる方法が一般にとられている。

軽犯罪の場合の連絡は、『大きな茶の鞄』のかわりに、『小さな鞄』とか『風呂敷』とかいった言葉が使われる。

こういうふうに、大手四社の無線連絡の緊密な威力を充分承知しているから、了介は今まで、大手の営業所からタクシイを拝借することは避けてきた。

その点、中小のタクシイ会社は、無線はついていても、それほど緊密な連絡をとりあっているわけではないから安心である。

それに、運転手自体が大手のように無線にたよって客をまわしてもらうことをあまり期待できず、自分自身の腕で客を拾って稼がねばならないので、盗難車に眼を配る余裕などはあまりない。

了介がもっぱら中小企業のタクシイ会社をカモにしてきたのは、それらのことを充分に配慮した上でのことだった。

営業所のなかは、あまり人気《ひとけ》がなかった。午前二時過ぎになれば、あがってきた乗務員でごった返すようになるのだが、この時間だと、まだ帰ってくる車は少い。

それでも、何台かは帰ってきているはずだった。

タクシイの営業所は、人の出入りがはげしい。大手の会社だと、警備員がいるところもあるのだが、その警備員も、運転手の顔をいちいち覚えているわけではないから、よほどのことがないかぎり、いちいちチェックなどはしない。

ましてや、中小企業のタクシイ会社には警備員はいないし、運転手もしょっちゅう入れかわるので、営業所員も、運転手も、誰が自社の乗務員であるか見当もつかない状態である。

了介にとっては、そこがつけめだった。

彼は、ごくさりげない態度で営業所のなかへ入り、裏手の車庫へとまわる。

永年、運転手をやってきたおかげで、彼のそんな様子は、どうみても、タクシイの乗務員にしかみえない。

それでも、営業所の門をくぐるときは、スリルを覚える。そしてまた、今では、そのスリルがなんとも云えない快感を抱かせるようになっていた。

むろん、門のところで営業所員にとがめだてられたときの云い訳は用意してある。

「おたくの乗務員の鈴木さんにお金を貸してあってね。二時の明け番に取りにきてくれと云われたんですよ」

と云えばいい。

鈴木という名はありふれているから、たいていその名の乗務員は一人ぐらいいる可能性はあるし、タクシイの運転手で金を借りている者は多い上に、それをとりたてるとなれば、明け番の午前二時頃に、営業所へ行くのが一番いいのだ。

万一、鈴木という名の乗務員がいなかった場合には、こうトボけてみせる。

「おかしいなあ。じゃ、もうここは辞めたのかな。あの人はしょっちゅう、会社を変る人だから……。それにしても、あの金がもらえないと困ってしまうんですよ」

辞めた運転手の名前まで憶えている営業所員などめったにいるはずはないし、しょっちゅう入れかわる運転手の中には、そういう名の者もいたかもしれないと思い、所員はかえって了介に同情してくれる。

事実、そんなぐあいに、借金をふみ倒しては、各社を渡り歩いているタチのわるい運転手もずいぶんいるのだ。

今夜は、営業所員にとがめだてられることもなく、彼は車庫になんなく入りこめた。

車庫には、五台の車が駐車してあった。

稼ぎがよくて、早めにあがってきた者か、疲労がひどく、仮眠所で一眠りしている者の車にちがいない。

了介はその五台の車を一台ずつ点検した。

点検するといっても、ベテランの彼は一瞥《いちべつ》するだけで、その車がどれくらい使われているか、どの程度に手入れがされているか、すぐにわかる。

彼は洗車がすましてあり、入念に手入れがされてある車を選んだ。

洗車がすましてあるということは、すでに稼ぎをすましてあがってきた乗務員の車であることを示し、そういう心がけのいい乗務員は車を大切にとりあつかう。

その逆に、洗車をすましていない車の乗務員は、これからまた稼ぎに行くところであり、車のプロパンガスが満タンになっていないおそれもあるし、一眠りして仮眠所から出てきて自分の車がなくなっていることに気がついてさわぎだすであろう。

すでに、明け番となった乗務員の場合は、次の交替の乗務員が乗るまで、車が盗まれたことに気がつかない。その乗務員にとっては、もはや、車は自分の手をはなれて、交替員の車になったという意識があるからだ。

了介は五台の車のうちに、これはと目をつけた一台に乗りこんだ。

車庫に置いてある車の扉はロックされていず、エンジン・キイもさしこんだままになっている。

営業所がキイを保管しておけば、もっとも安全なのだろうが、多くの台数のタクシイのキイを保管して乗務員に手渡すのは事実上不可能にちかい。

といって、明け番の乗務員が交替者にいちいちキイを手渡すまで待っているわけにもいかず、そんな手つづきをふむのは面倒くさい上に、いつ、交替員が欠勤して、補助乗務員が乗るようになるかわからないので、扉にロックもせず、キイを車にさしこんだままにしておくのだった。

了介はその辺の事情は充分にわきまえている。

これはと目をつけた車に乗りこむと、アクセルをふみこみ、たちまち、車をスタートさせて、営業所からすべりだした。

（うまくいったぞ）

そう思うと、またもやスリルが快感となって背筋をかけ登り、思わず頰がほころんでくる。

三分と経たないうちに、彼はこの車のアクセルの強弱、ハンドルの具合い、ギア・チェンジの独特なくせをすっかり呑みこんでいた。

どんな車にも個性があり、特に、タクシイのように使い方のはげしい車には、それぞれにいろんな個所が痛んでいたり、運転手の好みによって、整備員に注文し、部品に手が加えられたりしているものなのだ。

それを呑みこんでおかないと、事故を起す原因になる。

正規の運転手なら事故を起しても、よほどの大事故でないかぎり、始末書をとられるぐらいで、会社の方で適当に処理してくれるけれども、了介が事故を起したりしたら、たちまち、タクシイ・ジャックをやったことがバレてしまう。

そういう意味では、どんな些細《ささい》な事故でも起すわけにはいかず、細心の注意が必要だった。また、乗客に対しても、親切丁寧な態度で接し、かりそめにも、喧嘩口論などしてはならないと自分をいましめていた。

乗車拒否などは、もっての外である。

乗車拒否をして、車のナンバーを客から会社へ報告されたら、盗難車であることがすぐにわかり、すぐ手配されて捕るおそれがあった。

元来、タクシイの運転手がクビになるケースは乗車拒否がもっとも多く、二度めまでは始末書で勘弁してもらえるが、三度重なると、文句なしに、クビになってしまう。

これは、陸運局から、各タクシイ会社に厳重に通達されてある事項だった。

いわゆる、一発屋と称する雲助運転手が、深夜の盛り場などで、長距離の客か、チップをはずむ客以外は乗車拒否を行っている姿をよくみかけるが、あれは客の方があきらめて、その車のナンバーを会社に連絡しないからで、これをいちいち報告していたら、かなりの雲助運転手たちがクビになるはずである。

了介には、そういう真似は絶対にできなかった。

危険を伴うせいもあるが、自分は雲助運転手ではないというプライドが、彼にそんな行為を許させなかった。

営業所から五分ほど走ったところの暗いビルのかげに車を停め、彼は、フロントグラスの左隅にさしこんであるカードをはずした。

このカードは、陸運局の近代化センターが各会社の全乗務員あてに発行してあるもので、これがないと、正規のタクシイ乗務員とみとめられないことになっている。

カードには、乗務員の写真と氏名、登録番号、会社名などが記されていて、上部の中央には陸運局発行の認可証のマークがついていた。

了介はあらかじめ用意しておいた、カードに貼付してある乗務員の写真と同じサイズの自分の写真をその上にはりつけた。

カードそのものを偽造するのも、そんなにむずかしいことではないと思えたが、偽造を他人に頼めばアシがつくし、それに、各社のタクシイを無断借用するたびに、会社名をその場で書きなおすのは不可能なので、写真だけをはりかえることにしたのだ。

たいていの客は、そんなカードをいちいちチェックするわけがなく、ほとんど無視しているものだが、なかには、物好きな客がいて、カードにある会社名と、タクシイの会社名がちがうことに不審を抱くかもしれない。

写真さえはりかえてあれば、その点は大丈夫である。

写真は了介本人に間ちがいないし、それがはりかえられたものだと気づくほど、入念にカードをあらためる客のいるはずはない。

第一、後部座席からでは、フロントグラスにさしこんであるカードを入念にみつめたところで、写真がはりかえてあるかどうか、わかりっこはないのである。

この半年のタクシイ・ジャックの経験からみても、こうしておけば安心だという自信が、了介にはあった。

とにかく、自分がタクシイ・ジャッカーであることを見破られないように、彼は慎重に慎重にとことを運んできた。

流していく間にも、周囲に充分気を配り、乗客に対しても愛想よくしながら、よけいなおしゃべりは避けるよう心がけた。

おそらく、他の運転手の誰よりも、ずっとマナーのいい運転手だったにちがいない。

そういうマナーは、タクシイ・ジャッカーとしての彼が、どうしても身につけなければならないハンディであったし、また、彼はそのハンディを背負いつつ、それを乗りこえながら仕事をすることに、今では、ひそやかな喜びさえ感じていた。

それから三時間、了介は都内の穴場と思われるところを流した。

タクシイの稼げるのは、深夜よりも、やはり昼間で、深夜は道路はすいているものの、どうしても客数が限られていて、稼ぎにくいのである。

たまたま、長距離の乗客に出くわした場合は、運よく稼ぎにはなるけれども、無線連絡の指示による客以外に、そんな客にそうそうぶつかるものではない。

ところが、了介の場合は、永年のカンで、深夜でも、客の拾えるコツと穴場を心得ていた。

それに、昼間は、拝借したタクシイを発見される怖れがあるが、深夜だと、車のナンバーも読みとりにくく、他のタクシイに盗難車だとわかる可能性もうすい。

こうして、彼は三時間のうちに、要領よく客を拾い、十人以上をこなした。深夜メーターだから、一万円ちかくになった。まず、上々の首尾である。

午前四時頃、彼は駒沢公園の方へ向った。

この辺は、商店街と住宅地が多く、バーやスナックがほとんどないので、この時間には人影がなく、したがって、タクシイもあまり通らない。

しかし、了介には、確実なめあてがあった。住宅地の中にマンションが建っていて、そこに住んでいるスチュワーデスが、この時間に必ず、羽田空港まで行くのである。

おそらく、フライトの時間帯の関係で、その便に乗りこむために、決った曜日には午前四時頃、自宅を出なければならないのであろう。

今日がその曜日であることを、了介は知っていた。

彼が会社を辞める前から、このスチュワーデスは、彼の上顧客の一人であり、すでに、顔なじみにもなっている。

はたして、彼がそのマンションの前に駐車して、五分と待たないうちに、例のスチュワーデスがマンションから出てきた。

「あら、おじさん、いつもすみませんね」

彼女はにっこり笑った。

「この辺はタクシイが少いから、おじさんが待っていてくれると大助かりだわ」

「いえ、大助かりはこっちの方で」

了介も愛想よく、運転席から降りて、彼女のバッグを車に入れるのを手伝った。

「この時間に、羽田まで行って下さるお客さんは、大歓迎ですよ」

彼女が乗りこむと、了介は車をスタートさせ、パトカーに目をつけられない程度のスピードで羽田へ向った。

三軒茶屋から高速道路に入り、羽田空港へ着くまでに、この時間だと、車がすいているので、三十分もあれば充分である。

空港に着いた彼女は、四千円払ってくれた。メーターだと四千円にはならないのだが、いつも、チップがわりに四千円払ってくれるのだ。

了介には、こういう種類の上顧客が何人かついている。

これで、あと三、四時間も流せば、三万円の水揚げはかたいと満足しながら、彼は空港からもどってきた。

品川駅を通りすぎ、二キロほど走ったところで、大きなボストンバッグを持った一人の男が、彼の車の前に立ちふさがるようにして手をふった。

黒い背広を着た、ヤクザっぽい若い男である。

なんとなくイヤな予感がして、その男をかわし、車を通過させてしまおうかと思ったが、どうせのことなら、ここでもう一稼ぎしておくかと考え直し、車を停めた。

若い男は、扉が開くなり、飛びこむように後部座席へ乗りこんだ。同時に、上衣の内ポケットから拳銃をぬきだし、その銃口を了介の後頭部へ押しつけた。

「さわぐんじゃねえ。大人しくしていろ」

精一杯凄味をきかせたつもりだろうが、若者の声はうわずっていた。

(こいつはタクシイ強盗かな)

と了介は思い、ゾッとしたが、生命まではとるまいと観念した。

せっかく稼いだ金だが、それをそっくり渡してしまえば、怪我をするよりましだ。

たとえ、タクシイ強盗にあったとしても、自分自身がタクシイ・ジャッカーなのだから、警察へ届けでるわけにはいかないのが皮肉だった。

「兄貴、はやく、こっちだ」

若者が声をかけると、物陰にかくれていたもう二人の男が車の方へ近寄ってきた。

一人はどうやら怪我をしているらしく、相棒がかかえるようにして連れてくる。

二人はよろめきながら、タクシイに乗りこんだ。

「おい、早く走らせろ」

怪我をしていた相棒をかかえてきた男が了介に命じた。

「赤坂の方へやるんだ。できるだけ急げ。といって、パトカーにとっつかまるようなヘマをやるんじゃねえぞ」

その男の言葉に、どうやら、タクシイ強盗ではないらしいと一安心したものの、後頭部に拳銃をつきつけられているのは不気味で仕方がなかった。

いずれにせよ、こうなったら、この連中の命ずるとおりにするしかない。

パトカーにみつからないように走らせる点では、了介も望むところだった。

こんな連中の巻きぞえをくって、パトカーに捕まったりしたら、自分がタクシイ・ジャッカーであることもバレてしまう。

「兄貴、大丈夫ですかい？」

拳銃をつきつけている若い男が心配そうに訊ねた。

「おれがヘマをやっちまったもんで、どうも申し訳ありません」

「てめえのヘマは今にはじまったことかよ」

もう一人の三十半ばぐらいの男が苦々しげに答えた。

「まともに車の運転もできねえのか。急いで逃走《ズラ》しなきゃならねえときに、車を電柱にぶつけたりしやがって。おかげでタクシイを拾わなきゃならなくなった。兄貴の怪我がひどくなったら、てめえの責任だぞ」

「まあ、そうわめくな。傷にひびいていけねえ」

怪我をした男がかすれ声でつぶやいた。

「赤坂まで行きゃ、おれの知りあいの医者がいる。これぐらいの傷はすぐに治してくれるさ」

「しかし、兄貴、あのチンピラどもが、拳銃《ハジキ》を持っていようとは思いませんでしたね。こっちが拳銃《ハジキ》をつきつけりゃ、たちまちブルってしまうと思っていたのに、いきなりぶっぱなしてきやがった」

「やつらの後ろには村松組がついているのよ。だから、一点千円の麻雀のできる客が集っていたんだ。おれはそのことを聞きこんだんで、あのマンションの部屋へふみこみ有り金残らずさらってやろうと考えた。村松組が後ろ楯にはいるものの、今晩の麻雀賭博は、チンピラがとりしきるのはわかっていたからな。あんなチンピラに一発くらうとは、おれもとんだドジをふんだもんだ」

「でも、とにかく、有り金は残らずふんだくってきたじゃないですか。この二つのボストンバッグに六千万ぐらいの金が入っているのはかたいところですぜ」

二人の会話を聞きながら、了介は、この連中は賭場荒しらしいとふんだ。三人のヤクザがチンピラが麻雀賭博をやっているという話を聞きこみ、それをふんだくってやろうと乗りこんだものの、チンピラの一人が抵抗して拳銃をぶっぱなし、兄貴分がどこかを射たれたのだろう。

それでも、この連中は、チンピラを脅しつけ、有り金はまきあげてきたらしい。

チンピラの方も、集った客たちに怪我をさせてはと思い、それ以上の抵抗はしなかったにちがいない。

それにしても、一点千円の麻雀とは大したものだと了介は呆れた。

よほど金のありあまった客が集っていたのだろう。一点千円のレートなら、一万点で一千万円になる。六千万ぐらいの金が動くのはわけはなかろう。

後部座席の二つの大きなボストンバッグに六千万の大金がぎっしりつまっているのだと思うと、腹立たしくなった。

その半分でも、了介が一生かかったって稼げない金額である。それだけあれば、自分も苦労しないで、雅子を大学に通わせてやることができる。

赤坂の乃木坂を降りたナイトクラブらしい店の前で、連中は車を停めさせた。

ナイトクラブはすでに閉店していて、あたりに人影は全くなかった。

それをみすまし、三人は店の中へ入っていくつもりらしかった。

しかし、兄貴株の男の傷は意外に重い様子で、独りでは立って歩けそうになかった。

「おい、手を貸せ。二人で兄貴を両わきからかかえていかなきゃどうにもならねえ」

と三十半ばの男が若者に命じた。

「ボストンバッグはひとつだけ持ってくればいい。ひとつは車の中に残しておいて、兄貴を中へ運んでから、とりにくるんだ」

それから、了介の顔をみつめ、ドスの利いた声でおどした。

「おい、おめえの面はよくわかっているし、カードに書いてある会社名も車のナンバーも覚えた。警察《サツ》に密告《た》れこもうなんて妙な了見は起すなよ。そんなことをしたら、必ず、おまえを探しだして、たっぷり礼をさせてもらうぜ。また、うちの若い者がそのバッグをとりにくるまで、ここで大人しく待っているんだぞ」

おどし終ると、二人が兄貴分を両わきからかかえ、車から降りて、ナイトクラブのなかへ入っていった。

三人が店の中へ消えるやいなや、了介は無我夢中で車をスタートさせた。

そのまま、青山墓地の中まで車を乗り入れ、そこで車を停めると、後部座席から、ボストンバッグをひきずりだした。扉を閉め、車をその場へ置き去りにしたきり、墓地から通りへと出て、タクシイを拾う。

タクシイで自宅へ向う途中、ようやく、ホッと一息吐き、思わずにたりと笑った。

やつらは自分の顔を覚えているかもしれないが、どこに住んでいるか、なんという名前かもわからない。

カードに記してある登録番号も、会社名も、氏名も、自分とはなんのかかわりのないものだ。

やつらは、了介がこの金を横領したところで、警察に訴えるわけにはいかないし、単に顔だけを手がかりにして、この広い都内を探しまわってみつけるのは、まず不可能だろう。

了介はまんまとやつらから大金をせしめたのだった。

ヤクザどもから巻きあげた金を自宅に持って帰り、雅子には知られないように、こっそり調べてみると、千円札と一万円札がぎっしりつまって、四千万円以上あった。

その金を、了介は、いろんな銀行にわけて預金しておいた。

これで、雅子と二人で安楽な生活が送れるというものだ。

むろん、雅子にあやしまれないために、ことさら、ぜいたくな暮しをしようとは思わなかったが、これで、タクシイ・ジャックのような危い橋を渡らないですむ。

そう考えて、三日間は仕事を休んでいたものの、どうも休息をとった気分になれず、落ちつかなかった。

三日後の午前零時に、了介は自然と眼を覚ました。

眼を覚ましてみると、このままぼんやり自宅にいるのが我慢できない気分になった。

深夜の営業所がなつかしく、車庫に並んでいる車のなかから、自分の鑑識《めがね》にかなった一台を選んでこっそり乗りこみ、走り出すときのぞくぞくするスリルが忘れられなかった。

街中を流し、これはと思う客を拾いあげたときの満足感も忘れられなかった。

要するに、自分は生っ粋のタクシイ運転手なのだと彼は思い知った。

この仕事からはなれたら、なんの張り合いもなく、自分は老けこんでいくだろう。

彼は床から起き出し、パジャマ姿で、台所へコーヒーを沸かしに行った。

「どうしたの、お父さん？」

その気配に、隣室から雅子が顔を出した。

「当分仕事は休むつもりじゃなかったの？」

「そう考えてはいたんだが、やはり、仕事をしないと暮していけないからね」

四千万円の預金のことが脳裡にちらつき、うしろめたい思いをしながら、了介はそう云い訳した。

「それに、休んでばかりいたんじゃ、身体がなまっていかん」

「じゃ、あたしが食事の用意をするわ」

こうして、了介は、いつものとおり、入念に身支度をととのえ、雅子に見送られて表へ出た。

通りでタクシイを拾う間に、今夜はどこの営業所を訪問しようかと思案し、すがすがしい気分で、夜気を胸いっぱいに吸いこんだ。

冷たいのがお好き

今年の夏は、なんだか、とても短かかったような気がする。

といって、別に、梅雨の時期がながくて、なかなか夏に入らなかったからとか、やっと夏に入ったと思ったら、ろくに残暑らしい残暑も感じないうちに、すぐ秋風が吹きはじめたとか、そんなことを言っているわけじゃない。

そういう意味では、今年の夏だって、去年の夏や、おととしの夏と大した変りがあったとは思わない。

おれの言いたいのは、今年の夏は、おれにとって、特別の夏だったということなんだ。

そう、そうなんだ。

いつもなら、季節のうつりかわりの一齣《ひとこま》として、横目でぼんやり眺め過してしまう夏の中に、おれが入りこみ、そのきらめくような日々を全身で受けとめたのが今年の夏だった。つまり、いつもは単なる通行人の一人として、夏という舞台を横切るだけの役しか与えられなかったおれが、今年の夏は重要な登場人物として舞台の真中に立ち、スポットライトを浴びた――そんな気がするのさ。

そして、それだけに、芝居が終り、幕が降りた瞬間もおれの心にはっきり残っている。きらめくような日々が過ぎ去り、陽光がふいに光と熱を失ったあの日、これが夏の終りだとおれは悟った。そんなふうに、夏の終りをはっきりと感じとったのも、おれにとっては、はじめての経験だった。

といって、この舞台の主役がおれ一人だったというわけではないんだ。いや、主役と呼べるのは、むしろ、おれではなくって、あの老夫妻とカナコの方だったろう。おれの役は、芝居が進行していくのを助ける、いわば舞台回しといった役どころだったにちがいない。しかし、それだって、この芝居にとってなくてはならない重要な役だし、そういう役だったからこそ、芝居のはじまりから終りまでがはっきり心にきざみつけられたともいえるのだ。

そう、おれにとって『今年の夏』がはじまったのは、実際には、もうそろそろ夏の終りが近づいた、八月末のある夜のことだった。

それまでは、いつもの夏と変らず、おれはただぼんやりと暑くなったなと思っていただけだった。そして、しばらくすれば、それも終るだろうと……。

おれたちボーイが夏を実感するのは、店の中に冷房が入り、客たちがホット・コーヒーよりもアイス・コーヒーを呑むようになることであり、夏が終ったなと思うのは、いつの間にか、冷房をとめるようになり、客たちがアイス・コーヒーよりもホット・コーヒーを注文するようになることぐらいのものだ。

気の利いた店なら、季節にかかわりなく、店内の温度は一定しているし、だからこそ、おれたちはいっそう季節のうつりかわりに鈍感になってしまう。

ところが、その晩は、店の中にいきなり夏がしのびこんできやがった。

別に大した原因があったわけではない。

冷房が故障してしまっただけの話だ。しかし、それが、あの晩のハプニングのきっかけになった。

むし暑い、じっとりした晩だった。

ただつっ立っているだけで、汗がべっとりと流れだし、気が滅入ってくる。

自分がにぶい不透明なロウ人形になったみたいで、しかも、暑さのためにじんわり溶けていきそうな晩だった。

台風がくる前日だったせいかもしれないな。

そう言えば、むし暑く、風ひとつないくせに、なにか荒々しいものがやってきそうな予感がした。その予感は胸さわぎに似ていた。

とにかく、おれがいきなり店をやめたのは、あの晩のむし暑さと胸さわぎのせいだったとしか思えない。だって、それまでは、けっこうおれは店が気に入っていたし、マスターにも可愛がられていたんだから……。

おれがつとめていたのは、青山通りに面した『ラ・マンチャ』というスナック形式の喫茶店だった。店は三カ月前にオープンしたばかりでまだ新しく、住みこみ三食つきで十万円という給料は今までおれが働いてきた喫茶店と大して変らなかったが、おれたちボーイにあてがわれた住みこみ部屋が店同様新しくて、以前のところみたいに、ゴキブリが走りまわっていないだけでもまだましだった。

そりゃ、ボーイって仕事はそれほどぱっとした仕事じゃないかもしれない。しかし、気楽なことは気楽なんだ。住みこみだから、飯と住むところの心配は要らない。着るものだって、お仕着せのユニホームさえあれば、あとはほとんど自前の服なんかつくらないでもすむんだものな。

おれは充分にボーイって仕事を楽しんでいた。

生れつき、先のことは考えない——というより、考えるのが面倒くさい性質《たち》だから、金を溜めようって気はないし、ましてや、いずれ自分の店を持とうなんて大それた望みは、これっぱかりもなかったね。

こういうのをなんていうのかな？

ビジョンがない？　そんなしゃれたもんじゃないね。

うん、怠けものなんだな、結局。

だから、おれは一日がなんとなく終っちまえば、それで満足だった。

ボーイ長の木倉っていう意地悪野郎がよくニブいっておれのことをこづきやがったが、そんなことは別に気にならなかった。

こづかれても怒鳴られても、なんだか厚いガラスをへだてた向うで、相手がやっきになっていきりたっているようにしか感じないんだ。自分のことをニブいとは思わないが、いくら怒られても身に沁みなかったのはたしかだな。そんなこと、おれにカンケイないって感じなんだ。なににつけてもそうなのさ。

月給だって、なんとなく、これといったものを買った覚えもなく、ずるずるつかっちまうし、なければないで、住みこみ部屋でぼんやりしているうちに、けっこう日が経っちまう。二十歳になるまで、おれはそんなふうに、なんとなく生きてきたんだ。

そういうふうにずるずる毎日を送っていくことに不安を感じなかったか？ いや、どうってことはないな。今まで、けっこうこのやり方で食ってきたし、これからもなんとかなるんじゃないかな。

そいつも一種の才能だって？

皮肉のつもりかい？ ま、いいや。

なら、おれはそういう暮し方の天才なのかもしれないぜ。

だって、高校三年の時、授業の途中で、なんとなくいや気がさし、ふらっと教室をとびだしたものの、家へ帰るのもわずらわしいし、そのまま汽車にとび乗って、埼玉から東京へやってきたっきり、もうかれこれ三年になるが、その間、どこでどうして暮してきたか、ぼんやりとしか憶えてないくらいだものな。

なんとなく、ずるずる、三年経っちまった――そうとしか言えないのさ。

ああ、なんとなく、なんとなく、なんとなくの連続だったんだよ、おれの毎日は……。

ところが、あの晩のむし暑さときたら、そんなおれまで、いても立ってもいられなくするような気配があった。血がさわぐってやつだ。

で、おれは、店が閉店《カンバン》になる直前に爆発してしまった。

きっかけは、若い女だった。

冷房が故障したのが真夜中頃で、女が入ってきたのは午前三時ちょっと前だった。その頃には、店の中も表とかわらないくらい、じっとり暑苦しかった。いや、まだ店の外の方がいくらかましなぐらいだったかもしれない。おれたちボーイは汗をだらだら流しながらテーブルのまわりを歩きまわっていた。真夜中からそれまでの三時間足らずが、この夏のどの一日よりも永く感じられた。おれたちの誰もが一刻も早く、客がいなくなり、閉店になるのを願っていた。

客が切れて――というより、冷房の利かない店内の暑さに愛想をつかして、今までねばっていた客も外へ出ていってしまい、ようやく店の中がガランとした時に、その女が入ってきた。

「チェッ」

カウンターの前に立っていたボーイ長の木倉が舌打ちした。

「せっかく店じまいできると思ったのに、また入ってきやがった」

そして、盆の上に水のコップを載せてテーブルへ行こうとするおれにささやいた。

「いいか、ねばられねえようにうまくあしらうんだぞ」

おれはあいまいにうなずいて、女のテーブルの方へ行った。女は窓際のテーブルに腰をおろし、ぼんやり頬杖をついて表の方を眺めている。

若いということは見当がついたが、はっきりした年齢はわからなかった。ぷっくりした大きな澄んだ眼が十五、六の少女のようなあどけなさを残している反面、その化粧気のない蒼白い肌は粉っぽく疲れきっていて、三十女を思わせる。

「なににしますか?」

水の入ったコップをテーブルに置いて、おれが訊ねると、女はもの憂そうにゆるゆると瞳をめぐらせておれを見あげた。眼の上で切りそろえたつややかなお河童の髪と、黒々とした瞳とぷっくりした唇が、おれになにかを思いださせた。幼い時の甘哀しい記憶につながるなにかだった。

「コーヒー」

どこかなまりの感じられる口調で女は言った。そのしわがれた声とひなびたなまりが、おれに記憶をよみがえらせた。

女は人形に似ていたのだ。

いつだったかは覚えていないが、少年時代におれはその人形を見たことがあった。それは雨あがりのある日、近所に流れている小川のほとりに捨てられてあった。手と足とがもげて、着せられた着物も泥だらけだったが、顔だけは雨に洗われたせいか、泥ひとつついていなかった。人形は大きな眼を開けて、まるで屍体のようにじっと横たわっていた。

そのそばを通りすがりにちらと見ただけなのに、その人形の面影はおれの脳裡のどこかにこびりついていたにちがいない。ときおり、不幸の暗示というようなものにおれがとりつかれたとき、決って、その人形の顔が思いだされるのだった。

もっとも、呑気で怠け者のおれが、そんなものにとりつかれることはめったになかったが……。

女はその打ちすてられてあった不幸な暗示にそっくりだった。

「コーヒーだけでは困るのです」

女の顔をまじまじとみつめ、いっそう甘哀しい思いをかきたてられながら、おれはぼそぼそとつぶやいた。

「十一時以後はなにか食べるものをとっていただく規則になっています」

「そう」

女は別に困った顔もせず、相変らずおれを見あげていた。

「でも、あたしお金がないの」

「そうですか」

おれはうなずいた。

「それでは仕様がありませんね」

本当に仕様がないという気がした——というよりも、それ以上、規則とかなんとか、下らないことを言いあう気になれなかった。そんなことはどうでもよかった。おれはもの憂さと甘哀しさとの入りまじった気分をかき乱されたくなかった。

ひき返して、カウンターの中へコーヒーだけのオーダーを通すと、木倉が文句をつけた。

「おい、コーヒーだけってのはまずいぜ」

「でも、あの女《ひと》は金がないんです」

とおれは答えた。

「それに、コーヒーだけの方がねばられなくてすむでしょう」

「そんなことわかるもんか。コーヒー一杯でもねばるやつはねばるさ」

木倉は吐きだすように言った。

「金がないって？　上等じゃないか。それなら、すぐに追っぱらえる」

「おれにはできないな」

おれはきっぱりと首をふった。

「あの女《ひと》はコーヒーだけ呑みたがっている。それでいいじゃないか」

「なんだって？」

木倉は信じられないことが起ったというふうにおれをみつめた。おれは今までこの男に口答えをしたことはなかったのだ。

「おまえ、どうかしたんじゃないか？」

それでもおれに無視されると、カウンターの中から出来あがってきたコーヒーのカップの方に手を出した。

「よし、おまえが言えなきゃ、おれが言ってやる」

おれは木倉の手をはらいのけた。

「よけいなことをするな。これはおれが持っていくんだ」

「そうはさせんぞ」

木倉は怒気をあらわにして、おれの前に立ちふさがった。

「規則は規則だ。勝手な真似は許さん」

もの憂く甘哀しい気分がはじけ、かわりにじっとりした暑苦しさが生々しく肌にふれた。おれはそれに我慢できなかった。

コーヒーのカップをとりあげると、いきなり、そいつを木倉の顔にぶちまけてやった。

「うるせえやい」

とおれは怒鳴った。

「それならてめえがこいつを呑みやがれ。おれはこんな規則づめの店はこれっきりでごめんだ」

木倉は面くらって後ろに退《さが》り、椅子に足をとられて、あおむけざまに転がった。

それに眼もくれず、おれは女のテーブルの方へ歩いていった。彼女はおれが近づくのを相変らず頬杖をついたままじっと見守っていた。その顔を見るとさわいでいた血がおさまり、またしても、甘哀しい気分がもどってきた。

「すみませんが、コーヒーは呑めません」

とおれは言った。

「そう」

女はかすかにうなずいた。

「見ていたわ。あなた、この店、やめるの？」

「ええ」

おれもうなずきかえした。

「そういうことになったらしい」

「いいわ」

女はゆっくりと立ち上がった。

「それじゃ、他のところでコーヒーを呑みましょう。仕度をして出てらっしゃい。あたし、外で待っているから」

そう言って、そのまま、店から出ていってしまった。

おれは住みこみ部屋へ行って仕度をした。といって、大した仕度があるわけじゃない。お仕着せのユニホームのかわりに、一張羅の夏服を着こみ、その辺の手まわり品をやや大きめのボストンバッグにつめこんでしまえば仕度は終りだ。

給料の清算をしてもらおうかと思ったが、今さら木倉に頭をさげるのも業腹だったのでやめにした。どうせ、給料は二日前にもらったばかりで、清算したところで六千円ほどにしかならない。

財布を調べてみると、給料の残りがまだ七万円ちょっと残っていた。

これだけあれば、次の口がみつかるまでなんとかなるだろう。

おれはボストンバッグを持って、階下へ降り、裏口から店をとびだした。通りへでると、例の女が街路樹の下でぼんやり立っているのが見えた。

そっちへ近づいて行き、声をかけた。

「お待ちどお……」

「ああ」

女はおれの方も見ずにこっくりした。

「どこへ行く?」

「どこへ行こうか?」

女のそばに立って、おれもぼんやり空を見あげた。空は真黒で星ひとつ光っていなかった。雨雲が垂れこめて――というより、おれたち自身が雨雲の中に入りこんでしまったようにしめっぽく息苦しかった。まわりもどんよりにじんでいて、すぐ向い側のペーブメントを通りすぎていく人影さえおぼろにしか見えない。

しかし、不思議に暑さは感じなかった。

女の隣りにいると暑さは遮断され、例のもの憂く、甘哀しい気分が湧き起ってくる。

おれは、女を横眼で見た。

女はおれよりも背が低かった。

ピンク色のシャツブラウスに濃紺のミニスカートで、ストッキングはつけず、素足に白いテニスシューズをはいている。女というよりも少年という感じだった。手首と足首が細く、胸もうすい。大きな紙のバッグを地面にひきずるようにして右手にさげていた。

「あんた、お金持っている？」

いきなり、女が訊いた。

「七万円と少し」

とおれは答えた。

「なら、K高原へ行こうか。K高原へ行ってコーヒーを呑まない？」

女はついその先の喫茶店へ行くような口調で言った。

しかし、K高原は高級な別荘地で有名な避暑地である。それに、車で三時間近くかかる。今の時間では車で行くしかない。

「行ったことがあるのかい？」

と訊いてみた。

「ううん」

あっさり首をふった。

「あんたは？」

おれもなかった。

「空気が澄んでいて、乾いていて、明るいところなんですって……」

独り言のように女はつぶやいた。

「そういうところでコーヒーを呑んだらおいしいだろうな」

そう言われると、おれも無性に行きたくなった。

「よし、行こう」

すぐ、前を通りかかるタクシイを停めた。K高原まで行かないかと運転手に言うと、あからさまにしぶい顔をした。これからK高原まで行けば、帰ってくるのは朝の九時すぎになってしまうという。

おれは三万円を運転手の鼻先につきつけた。

「これでどうだい？」

運転手の気が変った。

「さあ、乗ろうよ」

ふりかえって女をうながした。

女はニコッと笑った。心からうれしそうな微笑だった。おれはそれを見て三万円が惜しくなくなった。

二人で後部座席に並んで腰をおろした。

車が走りだした。

「もっとこっちへ来て」

女がおれの手をにぎった。女にぴったり寄りそうと、女の頭がおれの肩に押しつけられた。おれは右手を彼女の肩にまわした。

「きみ、なんて名前?」

「カ、ナ、コ……」

一語ずつ区切るようにして答えた。そういうふうに発音すると、かえってなまりが目立った。

「東京生れじゃないな。どこから来たんだい?」

女は東北のある県の名前を言った。

「おれも家出してきたんだ。東京の近くだけれどね」

カナコは関心がなさそうに鼻先でうなずいただけだった。ほっそりした手首に似つかわしい小さな白い掌でおれの手をまさぐった。左手をさぐりあてると、それを自分の胸にもっていった。シャツブラウスの下はなにも着ていなかった。案の定、乳房はうすかった。やわらかくたよりなげで、その下のあばら骨が指先にあたった。

おれは人差し指の先で小さな乳首を押した。ちっともセクシイな気分にはならなかった。こわれやすい人形を抱いているような感じだった。セクシイではないが、この人形をそっとあつかってやらなければという気持ちと、思いきり抱きしめて粉々にしてやりたいという気持ちが入りまじって、身体のシンがむずむずいらいらしてきた。それが甘哀しい気分と溶けあって、おれをうっとりとさせる。

おれはカナコにキスしようとした。

「ちょっとまって」

女はいきなり首を起こした。

「あんたの名は?」

おれは少しとまどいながら、自分の名を名乗った。

「神保隆――タカシちゃんね」

カナコはうなずいて、顔をつきだした。

「いいわ。キスして」

おれはぷっくりした唇に自分の唇を押しつけた。うまいキスとは言えなかった。女はなにも反応を示さなかった。おれの唇は不器用に彼女の唇に重なり、歯と歯がカチカチと音をたてた。

それだけで唇ははなれた。

カナコはまたおれの肩に頭をもたせかけた。

「キスするときは、相手の名をちゃんとたしかめるようにしているの」

自分に言いきかせるようにつぶやいた。

「そうじゃないと、不道徳でしょ?」

おれは笑いだした。

「なにが、おかしい？」

彼女に訊かれて、首をふった。

「いや、おかしくない」

考えてみると、おかしいことはなにもなかった。

一時間もすると、カナコはおれの肩に頭を押しあてたまま眠りこんだ。おれも二十分後には眠っていた。眠っている間に、人形みたいなカナコと抱きあっている夢を見た。そっちの方が、よっぽどセクシイだった。


翌朝の午前十時に、おれたちは望みどおり、K高原で一番広い通りのキャフェ・テラスでコーヒーを呑んでいた。

たしかに、そのコーヒーはすばらしかった。コーヒーの味そのものも、喫茶店のボーイをやっていたおれを感心させるぐらいの味ではあったが、それよりも、あれは、周囲の環境のせいだったんだろうな。

通りには、東京の一流店の支店がずらりと並んでいたが、そのほとんどが開店前か、開店準備中で、人通りもあまりなかった。

それがぜいたくで、しかも、うらぶれたもの憂さを通りにただよわせている。

夜明けの冷たさを残しながらも、真昼の鋭い直射を予告している澄みきった陽光と、乾いた空気が、ここが日本ではなく、どこか遠いヨーロッパのはずれのゴーストタウンであるかのような印象を与えた。

おれはぼんやりした眼であたりを見まわしながら、コーヒーをすすった。眠気の残った舌に、コーヒーの苦味がひろがっていく。そいつを味わっていると、自分がみるみる溶けていくような感じがした。

過去も未来もカンケイない自分がここにいて、しかも、その自分には肉体がなく、ただまわりを見まわす眼と、コーヒーを味わっている舌があるだけなんだ。

わるい気分じゃなかった。

なにもかも、どうでもいいって気分だった。

虚無？

そうかね？　そんなむずかしいもんかね？

とにかく、よくわからないんだが、自分がひどく自由なんだというようなことをふと思ったのは覚えているな。いまこの瞬間、おれは国籍とか、故郷とか、社会とかにしばられていない人間だという意識かな？　いや、その人間ですらもなくて、眼と舌——それだけなんだ。要するに、生きてこのうまいコーヒーを呑んでいる、そいつがおれをうっとりさせたんだ。

それを虚無とでもなんとでも呼ぶがいいが、それなら、コーヒーのつけあわせには、ピーナッツなんかより、ずっと、その虚無の方がふさわしいと思うね、おれは……。

ま、そんなふうに、おれが、いわば、われを忘れているときに、老夫婦が声をかけてきたんだ。

いいきっかけだったと思うよ。

あんないいきっかけじゃなかったら、おれだって、おれたちとまったく種類のちがう老夫婦の誘いをすんなり受けたかどうかわかりゃしない。

その老夫婦は人通りのない明るい舗道をゆっくり歩いてきた。そうだな、それも、舞台の上手から下手へと歩いていくふうに――としか言いようがないな。

老夫婦登場――ゆっくりと舞台の上手から下手へ歩いていくというやつさ。

良人の方はうすいブルウの半袖シャツに、濃いブルウに白の水玉のついたアスコットタイをしめ、白いズボンに革のサンダルという衣裳だった。夫人の方は、ピンクにこれも白の水玉模様の派手な布地にむやみにひらひらとフリルのついたワンピース姿だった。

ま、二人とも、年齢のわりに――いや、そういう年齢だからこそ、そういう服装が似合っているといった感じだった。それも、この通りを背景にしていたからなんだろうな。

そしてその印象が、あきらかに日本人にもかかわらず、その二人を派手ずきな外国の老夫婦というふうにみせていた。

彼らは、おれたちがコーヒーを呑んでいるキャフェ・テラスの前でふと立ちどまると、顔を見合わせあった。

そして、おたがいにうなずきあうと、ごく自然に、おれとカナコが占領しているすぐ隣りのテーブルに腰をおろした。

「ごきげんよう」

二人はおれたちの方へ微笑を投げかけながら挨拶した。

「やあ」

とおれもごく自然に挨拶を返した。

「お二人とも、土地の方たちじゃないみたいね？」

夫人の方がカン高い声で訊いた。

「どこからいらしたの？」

「東京から」

とおれはぶっきらぼうに答えた。

「ついさっき、ここへ着いたばかりなんだ」

「あ、そう」

夫人は濃く塗ったルージュの下でありありとすけてみえるしわだらけの唇をつぼめた。

「で、これから永くご滞在？」

「さあな」

おれはアクビをした。

「どうなるかわからないな。ただ、ちょっと来てみただけでね。コーヒーを呑みにきたのさ。コーヒーはもう呑んだ。だから、もう帰ってもいいんだ」

「あら、それは勿体ないわ。わざわざいらしたのに」

夫人は応援を求めるように、良人の方に視線を向けた。

「ここはとてもすばらしいところですわ。この暑い最中に東京へ帰るなんて、ねえ……」

「そうだな」

良人は重々しくうなずいた。

「せっかくだから、あなたたちもここでのんびりしていけばいい。それとも、若い人たちにはここは退屈すぎるかな？」

「いや、そうは思わない」

おれはコーヒーの残りを呑みほした。

「東京はめまぐるしいだけで、やっぱり、退屈なときは退屈さ。だが、ここにいたくても、おれたち、金がないんでね。どこへも泊れないんだ」

「そのお嬢さんはきみの妹さんかね？」

白くて長い眉毛の下からのぞく眼で値ぶみするように見ながら、老人は訊ねた。

「それとも、きみの恋人？」

「どっちでもないな」

おれは首をふった。

「彼女とも昨夜——というか、今朝の明け方知りあったばかりなんだ」

「じゃ、ご両親は？」

「いることはいるけど、田舎を出てから、もう三年ばかり会ってない」

とおれが答えると、老人はうながすように、今度はカナコの方をみつめた。

「あたしには両親はいないわ」

とカナコは答えた。

「兄妹もなにもいないの。でも、そんなことどうでもいいじゃない」

「たしかに、それはそうだ」

老人は微笑した。

「きみたちは自由で、しかも若い。羨しいことだな。わたしたちも、今は隠居の身で自由だが、年齢《とし》をとりすぎている。自由で年齢をとりすぎているというのは、退屈でしかない。ひまをもてあましているんだ。で、わたしたちは若い人たちに自分の別荘に遊びにきてもらっては、われわれの退屈をまぎらせている。うちには、そんな若い連中がしょっちゅう四、五人は遊びにきている。別に気兼ねなんかいらない連中だ。よかったら、きみたちも遊びに来ないかね？　もし、来てみて気に入らなければ、すぐ帰ってくれてもいい」

「そうだな……」

おれは煙草をとりだし、口にくわえて漫然とふかした。

「おれはどっちでもいい。きみはどうだい？」

カナコの方に訊ねた。

「あたしも、どっちでもいいわ」

カナコも投げやりにもの憂そうな声で答えた。

「じゃ、ぜひ、いらしてちょうだい」

夫人の方が熱心な口調で身を乗りだした。

「ここから歩いてほんの十五分ぐらいのところなの。少くとも、朝食ぐらい食べていらして……」

「わるくないな」

おれはぶらりと立ち上った。どうせ東京へ帰ったところでなんということもない。時間つぶしに金持ちの別荘とやらをのぞいておくのもわるくないだろう。

「行こうか？」

カナコに言うと、彼女はあっさりうなずいた。

「いいわ」


老夫妻の別荘は表通りをつきぬけて、左に折れ、なだらかな山の中腹にあった。そこまではほとんど車が一台分通れるかどうかというほどの舗装されていないまがりくねった道がつづいている。

昨夜の、台風の予告を思わせる重苦しいじっとりとした気候とはうらはらに、ここには澄明な空気と、きらめく陽光と、濃い緑があった。すでに陽差しは強まりつつあったが、それは乾いていて、木陰へ入ると冷んやりした感触さえ感じられる。

別荘は雑木林の中に建てられてあった。屋根の傾斜の鋭い、壁面に節の多い松材をつかった、一見コテージ風の素朴さを強調した建物である。雑木林をへだてて見えかくれしているときにはそれほど広大なものには思えなかったが、近づいてみると、かなり大きな建物であることがわかった。

別荘の横にガレージがあり、そこのシャッターがひきあげられていたので、内部におさめられた銀色のベンツと、あずき色のポンティアックのスポーツ・カーが見えた。

われわれはコテージの玄関に近づいた。

玄関の扉もなんの大げさな装飾もほどこされていない。しかし、がっしりした重々しい桜材にしぶい銀色のノッカーのついた扉は、近頃流行の新建材で表面をとりつくろった安ピカものではないことがすぐわかった。

扉の横に、双見亮造という表札が横書きにさりげなくつけてある。

夫人が鍵を出し、扉を開けた。玄関を入ってすぐは小さな広間になっていて、床は白と黒の大理石のモザイクだった。天井からクリスタルのシャンデリアが下っているだけで、他には置物も彫刻も置いてはいなかった。われわれが入るとすぐ、奥の扉が開き、白服に身を包んだ老人が姿をあらわした。なんの表情もあらわさず、外科手術に立ちあう医師のような冷静さを感じさせる。老人は扉の開け閉めにも、こっちへ歩いてくる場合も、なんのもの音もたてなかった。

「山路、お客さんたちは?」

と夫人が訊いた。

「まだおやすみになっている方もあれば、プールで泳いでいる方もいます」

丁重な、ほとんどささやくような口調で山路という召使いは答えた。

「そう」

うなずいて、夫人はおれとカナコをうながし、右手の扉を開けた。

扉を開けたとたんに、このひっそりした別荘にふさわしくない、生々しいよどんだ空気が臭った。そこは客間兼居間といった感じの広い部屋で、モス・グリーンの絨毯の上に、ソファが二つと、安楽椅子が三つ置いてある。石の壁に沿ってステレオがあり、その蓋はあけっぱなしになっていて、レコードがセットされたまま停止していた。ステレオの前の絨毯には、モダン・ジャズやリズム・アンド・ブルース系らしいジャケットに入ったレコードが散乱している。

奥はガラス戸になっているらしいが、そこは今ぶあつい金茶色のカーテンにさえぎられていて、部屋の中はうすぐらかった。ソファと安楽椅子に囲まれた円型のテーブルの上には、ブランディやウイスキイの壜が乱立し、それはほとんど空だった。あるグラスには呑み残しのウイスキイやブランディ、あるいはコーラの入ったグラスがテーブルの上や床の上に見えた。

この部屋には、まだ朝がやってきていないという感じである。昨夜の徹夜のどんちゃんさわぎの延長がよどんだ空気の中にありありと残っている。

ソファのひとつには、ブラジャーとパンティだけの大柄で金髪に染めた若い女が眠りこけ、その太腿に頭をもたせかけて、上半身半裸でブルウジーンズをつけた若者がやはり脂の浮いた顔で眠っている。

もうひとつのソファを占領しているのは、長髪のサングラスをかけたサイケデリックな半袖シャツにパンタロンをはいた若者だった。彼はわれわれが入っていくと、うす眼をあけ、「やあ」と言ったきり、また眼をつぶってしまった。

「ゆうべは大騒ぎだったから、みんな疲れているのね」

一向に気にしていない調子で夫人は陽気にささやいた。

「だから、あなたたち二人もちっとも気兼ねする必要はないのよ」

「この他にいったい何人いるんだい？」

とおれは訊いてみた。

「いったい、なんのためにこんな連中に勝手な真似をさせておくんだ？」

「さっきもいったとおり、退屈しのぎさ」

と双見氏が答えた。

「それに、われわれもこの連中とつきあうと若がえるんでね」

おれにはそんなことは信じられなかった。

この連中は人の好い老夫婦を勝手に利用して、好きなことをやらかしているだけだ。その仲間に入ることで若がえると思っているのは老夫婦の錯覚にすぎない。

しかし、そんなことをおれがとやかく言ってみたって仕方がなかろう。

おれもせいぜい、このお人好しの老夫婦を利用させてもらうだけだ。そして、そいつにあきたらさっさとおさらばする。

「さっきの召使いのじいさんの話だと、プールがあるって話だったね？」

とおれは言った。

「できれば、そこで一泳ぎしてから、朝飯のご馳走になりたいな」

「じゃ、プールの方に案内しよう」

双見氏は応接間の扉を閉め、ホールを通りぬけ玄関から裏庭の方へまわった。

そこには芝生が敷きつめてあり、プールまでの白いセメント道の両側には花壇がしつらえてあった。

プールは縦二十メートル、横十メートルほどのもので、個人用のプールとしては、なかなか大きなものである。ブルウの澄み切った水が満々とたたえられ、一人の女が泳いでいた。乳房と腰をほんのわずかおおっただけのビキニスタイルの水着を着て、ゆったりとバックストロークで泳いでいる。小麦色のしまった身体つきでファッション・モデルみたいに魅力的だが、健康すぎるのがおれの好みではなかった。

おれにはカナコのような不健康なくずれのある女の方がいい。

「なにか、飲みものでも欲しかったら、この電話で山路に言いつけるといい」

と老人は言って、プールサイドの電話を指さした。

「わたしはきみの朝食を用意するように家内に言っておこう」

彼はそのままコテージの方へゆっくり姿を消した。

おれはすぐに裸になり、水にとびこんだ。

カナコにも泳がないかと誘ったが、彼女は首をふった。

「あたしは身体を動かすのがおっくうなの」

ビーチパラソルのかげの椅子に腰をおろすと、彼女はぼんやりとあたりを見まわしている。

泳いでいた女がおれに近づいてきて声をかけた。

「あんた、新顔ね。いつまでいるの？」

「さあな」

とおれは答えた。

「気のむくまでさ。きみはどうなんだ」

「あたしは今晩帰るの。明日の朝、東京で仕事があるのよ。あたし、モデルをやってるものだから……」

彼女はおれをじっとみつめた。

「あんた、ちょっとセックスアピールがあるわね。もうちょっとここにいられたら、モノにしちゃうんだけどな。あのプールサイドにいる娘《こ》、あなたの恋人」

「いや、そんなもんじゃない」

おれはあっさり答えた。

「単なる連れだよ。しかし、この別荘にはいろんなやつがごろごろしているな。あの老夫婦はどういうつもりでこんな連中を集めているんだろう」

「知っちゃいないわ」

女は興味なさそうにつぶやいた。

「お金があまってて、若い連中が好きなだけでしょう。ここの顔ぶれはしょっちゅう変るのよ。といって、この若い連中の乱交パーティにあの夫婦が加わるってこともないみたいね。若い連中はここを利用仕放題にしているけど、それでもニコニコして満足しているんだからね。ま、結局、老夫婦二人だけでこんなところにくすぶっているよりは、刺激があっていいってことじゃない?」

「ふうん、そんなものかね」

世の中には、いろんな人間がいるもんだ。

おれはプールからあがると、カナコと一緒にコテージへ帰って朝食をとった。トーストとミルクとベーコンという簡単なものだが、味つけはすばらしかった。山路という召使いがいんぎんに給仕をしてくれた。

朝食が終ったあとで、おれたちは二階の寝室に案内された。浴室つきでダブルベッドのあるホテルの部屋そっくりの豪華なものだ。こんな寝室が三つ用意されてある。

双見夫妻はわれわれの想像以上の金持ちらしい。おれはシャワーを浴びて、カナコとダブルベッドで抱きあいながら横になった。

双見夫妻に変態の気があり、おれたちのそんな行為を覗き見しているのかもしれないが、そんなことはどうでもよかった。

どうせ、おれたちはペッティングしかしなかった。おれは徹夜あけにプールで泳いだせいですっかり疲れていたし、カナコはペッティングの間中、あの人形のような表情をくずさなかった。

ペッティングのあとで、なんということもなく二人は深い眠りに陥った。

おれはそのままうかうかと双見夫妻のコテージで一カ月の余もぼんやり過してしまった。そんなに永い間滞在していたという実感は全くなかった。ここでは時間の経過というものがないのだ。

おれはこのほとんど無為とも言える時間の流れに身を任していた。

もっとも、その間に、この別荘に集る若者の顔ぶれは次々と変った。中には、近所の別荘から遊びにやってくる連中もいたし、仕事の合間に老夫婦に誘われてぶらりとグループに加わる連中もいた。

そういう連中は自分の別荘をひきあげる時に帰ってしまったり、仕事の都合で姿を消していった。

この一カ月間、ずっとこの別荘に居つづけていたのは、おれとカナコだけだった。考えてみれば、なんの束縛もないのはこの二人だけだったのだ。

顔ぶれは変ったが、若い連中のやることは変りばえはしなかった。昼間は泳いだり、街へドライブに行ったり、あるいは少し遠出をして海浜まで行きヨットに乗ったりする。そして、夜はステレオをかけ、ゴーゴー・パーティを開く。ときには、睡眠薬を呑んでラリったあげく、乱交パーティを行うこともあった。

それらのすべての経費は双見夫妻が負担した。夫妻はそれを不快に思うどころか、嬉々として応じている気配がみえた。自分たちが若い仲間に入っていることがうれしくて仕様がないというふうにはしゃいでみせる。

しかし、一カ月余も経ち、秋が深まってくるとこの高原からも避暑地の匂いは消えていった。商店街は次々に店仕舞し、別荘に集る若者の数も次第に少くなった。

そして、ある日、ふいにカナコの姿が見えなくなった。

実際のことをいうと、おれはこの一カ月余禁慾的な生活をつづけていたわけではなかった。睡眠薬にラリった乱交パーティの夜など、おれは他の女をカナコの前で抱いた。それを見ていながら、カナコはなんの反応も示さなかった。例の少女のような稚さと三十女のくずれたもの憂さとがまじりあった表情で、われわれの狂乱ぶりを眺めているだけだった。そんな場合、おれはセックスに没入しながらも、雨の日の道路に捨てられた人形の顔が心のどこかにちらつくのを意識していた。彼女はやはり、おれにとって忘れられないもの——だからこそ、近づきがたい存在だった。

おれと彼女はしばしばベッドを共にした。

しかし、ペッティングとキス以上に関係はすすまなかった。彼女はどんな場合にも、抵抗しなかったが、彼女の顔が、——いつもと変らぬ顔が、おれにそれ以上の行為を断念させた。

カナコはおれにとって、かけがえのない存在ではあったが、やはり同時に、不幸の象徴でもあった。

秋が来て、高原の空気が冷気を帯びた朝、おれは東京に帰ろうと思った。別になんの理由もなかったが、このまま無為の日々に没入している間に、おれはカナコを忘れがたくなりそうな予感がした。

東京でのあわただしい生活だけが、それを忘れさせてくれる。

おれは起きあがって朝食をとりながら、そのことを双見夫妻に伝えた。

「そいつは残念だな」

双見老人は乾いた声で言った、

「しかし、強制はできない。なにごとによらず、わたしは強制するのはきらいなたちでね。きみもいなくなる。カナコさんもいなくなった。あとはわたしと妻とで永い冬を過すだけだ。年齢をとったわれわれにとっては、辛い厳しい冬だ。しかし、いずれまた夏はやってくる。きみさえよかったら、また来年の夏におめにかかれるだろう」

「ちょっと待って下さい」

おれはトーストをかじりかけた手をとめた。

「カナコがいなくなったんですって?」

「そうだ。明け方の二時頃だった。彼女は急に東京に帰りたいと言いだしたんだ。きみはもう眠っていた。彼女はきみを起さないで、そのままそっと帰りたいと伝えた」

老人は私をみつめて微笑した。

「彼女はきみを愛していたのかもしれない。そして、愛情なんてものが、自分に不似合いだということもよく承知していた。だから、きみになにもいわずにさよならをしたんだろう。駅までは、わたしが車で送っていった。彼女は東京でもきみに逢うことはないだろうと言っていたよ」

「そうですか」

おれはうなずいた。あるいは、それがおれとカナコの一番ふさわしい別れ方かもしれなかった。

「おれも彼女とはもう二度と逢えない気がしていますよ……」

おれが別荘を出発したのは、午後三時だった。その時には、別荘には若いイラストレイターとホステスがいて、その二人も東京へ帰るところだった。

おれはイラストレイターの車に便乗することにした。

双見夫妻はおれたちを玄関の前まで見送ってくれた。二人にはいつもの陽気さがなく、きびしい顔つきをしていた。これからの永い辛い秋と冬を二人きりで過さねばならないせいかもしれなかった。

彼らは、それでもきびしい表情をわずかにゆるめて微笑しながら、おれたちに手をふった。

車はスタートし、雑木林をぬけ、せまいまがりくねった道をおそろしいスピードで通過した。

しかし、おれにはイラストレイターの乱暴な運転は一向に気にならなかった。おれはただカナコのことを思いつづけていた。おれとカナコの愛情——それが愛情と呼べるものなら、きわめて変則なものにはちがいなかった。それでも、おれはカナコを愛していた。こうして独りで東京へ帰らねばならなくなったとき、おれはそのことがはっきりわかった。東京からこの高原へやってくるときの、カナコとの二人だけの束の間の時間がかけがえのないものに思えてくる。

カナコが不幸の象徴であったとしても、おれには必要な女なのだ。

なんの伝言もなく、別れ別れになってしまう——それはいかにも二人にとってふさわしい別れ方かもしれないが、そして、老人にそう言われたときには、おれもそのとおりだと思ったのだが……。カナコの投げやりな性格を考えると、そんなロマンチックな別れ方はなにか不自然な気がしてきた。

カナコは、もし別れるとしても、おれにそうはっきり言うだろう。そして、笑いながら、相手はじめて車の中でキスしたとき、彼女はおれの名前を訊いた。投げやりな性格の中に、カナの名前を訊かないでキスするのは不道徳でしょ——と言った。投げやりな性格の中に、カナコにはそんな童女のような純粋さが残っている。（カナコは本当に東京へ帰ったのだろうか？）

おれの心の中にかすかな疑惑が生れた。

(そうではなくて、彼女は今でも、あのコテージの中にいるのではないか?)

「あの双見さんというのはなにをしていた人なんです?」

とおれはイラストレイターに訊いてみた。

「葬儀屋さ」

とアメリカ帰りのイラストレイターはこともなげに答えた。

「日本人は手先が器用だから、造園師《ガーデナー》として成功している連中はアメリカでたくさんいる。しかし、双見さんは眼先を変えて、その手先の器用さを、葬儀屋の方に応用したんだ。アメリカでは、日本みたいに、すぐ棺に入れて焼場へ運ぶことはしないからね。ちゃんと死人にメイクアップして、生前の状態と同じような状態で弔問客に対面させるんだ。双見氏のその技術は抜群で、一流人はこぞって彼の葬儀社に依頼した。彼は特殊な手法を死体にほどこす技術を考案したらしいな。ま、スターリンほどではなくても、かなり永い間死体を腐爛させることなく同じ状態で保存することができたらしい。それで一財産つくりあげて、日本へ帰ってきたというわけさ。彼が若い連中を集めてさわぐのが好きなのも、あまり永い間死人をあつかってきたので、そいつにうんざりした結果、生きのいい若い連中とつきあいたくなったのじゃないかな……」

その話を聞いているうちに、おれの身体を冷たいものが走りぬけた。

「すまないが、車をもどしてくれないか」

とおれは言った。

「ちょっと忘れものをしたので、コテージへもどらなくちゃならん」

「どうしたんだ。血相を変えて？」

イラストレイターは不信そうにおれの顔を眺め、それでも不承不承車を停めた。

「しかし、おれたちは時間がないから、きみを降ろしたら、すぐに東京へ向うぜ」

「いいとも」

面倒くさそうに、イラストレイターは車をバックさせた。

おれはコテージに着くと、彼らはふたたび猛スピードで走り去った。

コテージをみつめながら、しばらく立ちつくした。あたりは深閑と静まりかえっている。秋の冷気とは別の冷気がおれの心を凍らせていた。

玄関の扉は鍵が閉っていた。おれは応接間の窓のひとつをなるべく音のしないように破り、そこのロックをはずして別荘の中へ入った。窓ガラスの破れる音がやけに大きくひびいたが、誰も出てくる様子はなかった。

応接間を横切り、玄関のホールを通って、奥の扉を開けた。そこはキッチンになっていて、その奥にもうひとつ扉がある。

そっとノブをひねってみたが、開かなかった。扉のすき間からのぞくと、鍵をまわせば、錠前の舌が落ちる仕かけになっていることがわかった。キッチンからナイフをもちだすと、扉のすき間にさしこみ、上へ押しあげてみた。カチッと音がして、錠がはずれた。

おれは扉を押しあけた。

扉のすぐ向うは地下室になっていた。

タイルばりで手術室のような感じである。壁ぎわに大きな冷凍庫があって、その前に車つきのベッドが運ばれていた。

白い手術衣に似た服を着た双見氏がその冷凍庫のぶあつい扉を開けているところだった。夫人と山路が同じ白衣を着て両側にひかえている。三人とも事務的な無表情な顔つきをしていた。

おれは地下室の階段を降りていった。

靴音がタイルばりの部屋の中に大げさな反響を伝えた。

三人はさっとおれの方を見あげた。

山路がかたわらにあるステンレスの手術器具を並べた台からメスをとりあげると、身がまえた。

「その必要はないよ」

とおれは静かに言った。

「別にあんた方の邪魔をするつもりはない。それぐらいなら、とっくに警察に連絡しているさ」

「わたしもきみがもどってくる気がしていたよ」

双見氏は微笑を浮かべた。

「カナコさんがきみを呼んだのかな?」

「あるいはね」

私は扉の開いた冷凍庫をみつめた。

「その中に、カナコはいるんだな？」

「そう。彼女は冷たくなっている。しかし、ほとんど生前のままだ」

双見氏はゆっくりと冷凍庫の中からカナコの死体をひきだした。

「彼女は睡眠薬を呑ませて、深い眠りに入ったまま、凍死させた。しかし、わたしに言わせれば、彼女は永遠に生きているんだ。少くも、若いまま、この姿を保ちつづける。わたしがきっとそれをやってみせる」

「あんたは、若い連中をこの別荘に集めた。それはなにも、若いエネルギイを吸収するつもりでもなければ、退屈をまぎらせるためでもなかった。いわば、あなたの実験にふさわしい犠牲者をさがす目的だったんだね？」

とおれは言いながら、カナコの姿をみつめた。全裸になった彼女はやや蒼ざめて透明な感じがしたが、生前とほとんど変りがなかった。ほっそりした身体、うすい胸、眼をつぶった童女の顔――それらは、雨の朝、路傍に打ちすてられたあの人形をありありと思いださせた。

「そうだ。何人もの若者がわたしの家に集った。しかし、わたしの気に入ったモデルはいなかった。わたしは永い間アメリカにいて、肉食になれた人種の死体は何百となく扱ってきた。彼らはあぶらくさく、透明さがない。それにいや気がさして、わたしは日本に帰ってきた。もう引退する時機だと思ったのだ。だが……」

彼は深い溜息を吐いた。

「わたしは死体をあつかうプロ根性がしみついてしまった。欧米人とはちがう素材で自分の傑作を完成してみたかった。それも老人はごめんだ。死の影のない若いモデルが必要だった。ところが、近頃の日本の若者ときたらすっかりアメリカナイズされて、わたしの意欲をそそる若者はみつからなかった。しかし、この女性はちがった。彼女には日本人の持つ淡さ、透明度、しかもアンニュイがある。わたしはあらゆる技術をつかっても、この女性を永遠にこのままの形にとどめておきたかった」

「つまり、おれとあんたとはライバル同士だったわけだ。おれも同じ意味でカナコが好きだった。だからこそ……」

おれはカナコの手に自分の掌をふれた。それは冷たかったが、おれを拒否しているようには思えなかった。

「だからこそ、おれはあんたに感謝しなければならないのかもしれない。カナコはあんたの技術で永遠にこのまま生きつづけるかもしれない。しかし、恋人としてはおれのものだ」

部屋の中には沈黙がみなぎった。

カナコの手をにぎったまま、おれは彼女の唇に自分の唇を押しつけた。

唇をはなすと、手をはなし、そのまま彼らに背を向けた。

地下室の階段をあがり、キッチンを通りぬけ、玄関の扉を開け、表へ出た。それを無意識にやってのけた。意識しているのは、カナコの冷めたい唇の感触だけだった。

おれはゆっくり歩きだした。おれ自身が死んでしまったような気分だった。

心の中に鏡がある

それは突然、秋津泰彦の身の上に起ったことだった。

その時、秋津は社の近くの新宿二丁目にある小さな雀荘で卓を囲んでいた。ちょうど土曜日で、社の勤務は三時に終り、四時きっかりに雀荘へ集まったので、八時頃には興に乗って誰もがゲームに熱中していた。

メンバーは課長の矢代を中心に、同じ課の仲間、いずれも三十なかばの社の中堅と称されている連中である。秋津は三十三歳、すでに社歴は十年で、係長の肩書を与えられていた。

いつもの彼はそう麻雀のつよい方ではない。好きではあるが、勝負にこだわるよりもゲーム自身を楽しむ傾向がつよく、こういうタイプの人間は勝負師にはなれないらしく、秋津も平均すると負けが多かった。しかし、誘われると、つい応じてしまう。

そんなわけで、その日も彼はトータルすると五万点ちかく負け越しになっていた。

彼らは千点について二百円の賭率でゲームをやっていたから、一万円ちかくの負けということになる。

かくてはならじと、秋津は挽回のチャンスをねらっていた。八時頃、ちょうど半荘《チャン》まわしのゲームが三回終り、南場の荘家《おや》がまわってきたとき、そのチャンスがめぐってきた。彼の手のうちには東の牌が暗刻《アンコー》で揃い、あとは万子《ワンツ》だけで、二、五、八万の三面待ちという絶好の聴牌《テンパイ》になった。ここでリーチをかけると、自分がツモらずに誰かがフリこんでも満貫になる。

彼は考えこみながら、煙草に火を点けた。

荘家であるかぎり、連荘《レンチャン》をつづけるべきである。そのためには、リーチなどかけて他の連中の警戒をさそうより、闇聴で放銃を待つ方がセオリーにかなっている。

しかし、リーチをかければ、他から放銃されても満貫になるし、一発でツモって、しかも裏ドラが入っていると十翻になり、倍満という可能性もないわけではない。またゲームは八巡めをまわったばかりで、ツモるチャンスは充分残っている。こういういい聴牌ならば、もちろん、他から放銃してくる可能性も大きい。

荘家としてはここで確実にあがりを決める方を選ぶべきか、それとも、手を大きくして負けこしの分を一挙にとりかえすべきか。

秋津は煙草をふかぶかと吸いこみながら、卓上をじっとみつめた。

「どうしたんだい？　ずいぶんご難産のようだね？」

幾分いらいらしながら、下家の矢代がからかった。

「まさか、もう聴牌ということはないだろう?」

「それが、聴牌なんでヨワっているんですよ」

わざと本当のことを言い、それが三味線に聞えるように念じながら、秋津は決心した。もう一巡するまでリーチを待ってみよう。その間に、誰かが放銃すればよし、そうでなければその時こそリーチをかけて、一打逆転のチャンスをつかもう。

もし、倍満をあがるとすると、秋津たちのルールでは荘家は二万四千点もらえるきめになっていた。五万点のマイナスを一度でほぼ半分挽回することができるわけである。

彼は不要牌をさりげなく捨てながら、つぶやいた。

「やっぱりリーチはやめますよ」

「どうもおどしがキツいようだね」

その三味線にひっかかるものかというように、にやにや笑って、下家の矢代が牌をツモった。

「オヤにそうはやく聴牌されちゃかなわん。こっちの方は早めに安あがりといくか……」

そう言う矢代のツモる手つきが幾分緊張しているのが秋津にはピンときた。

(おかしいぞ)

彼はじっと神経を集中して、矢代の顔と卓上の捨て牌を見守った。

小さな雀荘の中には、もうもうと煙草の烟がこもり、それと人いきれと体臭とがまじりあって、なにか眼には見えないが濃密なコロイド状の壁をつくっているように思われた。

そして、その壁がいきなりぽっかりと割れ、中心に澄み切った真空の部分ができて、自分だけがそこへ入りこんだような感じに秋津は捕われた。

いや、それは雀荘の内部のことではなく、自分自身の心の内部のことのようにも思えた。雑念がむらがっている心の内部の中心が、ふいに澄みきって鋭く周囲のことを感じとりうつしだそうとしている。いわば、心の中心に鏡ができたような気分だった。

と同時に頭がキリキリと痛み、秋津は吐き気をもよおした。

(これはいかん)

煙草の吸いすぎかもしれぬと、くわえていた煙草を灰皿の中に押しつぶしたが、そのめまいに似た感じは一向に消えなかった。

といって、その場を立たねばならぬほどの不快感ではない。今まで経験したことのない違和感といった方がふさわしかった。心の中の鏡をもてあましているといった感じである。

彼はめまいをこらえながら、矢代の方に並んでいる牌をみつめ、はっとした。

その牌は当然、秋津の方には裏を向けて並べられてあるにもかかわらず、そのことごとくがどんな牌であるか、彼の心の中の鏡にうつっているのだった。

矢代の手のうちは国士無双の一向聴《イーシャンテン》だった。しかも、いまツモってきた西の牌をくわえると、聴牌してしまい、紅中《ホンチユン》待ちのあがりになるのだった。

「どうもあかんなあ。一向にツモがようないわ」

矢代は三味線をひきながら、不要牌の三万を切った。さすがに、口ではそういってはいるものの指先がかすかにふるえている。

矢代が今まで切った捨て牌の中には南があり、まだ八巡めだから、彼がよもや国士無双を聴牌しているとは誰も気づいてはいない。自分が南風の南家であることから、二翻つく可能性のある牌をわざと切って、国士無双の手であることをカムフラージュした矢代の作戦も効を奏していた。彼は九筒《トン》をアタマにして二枚あった南を四巡めに切っていたのだ。しかも、紅中は秋津の対面《トイメン》の山下が一牌すでに切っている。矢代はもっともあがりやすい形で国士無双の役満を聴牌しているのだった。

(この勝負はおれがもらった)

ひそかに胸の内でつぶやく矢代の声を秋津はありありと聞いたと思った。いや、その声も心の中の鏡の上にうつっているのかもしれなかった。

彼は眼を転じて、対面の山下や上家の須貝の手のうちも透視した。そう、たしかに、それは秋津の方に牌の表を向けて並べられたように透視できるのだった。

彼らはいずれもまだ聴牌にはほど遠く、不要牌が多かった。彼らは一刻も早く聴牌にもっていこうとその手づくりに専念している。それぱかりに夢中になって、矢代が役満を聴牌していることはもちろん、秋津が親の満貫を聴牌していることも気づいてはいない。

二人とも、紅中をツモってきても、万子をツモってきても、なんの警戒もせずに切ってしまうことはあきらかだった。

(これはうかうかしていると、課長に役満をさらわれるぞ)

秋津ははげしいいらだちを感じた。

幸い、山下や須貝の手のうちには紅中がないから、彼らが矢代に放銃する心配はない。同時に、秋津が待っている二、五、八万の牌も放銃する気配もないことがわかった。

（こうなれば、こっちが先にツモるより仕方がない）

彼は積んである牌に眼をやって愕然とした。山下がいまツモってそのまま切った牌は五索《そう》であり、須貝がいまツモりつつある牌が南であることが透視できると同時に、その次自分がツモってくる牌が紅中であることも透視できたのだ。

（これはとても放銃できない）

彼は聴牌をくずすことに決めた。いくら荘家で満貫を聴牌していても、役満に放銃してはなんにもならない。

彼は紅中を手のうちにあたため、三万を切って聴牌をくずした。しかし、そうしながらふと下家の矢代がツモってくる牌をみると、それは一万であることがわかった。一万は秋津が二枚持っており、矢代が一枚持っている。ここで、矢代がその一万を九筒にふりかえてアタマにせず、切ってくれれば、それをポンして、秋津は矢代同様紅中の単騎待ちにできる。

そして、心の中の鏡が矢代が一万を切るとはっきり教えていた。

（しめた！）

矢代が一万をツモり、案の定それを切ると、秋津はそれをポンして、七万を捨て、矢代と同じように紅中待ちの聴牌に切りかえた。積み牌を透視すると、その後の二枚めに紅中があるのがわかった。

対面の山下がそれをツモることになる。すでに、一牌、紅中を切っている彼がそれをためらわずにツモ切りすることは明らかだった。

(これでたすかった)

ほくそ笑みながら、秋津はその時のくるのを待った。

山下が紅中をツモリ、それを切ると、矢代が興奮のあまりカン走った声をあげた。

「それだ。ロンだ……」

「気の毒ですが、課長」

秋津はうすら笑いを浮かべながら、自分の牌を倒した。

「ぼくの方が先にあがりですよ。どうやら、同じ待ちだったようですな」

「なんだって?」

矢代は呆然とし、それから憎らしそうに秋津をにらんだ。

「畜生、おれの方は国士無双だったんだぞ」

「なんだろうと、上家のわたしの方が優先権がありますからね」

秋津は涼しい顔で山下から七千七百点を受けとった。

満貫にも倍満にもならなかったが、これで連荘のチャンスをつかんだことになる。なによりも、矢代に役満をあがらせなかったことがこの勝負を決定したと思った。

いや、心の中にふいに現われた鏡に、他家の連中の思惑も、手のうちの牌も、積んである牌も、すべてが透視できるということが、秋津に大勝をもたらしたのだった。

それからの秋津は連戦連勝だった。

なにしろ、牌が透視できる上に、先がよめるのだから、放銃するわけがない。

夜半、終電ぎりぎりまで四人はゲームをつづけたが、秋津はそれまでに五万点を挽回した上にさらに八万点ほど浮きに入っていた。

秋津の自宅は新宿からさらに私鉄で四十分ほどかかる駅に近い団地の中にあった。

同じ方向の山下と終電に乗りながら、彼はまだ心の中に鏡が存在するのを感じていた。

「今夜のツキはすごかったですね」

と山下が話しかけた。

「あの役満を先あがりされたときは課長もイヤな顔をしていましたよ」

心の中の鏡には、山下がいつもとまったくちがう技術を示した秋津に対する不審の念と、クサった矢代が明日からこの麻雀のことを根にもって意地悪するであろうという思惑がありありとうつっていた。

矢代は役満を秋津に先あがりされて以来、がたがたにくずれて、結局独りでマイナスを背負う破目になったのだった。おそらく、トータルで十万点以上負けているだろう。金額にして二万円以上はきだすのは、とぼしい小遣でやりくりしている矢代には痛かったにちがいない。

そのことで、矢代が秋津を恨みに思い、まさか、直接麻雀のことではあれこれ言うまいが、仕事上のことで難くせつけそうだということはわかった。矢代はどだいそういう心のせまいタイプの男である。

「少し勝ちすぎたな」

と秋津はつぶやいた。

「課長にはもう少し負けてやるんだった」

そうしようと思えば、できないことではなかったのだ。課長をあれほど沈ませずに他の連中からとるのもたやすいことだったのだ。

「勝負だからしようがないですよ」

と山下は言った。

「課長がバカ勝ちすることだってあるんだもの。そんなことでとやかくいわれちゃたまらないや」

そう言いながら、山下が心の中で明日から矢代が秋津にどういう態度にでるか面白がっているのがありありとわかった。山下は秋津よりも二期早く入社しながら、どこか軽率なところがあり、しょっちゅうミスを犯しているので、秋津に先を越されていまだに係長になれないでいる。

ひょうきんな明るいタイプの男で、いままでそんなことは表に出したこともなかったから、彼がそんなことを内心考えているとは夢にも思っていなかったが、秋津の心の鏡には山下の意識下にあるその憎悪がむきだしにはっきりとうつっているのだった。

しかし、そんなことを指摘してみても仕様のないことだった。

秋津はしきりに話しかける山下にあいまいにうなずきながら、電車に揺られていた。考えているのは、どうして、心の中にこんな鏡が突然出現したのか、この鏡がいつまで存在するのかということだった。

そんなことを考えていると、自分が特殊能力にめぐまれたエリートというより、なにか人間ばなれした無気味な怪物になったような気がして、奇妙な疎外感に襲われるのだった。その能力のせいでごくふつうの人間たちから白眼視され、ついには仲間はずれになってしまう。彼の心の中の鏡はそれほど遠い未来のことをうつしださせるわけではなかったが、自分がそういう疎外された立場に置かれるにちがいないという予感がしきりにした。

たとえば、山下の意識下にある憎悪を鏡がうつしだしていることがいい例である。それがわからなければ、秋津は山下のことを出世の遅れた明るいひょうきんな男として見てきただろうし、なにも警戒心を起さなかったにちがいない。

ところが、山下の憎悪を感じとったいま、彼はそのことを意識しながら、今後彼とつきあわざるを得なくなった。

社の他の人間に対しても、おそらく同じことであろう。彼はこれまで以上に気をつかいながら身を処していかなくてはならない。それはわずらわしさを感じさせると同時に、ひどい孤独感に彼をおとし入れた。

「ねえ、山下くん」

彼はおもねるように声をかけた。

「きみはさっき、ぼくがツイていたといったが、実はそうではないんだよ」

「ああ、失礼しました」

山下はあくまで明るく応じた。

「ツキで勝ったと言ったのは失言でしたな。係長が勝ったのは技術ですよ。技術的な長足の進歩というやつです」

「そうじゃないんだ」

いらいらしながら否定して、秋津はふと山下が大学の心理学科を専攻したことを思いだした。それに、つね日頃から空想科学小説や心霊学に関する本を読み、易や方位学に興味を持っていることも……（この男なら、おれの心の中にある鏡のことについてわかってもらえるかもしれない）

「実は、あの役満の先あがりした寸前にこういう現象が起ったんだ」

山下に自分を理解してもらいたいということよりも――それがむりだということはすでに心の中の鏡が教えてくれていたが――孤独感から逃れるために、秋津は牌が透視できたことと、結果が予測できたこと、それから、人の心がよみとれるようになったことを説明した。

「なるほど、それはあり得ないことではないな」

興味ありげに山下は身を乗りだした。

「元来、動物はすべて危険に対する予知能力を備えているものなんですよ。ただ人間だけが文明の恩恵を受けた結果、その能力を退化させてしまった。ただし、それは潜在的に残っているものだし、ある種の人間には、それをいつでも発揮できる。また、ふつうの人間でも、ある特殊な場合——たとえば、異常に神経を集中させた場合など、その潜在能力が表に現われてくることがある。ほら霊感少女とか新興宗教の教祖で、適中率の高い予言をする人間なんかがいるでしょう。あれがそうですよ。また、サイコロの目の出る確率はどれも六分の一のはずなのに、あるひとつの目を念じてサイコロをころがすと、その目が確率以上に出るという結果がすでに証明されているのです」

　彼は一気にそうしゃべると乾いた唇をしめすために、ちろっと舌の先で唇をなめた。

「だいたいこういう能力のある人間を、超能力者《エスパー》と呼ぶわけですが、この超能力者にもそれぞれ得意とする能力があって、そのひとつが念力です。これはさっきのサイコロと同じように、自分が念じたように事象を左右できる能力ですな。もうひとつは、透視力で、係長のように、牌や人の心の中を透視できる能力、もっとすぐれた透視能力者になると、何千キロとはなれたところにある物がなにか言いあてることができる。三番めは予知能力で、これは未来に起ることをすべてあらかじめわかってしまう能力の所有者です。係長の場合は、いま、うかがった話によると、透視力とごく近い未来に対する予知能力を備えていることになる」

「しかし、いったいなぜそんな能力がぼくに急に備わったんだね?」

　秋津はうっとうしさを感じながら訊ねてみた。

「生れてからこの方、自分にそんな能力があると意識したこともないし、こんな妙な経験をしたこともなかったんだぜ」

「それはなぜだか、ぼくにも専門家じゃないからわかりませんがね」

山下は勿体ぶって首をかしげた。

「多分、麻雀に熱中して、神経が異常に鋭敏になった結果、潜在していた能力が発揮されたのでしょう。でもいいじゃないですか、そのおかげで勝ったのだから。いや、誰でも麻雀に熱中しきってる時には、自分が次にツモってくる牌がわかることがあるもんですよ。係長の場合は、それがもっと異常な形であらわれたんでしょう。もっとも、それが一時的なものではなくて、永久的なものだったら大変だ。とてもこれから係長とは麻雀なんかつきあえなくなる」

ハハハ……と、とってつけたような虚ろな笑い声を残して、山下は立ち上った。

彼の降りるべき駅に電車がすべりこんだのだった。

出口の方へ歩いていく山下の後ろ姿を見送りながら、秋津は静かに、山下の考えていることを心の中の鏡にうつしていた。

山下は自分で説明しながら、秋津が超能力者だなどとは毛頭思っていなかった。麻雀で勝ったことにしても、単なる一時的なツキで、それを秋津が大げさに考えているにすぎない

——そう心の中の鏡は透視していた。

ところが、秋津は心の中に鏡が実在していることも、その鏡がこれからもずっと実在しつ

づけるであろうこともはっきりわかっていた。

そのためにかえってわずらわしい思いをし、周囲の人間から疎外され、やがては不幸に陥るであろうという予感もした。

いわば、心の中の鏡は彼にとって未来の不幸の象徴であった。


案の定、予感どおり、翌日から秋津の不幸がはじまった。

彼の会社はある財閥系不動産会社で、同じ系列の私鉄が発展するにつれて、その沿線を開発し宅地化する業務を行なっていた。秋津の属するコンピューター第三課は、その予定地がどの程度に開発し得るか、また、それによってどの程度の利益があげられるかをプログラムに組み、電子計算機にかけて結果をはじきだすのが仕事だった。

その仕事に関するかぎり、秋津の超能力はきわめて有効だった。

彼は電子計算機にかけるまでもなく、その土地の写真や図面をみただけで、そこにどれだけ投資して開発し、どの値段で売れば、何パーセントの買い手がつき、どれくらいの利益があるかわかってしまった。

第三課の課員――プログラマーたちはふつうの事務員とちがって、デスクに向いきりということを強制されなかった。プログラムを組むという仕事は計算力よりも、一種の創造力を要求される仕事だった。計算はコンピューターがやってくれるのだから、彼らは与えられた時間内に自由な形でプログラムを創りあげればいいのだった。あるものはトイレにこもり、あるものは机に足を投げだして眼をつぶり、あるものは社の周囲を散歩しながらプログラムを検討した。

ところが、秋津はそういう時間が必要でなかった。土地の写真や図面をみただけで、ほとんど瞬時にプログラムができあがり、その結果がわかってしまう。電子計算機のはじきだす数字までがはっきりと心の中の鏡にうつった。

こうなると、自然、彼は時間をもてあますようになった。仲間と合わせるために――彼だけが独走してプログラムを早く組んでしまうことは、結局、仲間から白眼視されるということもわかっていたから――あまった時間をパチンコ屋や喫茶店でつぶしたりした。時には競馬場や競輪場へ行くようになった。

そのことはいつか、課長の矢代の耳に入り、彼ははげしく叱責された。

秋津が的確なプログラムを組み、誰よりも早くいい結果を報告できるということは、彼のメリットにはならず、かえって、課長たちの嫉妬をまねくことになった。上司たちは彼の秀れたプログラムを横どりしたあげく、それがつくれるということで彼をうとんじた。

同僚や部下たちもそういうめにあっている秋津に同情するどころか、彼が失脚することを内心で拍手していた。課長の報告を受けて、勤務時間中に競輪競馬にふけるような怪しからん男だと、部長や重役も秋津のことを冷やかな眼でみはじめている。

それらの思惑を秋津の心の中の鏡はありありとうつしてしまった。

(実力だけでは出世ができないんだ)

彼は、サラリーマン社会の悲哀をつくづくと噛みしめた。

そういう思惑や悪しき結果は予知できても、彼にはそれを避けることはできなかった。避けようとすると、もっとわるい結果が待っていることを予知してしまうのだった。

わずらわしい雑念やみみっちい画策やあさましい足のひっぱりあいが鏡の上にちらちらして、彼は気が狂いそうになった。そんなことがわからなかった以前は希望の持てた会社にも、彼はすっかり絶望してしまった。

身の破滅になると知りながら、彼は社内にとじこもっていることはできなかった。そうしていると、鏡にうつった他人の思惑ばかり気にしていなければならなくなる。それぐらいなら、いっそ、競輪場か競馬場へ行って社内のことを忘れ、ギャンブルのことだけ考えていた方がずっと気が楽だった。それに、競輪や競馬は間ちがいなく彼に利益をもたらしてくれた。レースの結果が予知できる彼にとって、それは賭というより有利な投資に他ならなかった。

こうして彼は金だけはもうけることはできたが、味気ない孤独な日々を送ることになった。

彼を孤独に追いやったのは、社内のことばかりではなかった。家庭も彼に対して暖かくはなかった。それまではなにも気づかなかったが、妻の容子に若い恋人がいることを、秋津は透視してしまったのだ。

容子はその男ともっぱら昼間、秋津がいない間に逢いびきしているらしく、彼女の心の中にはその日の生々しいもつれあいの様相や、二流のホテルの中、それにその若い男のたくましい身体などがちらちらみえかくれするのだった。

そのことについて、もちろん、秋津はきびしく問いただした。彼には、その男の名前も年齢も身分も、それから、容子がどこで逢いびきし、どんな時間を過したかも彼女の心を透視することによってありありとわかっていた。彼がそれをいちいち指摘すると、一瞬、容子は顔色を変えたが、すぐにふてぶてしく表情を押しかくし、こう答えた。

「なにをあなたつまらないことをおっしゃっているの。あなたのおっしゃったことは、なにひとつ、あたしには身に覚えのないことだわ。それとも、あなたのおっしゃることが正しいというのなら、その証拠をみせてちょうだい」

そう言われても、なんの証拠もなかった。

彼女がたしかに不貞を働いていることは、鏡にありありとうつってはいるのだが、それは現実の証拠にはなり得ない。

秋津が自分にはそういう超能力があり、だからすべてわかっているのだと言ったところで、妻は一笑に付してしまうにちがいなかった。

しかも、彼がそのことでなおも妻を問いつめれば、容子は居直り、家を出てゆくのだということも心の中の鏡は教えてくれた。

逢いびきの現場を押えることは、容子の心をちらと見ただけで、それが何時にどこで行われるか透視できる秋津にはしごく簡単なことだが、そうすることはかえって妻を男のところへ走らせる結果になる。

そして、その男はある暴力団の幹部で何軒かのバーを受けもち、かなり金まわりのいい男だということもわかっていた。秋津より五歳も年齢が若く、きりりとひきしまった筋肉質の背の高い身体つきで眉の濃い精悍そうな顔つきをしていた。

もし、秋津がいつも容子とその男が逢いびきをする二流のホテルの中へふみこんだとしたら——そう想像して、秋津は寂しげに首をふった。

男も容子も最初はあわてるだろうがすぐに居丈高になって、なにがわるいのだとかえって秋津に食ってかかるにちがいない。

「おれはたしかにあんたの奥さんに手を出した。しかし、おたがいにホれあっているんだから仕様がねえじゃねえか……」

男の野太い声が耳の中でひびいた。

「それでわるかったら、どうにでもしてもらおうぜ」

たしかに秋津にはどうしようもない。腕力でもその男にかなうわけがなかった。だまって立ちすくむ秋津をさげすんだ眼でみすえ、容子は男とともに部屋を出てゆく。

ある夜、アパートへ帰ってくると、容子の姿はなかった。彼女が次第に大胆になり、秋津に知られてもかまうものかと決心して、いま男と逢いびきしていることは秋津にははっきりわかった。

彼はがらんとした部屋を見まわし、孤独に耐えられずに、テラスへ出た。

五階にある彼の部屋のテラスからはコンクリートの舗装をした歩道をへだてて、すぐ向うのしたたるばかりの緑の林が街燈に照らされながらくろぐろと見えていた。

しかし、彼の見たものは、その林ではなかった。彼は――彼の心はベッドの上で生々しくあえぎ、のたうっている二匹のけだものをはっきりと視ていた。

「容子……」

彼は苦しげにうめいた。同時に、テラスから飛び降りコンクリートの歩道にたたきつけられて血を流している自分の姿が、心の鏡にうつるのを感じた。

エウゲニイ・パラロックスの怪

私はこの作品を早く仕あげなければならない。そうしなければ、いつ、例のやつがでてきて私にとってかわるかもしれないからだ。

例のやつ——といっても、そいつの正体がなんであるのか、私にはわからない。私にわかっているのは、そいつが、私とそっくりであることだけだ。顔も手足も、声や身ぶりまでそっくりなのだ。他の人間が見たら、おそらく、私自身とまったく見わけがつかないだろう。ただ、ちがっているのは、やつはおそろしく瘦せているのに、私はやつより、たっぷり十キロは肥っていることだけだ。

もっとも、二人が同時にこの世に存在することはないのだから、他人には私とやつとをくらべてみるわけにはいかない。今、私は二人が同時にこの世に存在し得ないと書いたが、実際には、実体のないものとしては存在しているわけである。他人にはどっちか一方しか見えないが、そして、声も聞えないが、ちゃんと二つの異なる精神は存在している。

なんと云ったらいいか、要するに、ひとつの身体の中に二つの精神が入っているとでも云おうか……。

もちろん、最初のうちは、私の存在の方が勝っていた。いつも、やつを押しのけ、現実の世界の中で生活しているのは私の方だった。ところが、近頃では、そうではなくなってきたのだ。いつの間にか、やつの現われる度数の方が頻繁になり、私はむしろやつの力に押しふせられ、影の存在になりかかっている。やつは、私として、世間にのさばりでるようになってしまった。

あなたは、多分、ジキル博士とハイド氏の話を知っているだろう。

スティヴンスンはジキル博士を善の象徴として描き、ハイド氏を悪徳悪行の象徴として描いた。そして、紳士として非のうちどころのないジキル博士がいったん薬を呑むと、身内にひそんでいた悪の人格が現われ、ハイド氏に変身する。そのうちに、薬を呑まなくても、ハイド氏がジキル博士にとって代り悪行のかぎりをつくした上、破滅してしまう。

そう、私とやつとの関係も、ジキル博士とハイド氏に似ているかもしれない。ただ、私はジキル博士のように善の象徴でもなければ、やつがハイド氏のように悪の象徴とも思えない点が異なっている。いや、むしろ私が恐ろしいのは、善の部分も悪の部分も、やつは私とまったくそっくりだということだ。つまり、この世に本ものの私より十キロ分痩せた他の私が出現するだけで、あとはなんの変りもないのである。結局、本ものの私は不用であり無価値な影の存在になってしまう。自分がいてもいなくてもいい。自分とそっくりの男がこの世にいる限り、私が消滅してしまっても他人には気づいてもらえない——こんな恐怖があるだろうか？

私はそう思うといても立ってもいられず、私が存在できる束の間に、この告白をしたためておかずにはいられなかった。幸い、私の職業は作家だから、この作品は多分印刷され本屋の店頭に並べられて、何人かの読者の目にふれるだろう。その中の何分の一かの読者がこれを小説だと思わず、私の真実の叫びだとうけとってくれれば私は本望だ。

なんのために？

そう問われると、私はかすかな困惑を感じざるを得ない。私の存在はやつにとってかわられれば、さっきも書いたとおり、無意味にすぎないのだから、私がなんのためにこんなことを読者に知らせておきたいのかは自分でもはっきりわからない。けれども、かつては、やつではなくて、私という存在が確乎としてこの世に存在したのだということを記しておきたいという欲望はどう仕様もないのだ。私は声を大きくして、読者に語りかけたい。私はやがて消滅する。やつにとってかわられてしまう。しかし、本ものは私なのだ。わがもの顔にこの世に実在する私とそっくりの男は、あれは私の偽《にせ》ものにすぎないのだと……。

おそらく、私がこの作品を編集者に渡すころには、やつがすでにとってかわってしまっているにちがいない。

やつは尖《とが》った顎をなぜ、さも私然として、編集者にしゃべるだろう。

「どうも気ちがいじみた作品になってしまいましたが、今までの作品には自分でも多少マンネリズムを感じていたところなので、SFめいた作品を書いてみました。いやどうも、少々荒唐無《こうとうむ》稽《けい》すぎやしないかと気にはなっているんですが……」

そう云われれば、心やさしい編集者はこの作品を告白などとは思わず、読者をおどかすために妙な形式で書かれたフィクションだとうけとるにちがいない。その頃には、私は彼の強靭な体内に押しこめられ、どんな抗議の叫びをあげようとも、私の声は編集者の耳には届かないに決っている。

この作品が手渡されるのは、もう永い間、私の担当になっている編集者で、本ものの私にも、やつにも会っている。もちろん、編集者はそれが本ものの私と偽ものの私だったことには気づかず、ただ一人の私に会ったと思いこんでいることだろう。

実際には、約一年ばかり以前には、本ものの私に会っていたのだが、その後は偽ものの私――つまり、やつに会っていたのだ。というのも、ここ一年ばかりは、他人に決して本ものの私を見せないようにやつがしてしまったからだ。

やつに会った編集者は決ってずいぶんお痩せになりましたねという。

すると、やつは骨ばった指に煙草をはさみながら、何でもないように微笑む。

「いやなに、少し仕事の量がふえすぎたからですよ。ご存知のとおり、ここのところ月刊誌が倍増して注文が多くなったでしょう。毎日、締切りに追いまわされて、ノイローゼ気味になり、食欲がないんですよ。もちろん、睡眠不足だから、睡眠薬を呑む。すると、ますます、食欲がなくなる。悪循環ですよ」

「いけませんね。そんなふうにしていると、しまいに、身体をこわしてしまいますよ」

と編集者が心配そうに眉をひそめる。

「少し仕事の量をへらして、のんびりしてみたらどうですか?」

「ええ、そうしようと思っています」

とやつはうなずいてみせる。

「その計画ももうできているのです。あと一カ月ぐらいで、だいたい仕事の量をへらすようなプランもできあがっています。そうしたら、薬もやめるし、もりもり食べますよ」

やつの云っていることは嘘ではない。たしかに、仕事もへらすし、薬もやめるにちがいない。本ものの私がいなければ——つまり、私が拒否すれば、やつには小説なんか書けっこないんだし(ちがいと云えば、体重の他にそれが私とやつとの大きなちがいだろう)、薬ももう必要ではなくなった。最初は睡眠薬の力で私の精神力が弱っているのを利用して、やつはこの世に姿を現わしたものだが、今では、薬を呑んでないときでも、自由に姿を現わし、私の存在を消してしまうほど強大な力を持つようになったのだ。あるいは、それだけ、しじゅう私の精神力が弱くなってしまったということかもしれないが……。

いずれにせよ、やつが私の眼の前に姿を現わしたのは、今から約一年ほど前——睡眠薬中毒になりかかっているときだった。

その日も、私は夜明けに仕事を一段落させ、寝つけぬまま、睡眠薬を呑んでモウロウとしていた。

元来、睡眠薬と作家というのは、どういうわけか、縁がふかい。芥川龍之介が自殺したのは睡眠薬によってであったし、太宰治も一時睡眠薬の中毒にかかって病院に入れられたことがあるという。坂口安吾もアドルム中毒になりゴルフのクラブをふりまわして大きな犬を殴ったという話が伝わっている。

近頃でも、ある老大家は睡眠薬を呑みながら、傑作を書きあげたそうであるし、先輩作家のA氏の作品にも、睡眠薬を呑むと、すぐそこに別世界が現われるという作品があったような気がする。

これらの作家たちは心のなやみのゆえに睡眠薬を呑み、さらに呑んでいるうちにも、モウロウとした頭の中で傑作が浮んだのであろうが、私の場合はそんな大それたものではない。

私は血圧が低く、従って、寝つきがきわめてわるい。仕事が残っていたりすると、特にそうである。そこで、寝つくために睡眠薬を呑む。まことに、単純きわまりなく、これでは傑作などの生れようはずもない。

たしかに、熟睡するまでの三、四十分間のうちにモウロウとなり、仕事も忘れ、締切りの煩いからも解き放たれ、陶然としてしまうのだけれど、そういう時に筆をとってなにか書こうという意欲はまったくない。その辺が他の秀れた作家と決定的にちがうところなのだろうが、ただもうぼんやりウツラウツラ、睡りの来るのを待っているだけで、そんな時になにかを書くなどということは陶酔を無駄にするようで勿体ない気がする。

それに、えらそうなことを云えば、小説というものは、薬物的効能によって書きあげるべきものではない。それでは果して自分が書いたのか、薬が書かせたのか、わからなくなってしまう。私は自分の作品を醒めた意識で創りあげたい。

一方ではそんなことを考えているものだから、ますます、そういう時には筆をとりにくくなってくる。そして、その陶酔がすぎればただもうだらしなく、眠ってしまうだけである。八時間も眠ると、さすがに薬もすっかりぬけ切って、翌日の昼頃には、ごくあたりまえの自分にもどっている。睡眠薬中毒にかかった作家というと、なにやら深刻でなやみ多く、天才、狂気という文字が浮んでくるのだが、私の場合には、情けないことに、そういう文学的ムードがまったくあてはまらないのである。

薬を呑んでモウロウとし、やがて、だらしなく眠り、そして、アッケラカンと眼が覚める——ただもうそのくりかえしにすぎない。

その時も、私は薬を呑みうつらうつらしながら、やがて来るべき熟睡を待っていた。こういう時には、手足がしびれ、話そうとするとロレツがまわらないようなことがあるが、案外、意識はしっかりしているものである。あるいは、しっかりしていると自分では思っている。だから、いきなり名を呼ばれた時にはぎょっとなった。

私は今でも独身で、小さなアパートに一人住いをしている。昼間、掃除をしてもらう小母さんが来るだけで、夜明けのこんな時間に部屋の中に他の人間がいるはずはない。声はきわめて私の声に似ていた。

「おい、阿久津。阿久津了介」

とその声は私の名を呼んだ。

ちょうど、私が寝そべっているソファの頭のあたりに立っている気配であった。私は起きあがって、そっちを見て、眼を疑った。

そこには、私とそっくりな男がつっ立ってニヤニヤうす笑いを浮べていた。

私はてっきり、いよいよ睡眠薬中毒がはげしくなり、幻覚幻聴が現われてきたのだと思った。

なにしろ、そいつは痩せほそってはいるがなにからなにまで――私が日頃から気にしている鼻の先の大きなホクロまでそっくりだったし、着ているものも、私が着ている少しうす汚れたパジャマと同じものだった。

私は頭をふって、幻影を追い払おうと思った。

しかし、そいつはちっとも消え去る気配はなかった。あい変らず、唇をゆがめてうす笑いを浮べながら、憐れむように云った。

「そんなことをしても、無駄だよ。おれは幻影や幻覚なんかじゃないんだ。ちゃんとここに存在しているんだよ。きみとはそっくりだが別の存在だ」

「別の存在？」

私は頭をふるのをやめて、やつを見守った。

「しかし、どこからやってきたんだ。いったいなにものなんだ」

「それを説明しても、きみにはわからんだろう」

とやつはあざけるように答えた。

「とにかく、異次元の別の世界から来たと思ってもらってもいいし、宇宙人だと思ってもらってもいい。あるいは、タイム・マシンで逆行してきたきみ自身の未来の姿かもしれん。そうだな。名前も、きみたちがつかっている言語ではちょっと発音しにくい。強いて云えば、エウゲニイ・パラロックスとでもいうかな」

私は妙な名だなと思った。先祖が亡命してきた白系ロシア人みたいな名前である。

「それで、なにしにここへ来たんだ?」

「なにしにって、ここへ住むのさ」

こともなげに、やつは云った。

「きみと一緒にここに住むことに決めた」

「冗談じゃない」

私はあわてた。

「おまえみたいなやつがここにいられては迷惑だ。客が来た時に、どっちがおれだかわからなくなってしまう」

「その点は心配ないさ。客が来たときには、おれは姿を消す。したがって、客はおれの存在には気づかない。おれがいると、ずいぶん役に立つぜ。第一に掃除や洗濯は一切おれがやってやる。小母さんをやとう給料が節約できるじゃないか」

「なるほど、その報酬としておまえはなにを望んでいるんだ？」

「なにも……」

やつは骨ばった手で顎の先をなぜた。

「おれは食う必要さえないんだ。きみにはなんの迷惑もかけない。ただ、おれはここへ来るべく運命づけられたから来ているにすぎないんだ」

「運命づけられた？」

「そうさ。きみは気づかないかもしれないが、この世界の人間は誰もが自分とそっくりな分身を持っている。つまり、二人の人間が一人の人間のふりをして生活しているんだ。従って、一人の人間よりもエネルギイのロスが半分ですむ。きみは、自分がなぜ他の人間のようにエネルギッシュに仕事ができないのかと思っているだろう。自分が怠けものだとひけめを感じているだろう？　しかし、それは、今まで自分の分身を持っていなかったからだ。きみは一人前の仕事は充分やっているが、それでも世間の人間たちは二人がかりでやっているのだから、結局は半人前の仕事しかできないことになってしまうのさ」

「そうかね」

私は自分の劣等感が彼の言葉によって、きれいに消え去ってしまうのを感じた。自分が怠け者でないと保証されれば、誰だって、ホッとするにちがいない。

「他人にはちゃんと分身がいたのか。それは気づかなかった。しかし、やっぱり、自分とそっくりなやつがすぐそばにいるというのはゾッとしないな」

「なあに、すぐに馴れるさ」

やつは勝手にテーブルにあった私の煙草を一本ぬきだして火を点《つ》けた。

「だんだん、馴れてなんともなくなってくる。みんなそうしているんだからな。そのために気が狂ったやつなんかいやしない。かえってうまく利用して、自分はゆっくり休養の時間を楽しんでいる。きみもだんだん馴れて、おれがいなくてはならないようになってくるにきまっている」

「そうかね。そんなものかね」

私も煙草に火をつけようとして、とり落した。すでに、睡眠薬が効いてきて、手足がしびれていたのだ。頭の中に灰色の幕が降り、周囲のものがさだかに見えなくなっている。エウゲニイ・パラロックスの姿もぼやけてきた。私はやつの存在なんかどうでもいいように思った。別に恐怖も感じない。ただ眠りたいだけだ。

「エウゲニイ・パラロックスか」

ロレツのまわらない舌で、私は云った。

「妙なやつだな……。しかし、別にどうってことはない。いたけりゃいるさ」

「そうか、いてもいいんだな」

やつの声がぼんやり遠くで聞えた。

「それではこの承諾書にサインをどうぞ」

私の眼の前になにかの契約書がさしだされた。いろんなことが書いてあったが、私にはもう読めなかった。

「ここへ拇《ぼ》印を押してくれたまえ」

やつの言葉にはあらがいがたい力があった。それに私はもう面倒くさくなっていた。

（どうでもいいや）

そう思いながら、私はそこへ拇印を押した。そして、そのまま、眠りこんでしまった。

翌朝、ベッドの上で眼が覚めた。

私の記憶では、ソファの上で眠ってしまったはずなのである。いつの間にか誰かがベッドに運んでくれたのかと思って――ゾッとした。

エウゲニイ・パラロックスという奇妙な名前と、自分そっくりな姿がありありと眼の前に浮んでくる。

（まさか）

私は窓から射しこむ明るい陽射しを眺めながら、心の中でつぶやいた。

（そんなことがあるはずはない。あれはやはり、睡眠薬を呑んでいたために起った幻覚なんだ。もう二度と現われないだろう）

しかし、彼のさしだした契約書に拇印を押してしまったということが妙に生々しくよみがえって、気がかりだった。やつの言葉には保険の勧誘員に似たところもあったし、それにどこか――そう、かつて、私はある女と深いつきあいを持ち、あやうく、その女を女房にしてしまいそうになったことがあったが、そのときの女の口説き文句にそっくりな調子だった。掃除や洗濯はきちんとするし、お料理もあなたの好みのものをつくってあげる。そうすれば、あなたはお仕事に専念して無駄な神経をつかわないですむ。私がその女の言葉を受け入れていれば、今頃は女はどっかと私のそばに居すわり、子供も何人も生み、私を仕事に追いたてていたことだろう。女というものは、そういう怪物めいたところがある。はじめは、やさしくたおやかで、いかにも良人の云うとおりになるように見えるが、いずれはその家の主権をわが手におさめ、自分の思うままに生活を営み、ついには、良人はその生活を支えるための従属物となりはてる。子供でも生めば、なおさらのことだ。

私は今まで、そんな例を何度も見ているから、その女の時も、あやういところで虎口を逃れることができたのだ。

いずれ、あのエウゲニイ・パラロックスなる私にそっくりな怪物も、私自身の生活をのっとろうと計ったのかもしれない。

いや、そう思うところが、すでにやつの存在を認めたことになる。あれは睡眠薬中毒の幻覚にすぎない。だいたい、世界の人たちにはそれぞれ分身がいるというのはバカげている。それで気が狂わないわけがない。

私はベッドから起きあがって、大きな伸びをした。

窓のところへ行って、いっぱいに押しひらき、明るい街路を見おろした。めずらしく、雲ひとつない晴れわたった空で、昨夜起ったことがまるでウソのように思えた。陽光を浴びたアスファルトの上では、すでに都会の生活がはじまっている。忙しげに往き交う人々や車の列——その日常見馴れた光景が私を安心させた。私はまだ狂っているわけではない。ただ、少し、睡眠薬を呑みすぎただけだ。これからは、少し、睡眠薬を呑むのをひかえなければならない。

そう思って、ふりかえり、私は立ちすくんだ。

やつがいたのだ。

すぐそこの寝室の入口に私とそっくりなエウゲニイ・パラロックスが立っていた。

私は恐怖のあまり叫びだしそうになった。しかし、そうすれば、それこそ自分が狂ってしまいそうで、じっと叫ぶのを押えた。

「食事の用意はできているよ。きみがいつも起きて食べるように、インスタント・コーヒーと牛乳だ。トーストとハム・エッグスも用意してある」

やつはつつしみぶかい執事《バトラー》のように私をみつめた。

「それから、いつも来る小母さんは、おれがもう来なくていいと断わっておいた。おれがいれば、もうその必要はないからな。小母さんはきみ自身が断わっていると思って、疑いもせず、帰っていったよ」

「勝手な真似はするな」

私は怒鳴りつけた。

「まだ、きさまにここへいさせてやると云った覚えはないぞ」

「そうはいかないさ」

やつは私がいつも着ているツイードの上衣の内側から書類をとりだした。

「この書類に拇印を押したことは覚えているだろう。これがあるかぎり、きみはおれをここにいさせるより仕様がないんだ」

「そんな書類がなにになるんだ？」

私はあざわらった。

「もし、おれがそれを拒否したって、おまえにはなにもできやしないだろう。法廷で争うことになれば、他人にそっくりな二人を見せなければならん」

「なあに、この書類はそんな書類じゃない」

やつは落ちつきはらって、書類をしまいこんだ。

「これには、きみがある人物に三千万の金を借りたことが記してある。もしきみが、おれを拒否すれば、その人物――実際はその人物とそっくりなその人物の分身――がやってきて、三千万の借金を返せという訴えを起す」

「そんなバカな」

私は怒りに身体をふるわせた。

「それじゃ、まるきり、詐欺《さぎ》じゃないか」

「とにかく、拇印を押したんだから仕様がないな。そのことによって、おれにはいつでも好きなときにここへ現われる権利が生じた。さっき、きみは女のことを考えていたな。まったくその通りさ。きみはおれと結婚したようなものなんだ。きみはもう自由ではない。それでも、きみがあくまでおれを拒否するのなら、おれはどこかへ出かけていって、ものすごいスキャンダルのタネをばらまいてくる。世間の人間はそれをきみがやったことだと信じるだろう。すると、作家である阿久津了介の社会的な評価はめちゃくちゃになり、きみは破滅するんだぞ」

「畜生め、おれをおどかす気か？」

「いや、おどかしではないさ」

やつはニヤリと笑った。

「これがおどかしではないことが、きみにはよくわかっているだろう？」

たしかに、よくわかった。私はもう逃れられないのだ。私はこれから永久に、この怪物と暮さなければならない。

そう思うと、私はヤケになった。

ベッドへもどり、私は毛布をひっかぶった。

「どうしたんだ？　飯は食わないのか？」

やつの声が聞えた。

「食わん。もう一度、おれは眠るぞ」

「締切りがあったんじゃないのかね？　まだ原稿は片づいていないんだろう？」

「そうだ。しかし、おまえがそんなに役に立つのなら……」

私は毛布の中で、はじめて微笑を浮べた。

「おまえがおれとそっくりな声でなんとかひきのばしてくれるだろう」

「わかった。ひきうけたよ」

返事が返ってきた。

「安心して眠りたまえ」

私はいつもより多い量の睡眠薬を呑みこんだ。早く、このいまいましい現実を忘れ、夢の世界へ逃げこんでしまいたかった。

何時間か眠りつづけて眼を覚ますと、あたりはすっかり暗くなっていた。私は起きあがった。いつもより睡眠薬を多く呑んだので、頭がぼんやりしていた。

それでも、やつがそこにいることははっきりわかった。

「ようやく、起きたな」

とやつは云った。

「云いつけどおり、原稿の締切りは延ばしておいたよ。明日の午頃《ひる》まで待ってくれるそうだ」

「そうか」

私は気のない返事をした。

「いずれにしても、今晩中に書きあげなきゃならんな。その前に腹ごしらえをしておこう」

「きみの好物のカレー・ライスをつくっておいたぜ」

パラロックスは甲斐々々しく私の着がえを手伝った。自分の着ているのとそっくりな、私がいつも仕事する時に着るセーターとズボンがそろえてあった。

私は着がえをし、顔を洗った。

ダイニング・キッチンのテーブルにはサラダとカレー・ライスが用意されていた。それを食うのはなんだか気味がわるかったが、空腹のあまり、それに口をつけた。カレーは私の好みにあった調理がされていた。香辛料の具合といい、汁加減といい、久しぶりにうまいカレーだった。

私は満腹して机に向った。

私が仕事をしている間に、やつはせっせと洗いものをすまし、すっと姿をかくした。

私はホッとして仕事に専念できた。ようやく、原稿を書き終えて、煙草に火を点けた時には、頭の中が冴えわたり、いつもの自分にもどっていた。

私は白々と明けかけた空を眺めながら、夜食の用意でもしようかと思った。夜食といっても、ありあわせのパンか果物かインスタント・ラーメンぐらいしかない。空腹ではあったが、それを用意するのも面倒だった。

すると、デスクの横にやつが現われた。

銀盆を持ち、その上には、チキンの唐揚げとスープ、パンに果物がのっている。

「夜食の用意ができたよ」

なにもかも察しているという顔つきでやつは云った。

「腹がへったんだろう？」

その夜食はうまかった。それに、部屋の中はきちんと片づき掃除が行きとどいている。通いの小母さんではどうにも眼の届かないところや、今まで云いつけておこうと思って忘れていたところまで、ちゃんと掃除ができ、整理されていた。

私はふと、こいつがいるのも悪くないなと思った。こいつを利用すれば、たしかに、エネルギイのロスがはぶかれる。今までのように雑事にわずらわされることもなさそうだ。

（馴れてしまえば、案外、こいつと暮していくのもわるくないぞ）

しかし、そう考えたのがあやまりだった。そう考えた時に、私はやつの罠にすっかりかかってしまっていたのだ。

それから、私はやつをいろんなことに利用した。家事一切はもちろん、編集者の応対やいろんないやな断わりを云うときにはやつを出した。

やつはそれをうまくこなした。

むしろ、私が自分でやるよりもうまくいく場合の方が多かった。とにかく、編集者に会うと、私は締切りに間に合わなかったために妙におどおどしたり、逆に尊大になってしまったりして、悪印象を与える結果になるのだが、やつを代理にすると、それがうまくいくのである。

第一に、編集者は痩せているやつを見て、仕事に無理をしているのではないかと同情してしまう。

「少し仕事のしすぎではありませんか？　身体を大切にして下さい」

などとやさしい言葉をかけてくれるのである。

すると、やつはさも疲れきったように溜息をつき、痩せこけ、鬚《ひげ》を伸ばした顔で気弱な微笑を浮べる。

「ええ、どうも仕事に生命を賭けるというか、文章につい身をけずる思いをするものですから……」

聞いていて、私はバカバカしくて仕様がないが、とにかく、やつが他人の前に姿を現わしているときには、私は他人から見えないのだから、まったく気楽にベッドに寝そべっていたりする。

「で、すみませんが、もう一日締切りを延ばして下さい」

やつが云うと、編集者は同情して、一日締切りを待ってくれることになる。

私が自分で出ると、顔色もよく、元気がありあまっているから、いかにげっそりしたように見せてもこうはうまくいかない。たいがい、怠けていないで、どんどん仕事をやって下さいという結果になってしまう。

そういうわけで、私はだんだん人前に出ることはなくなってしまった。おかげで、私が痩せほそり、ずいぶん参っているという噂が編集者の中にひろがっていった。

それをいいことに、私は仕事をへらしていき、まことに快適な生活ができるようになった。

つまり、だんだん、エウゲニイ・パラロックスは私にとってはなくてはならない存在になってきたのである。それがどんなに危険なことか私は気づかなかった。女が女房になり、はじめは、やさしくたおやかで、そのうちに亭主が自分がいなくては生活上不自由な存在だと感じているなと察したとたん、いけ図々しい古女房になるのと同様、パラロックスも、次第に存在の場をひろげ、私の存在をのっとろうとはかったのである。

それは、他人が——世間の人たちが、やつを私だと思いこみはじめてからはじまった。

あるとき、私はものを食べながら、うまいと思っていると、いきなり味覚を失った。ふと気づくと、いつの間にか、やつが私の中に入りこみ、私を押しのけて自分がとってかわって料理の味を味わっていることに気づいた。

「さしでたことをするな」

と私は抗議した。

「それじゃ、約束がちがうぞ」

「なにを云っている。おまえはもうおれの影になりかかっているんだ」

やつは平然と料理に舌づつみを打ちながら答えた。

「世間ではおれの方を阿久津了介だと思っている。もうおまえよりもおれの方が実体に近いのさ。今さら、おまえが現われれば他人はびっくりするぞ」

たしかにそれはそうだった。他人はいきなり肥って血色のいい私が現われれば、奇異に感じるだろう。おまけに、今ではあまりにもやつを私の代理として使ったためにやつの存在の力が強くなり、やつを押しのけて私が私の存在をとりもどすことができなくなってしまっていた。

要するに、やつは好きなときに、私といれかわることができるようになってしまったのだ。たとえば、私がガールハントをし、ホテルへつれこみ、なだめすかして服をぬがし、ようやくここぞと思うときにやつが入れかわってしまう。

私はもう少しでエクスタシイをきわめる前にやつに代られ、甚だ中途半端な気持でひっこまざるを得ない。

あとはやつと女が思うままに楽しみあえぎ痴態のかぎりをつくしているのを、まことにアホらしい思いで眺めていなければならないということになる。

私は今ではなんの生き甲斐もなくなってしまった。生き甲斐を感じるようになると、とたんにやつが入れかわってしまうのだ。そのあげく、私は睡眠薬を呑み、やつの存在がおぼろに感じられるか、あるいは私の存在が影にすぎないことなんか気にならないようなモウロウとした状態にある時にだけ自分にかえった思いになることができる。私はすっかり睡眠薬中毒になってしまって、夜も昼もなく薬を呑みつづけている始末だ。

これでは、とてもやつにうち勝てそうもない。今では、私は自分がエウゲニイ・パラロックスであり、やつが作家の阿久津了介であるかのようにさえ思えてきた。

だから、この原稿こそ、最後に、私が私として書いている原稿なのである。これ以後は、あるいは原稿を書いているときさえも、やつが入れかわってしまうかもしれない。とにかく、やつはだんだん私のそなえている能力も身につけてきて、創作することさえ自分でできるようになりかねないのだ。

そう、今も、もうすぐ、やつが私に入れかわってしまいそうな気がする。私はその気配を察し、やつの存在のエネルギイと必死に戦いながら、この原稿を書いている。もし、私と同じように、これを読んだ方たちの中に自分の分身が現われたら、決して拇印を押してはならない。

それは人類をエウゲニイ・パラロックスの仲間に売りわたすことになるのだ。

そして、しまいには、世界は彼らのものになってしまう。やつらは、エウゲニイ・パラロックスなどはいないといいはるだろう。それは私のフィクションであり、睡眠薬中毒の幻覚だと……。

しかし、やつらはあなたがたのすぐそばで、あなたたちの存在をおびやかそうとねらっているのだ。

私はこれ以上もう書きつづけることはできない。やつが……。パラロックスが……。

ああ……。

連れていこう

「こいつは誰にも話すまいと思っていたんだがな……」

と云って、羽鳥京介は私の顔をちらとみやった。

「しかし、どうも、きみにだけは相談しないわけにはいかなくなったらしい」

「なんだい、イヤに秘密めかすじゃないか。おれに相談というからには、例によって、始末をつけてくれってことだろう」

私は肱《ひじ》でそっとやつの腕をこづいて、ニヤッと笑った。

「おまえさんらしくもない。そう深刻ぶった顔をしなさんな。今度の相手はどういう女なんだい？」

「それがなあ……」

羽鳥は眼をしばたたいて、溜息を吐いた。

「ちょっと説明しにくい相手なんだ。いや、説明しても、きみにはわかってもらえそうもない」

「ほう、そんなご大層な令嬢なのか？　それとも、ヤクザのヒモでもついていて、厄介なことにまきこまれているのか？」

私は日頃プレイボーイで鳴らしている羽鳥が、この困惑しきった様子をみせたことがないので、その相手の女性に対する関心がふかまった。

いつもの彼なら、どんな女性でも見事にさばいてみせるだけの手腕があり、また、金に糸目をつけないから、もし、相手の女性を妊娠させたとしても、うまくいいくるめて、なんとか中絶してしまうようにとりはからう。そして、その手術を依頼され、ひきうけさせられる破目になるのは、決って私だった。

そう、私は産婦人科の医者なのである。

羽鳥京介と私は、高校時代のクラスメートであり、特に仲がよかった。彼の父親は誰でも知っている大手の建築会社の社長であり、京介は三男で末っ子だった。したがって、彼は甘やかされ、高校生には潤沢すぎるほどの小遣いにめぐまれていた。

学校内では成績も優秀で、教師たちからも真面目な生徒と思われていたが、羽鳥は授業から解放されると、その潤沢な小遣いにものいわせて、高校生にあるまじき、遊びにふけっていた。

その当時から、プレイボーイの素質を充分に発揮していたわけである。彼が遊びの連れに選ぶのは、いつも私だった。なんとなくウマがあうというのか、おたがいに同級生たちの子供っぽさにあきたらなく思っているのがわかるのか、羽鳥は遊びに行くときには、必ず私をさそった。

酒、煙草はもとより、バーや芸者遊びの手ほどきを、私にしてくれたのも彼である。こうして、二人は高校生のくせに、大人顔まけの遊びの手練手管を心得ていた。

高校を卒業して以来、しばらくの間、二人は会う機会がなくなった。それというのも、私の父が開業医であり、さほど大きな医院ではないが、一応、名は通っていて、かなり患者の数も多かったので、長男である私は必然的に父のあとを継ぐために、大学の医学部へ入学せざるを得なかった。

一方、羽鳥の方は、末っ子の気安さから、父親の建築会社に入社する気は全くなく、ふらりとアメリカへ渡ってしまった。どこかの大学へ留学するという名目で両親を云いくるめたにちがいないが、実際はどこにも留学せず、高校時代から熱心だった写真技術にもっぱらうちこんでいたらしい。

そして、私が彼の噂を聞いたのは、すでに自分が父のあとを継ぎ、院長として医院のすべてをまかせられていた頃である。

彼の噂というのは、アメリカで写真の個展をやり、その前衛的な手法が高く評価され、日本へ帰国してからも、彼の技術はマスコミの注目の的になり、今や若手のカメラマンとして、彼の右に出る者はないほどの売れっ子になっているということだった。

私は彼が帰国して開催した個展を見に行き、たしかに、噂にたがわず、彼の写真技術の独得なフォームのとらえ方に舌を巻いた。

　私が個展の会場で感心しながら、作品にみとれていると、ふいに、ポンと肩をたたかれた。ふりむくと、羽鳥が立っていて、満面に笑みを浮かべていた。

「よう、田村じゃないか。田村良伸だろう。ずいぶん、久しぶりだなあ。ちょっと見ると貫禄がついたんで、人ちがいかと思ったが、よくみると高校時代の面ざしが残っている」

「うん、おれもきみの噂を聞いて、なつかしくなり、ここへやってきたんだ」

　私は羽鳥をみやった。たくましくなり、いかにも流行の先端をいくカメラマンらしいシャープな顔立ちをしているが、じっとみていると、高校時代の面影がよみがえってきた。

「とにかく、大変な成功らしいじゃないか。おめでとう」

「なに、大したことはないさ。ただ新しもの好きのマスコミの時流にのったというだけのことでね」

　羽鳥は濃い眉を照れくさそうにひそめてみせた。

「それより、おまえさんはなにをやってるんだ。消毒薬の匂いがするところをみると、やはり医者になったんだな。どうだい、景気は？　専門はなんだね？」

「専門は産婦人科さ。しかし、うちの医院には、おれの専門外の治療設備もある。内科、外科、小児科、神経科とね。それぞれ、その道の腕ききをそろえてあるさ」

「ほう、それはいい」

　そう云って、羽鳥は声をひそめた。

「しかし、おれが今のところ関心があるのは、きみの専門の産婦人科だな。おれはまだ独身だし、こういう商売をしていると、モデルとかファッション・ガールとかタレントとか、いろんな女たちに接触せざるを得ない。そのうちにふかい関係になることもある。ふかい関係になれば、当然、妊娠するおそれもあるわけだ。おれの方は結婚はもとより、子供をつくることなど、今のところ考えもしていないから、そういう場合には、しかるべき処置を頼みたいんだが、昔のよしみでひきうけてくれるかね？」

「いいとも」

私は苦笑してうなずいた。

「しかし、あまりひんぱんに厄介を起すなよ。おれだって、そうしょっちゅうはご免をこうむるぜ」

「わかってるって」

羽鳥はアメリカ帰りらしい派手なウインクをしてみせた。

「こっちもその辺は場数をふんでいるつもりだから、そうドジはふまんさ。いざというときに頼みにいくだけだよ。それはそうと、これから、ちょくちょく、そういうことだけでなしに会うことにしようじゃないか」

こうして、私と羽鳥の交際は復活した。

たしかに、羽鳥は相変わらずプレイボーイぶりを発揮して、週刊誌をにぎわわせていたが、そのわりには、私のところへ中絶の依頼にくる回数は少なかった。

それでも、彼の依頼によって手術を私が行ったのはこの三年のうちに五、六回ではきかなかったろう。

われわれはこの秘密のせいばかりではなく、昔のようにひんぱんに会っては、旧交をあためる機会をしばしば持った。マスコミの寵児である彼には、いくらもとりまきがいるであろうし、つきあう相手にも事欠かないはずであったが、なぜか、彼は私と会いたがった。

「どうも仕事にからんだつきあいはうっとうしくてかなわねえ」

というのが彼の述懐であった。

「その点、きみと会っていると仕事のことをきれいさっぱり忘れられて、すっきりする。それに、おれたちは昔からなんとなくウマがあったからなあ」

今夜も、彼と私は銀座から赤坂へと飲み歩いた帰りだった。

かなりアルコール分が入っているはずなのに、彼はちっとも酔った素ぶりをみせなかった。車を運転しているのは、彼だったが、そのハンドルさばきもしっかりしている。

私はいつも陽気で屈託のない彼が、ひどく沈みこんでいるのを感じた。

「どうしたんだ。おれとおまえさんの仲で水くさいじゃないか、打ち明けてしまえよ」

私にうながされて、羽鳥はようやく重い口ぶりで話しはじめた。

「なあ、田村。きみは幽霊の存在を信じるかね?」

いきなり、突拍子もないことを云われたので、私は面くらった。

「なに？　幽霊だって？　よしてくれよ、バカバカしい。これでも、おれは医者のはしくれだぜ。そんなもの信じられるものか」

「やっぱりそうだろうな。おれだって、幽霊なんて信じやしなかった。しかし、今は信じざるを得ない状況になっているんだ」

羽鳥はいったん口を切ると、あとは黙ってられなくなったらしく、そのいきさつをしゃべりはじめた。

彼の話によると、彼がその幽霊に会ったのは青山墓地のなかを通る道路のかたわらで、時刻は午前二時頃だったという。

車を運転しながら、ふと、わきを見ると、白地に墨をぼかしたような和服姿の女がひっそりと歩いていた。街灯の光りが彼女の姿と顔を浮かびあがらせたとき、羽鳥は息を呑んだ。女は洗い髪のように、黒く艶々した髪を肩まで垂している。そのたっぷりとした漆黒の髪が透きとおるほどの白い肌を一層きわだたせている。

まったく化粧はしていないのに、くっきりした眉と切れ長の妖艶な眼ざし、小さいが、きりっとひきしまった唇がゾッとするぐらい魅惑的だった。

印象としては、純日本風な美人である。

現代的なメイクアップをほどこし、どぎついほど個性を強調したモデルたちにすっかりうんざりしている羽鳥は、一眼みるなりその女性の美しさに魅かれた。

今まで忘れていたもの――遠い遠い昔、子供の自分をやさしくあやしながら、もの哀しい歌を聞かせてくれた女性《ひと》――そんな想い出をよみがえらせてくれたという。

羽鳥は車を停め、自分でも知らぬ間に声をかけていた。

「失礼ですが、どこかへいらっしゃるんでしたら、お送りしましょうか？」

「どこかへ？」

女は立ちどまり、じっと羽鳥の顔をみつめた。そういうふうにみつめられると、甘くやるせない思いが胸のうちをひたひたとひたしてくるのを彼は覚えた。

「あたしはどこへも行くところがない身なのです。もし、よかったら、あなたのいらっしゃるところへ連れていって下さい」

もし、フーテンみたいな女がそう云ったのだったら、羽鳥は相手にもしなかったにちがいない。

しかし、その女の言葉は寂しく頼りなげで、自分がこの女を守ってやらなければ、彼女はどうなるかわからないという不安と、この女こそ、自分が探し求めていた女だという気がした。

彼は女を車に乗せ、マンションの自分の部屋につれていった。

「で、その女が幽霊だというのかね？」

私は信じられない思いだったが、彼の口調や表情を観察しているうちに、あるいはという気分にもなってきた。

「おまえさん、その幽霊と寝たのかい？　幽霊には足がないというが、ちゃんとセックスはできるものなのか？」

「いや、幽霊に足がないなんてのは、日本で云い伝えられた話だろう。他の国では足のある幽霊はいくらもいるぜ。たとえば、『怪談牡丹燈籠』なんてのは、日本の怪談でも、中国の怪談のヤキ直しだから、ちゃんと足があるじゃないか。むろん、真木いずみ――それが彼女の名なんだが――も足はあるし、生きている女性となんらの変わりもない。変わっている点といえば、彼女とのデイトが昼間はむりで、夜中でないとできないってことなんだ。それも、彼女があらわれるのは午前二時、つまり、昔流にいうと草木も眠る丑満どきなのさ。おれはその時間に墓地へ迎えにいき、おれの部屋につれていって情事を楽しむ。午前四時頃には、彼女はすっと消えてしまうから、ほんの二時間ほどしか逢いびきをするひまはない」

それがいかにも名残り惜しそうな口ぶりで羽鳥はしゃべった。

「セックスについては、おれも今まで数知れぬほどの女と情事を重ねてきたが、あんなにすばらしいエクスタシイを与えてくれる相手はいなかったな。彼女を抱いていると、自分自身の肉体も溶けてしまって、まさに、彼女と一心同体になったような気分になる。なにも、身体を動かす必要はなく、ただ抱いているだけでいいんだ。そのうちに、おれの身体は彼女のものになり、彼女の身体はおれのものになる。その恍惚感といったら、なんとも云いようがない。まさに、あの世へ行った心地がするね。すべての煩わしさを忘れ、ただ、無限の陶酔に身をゆだねることができる。しかも、それが、抱きあっている間中、持続しつづけるんだ」

「まあいい、おまえさんがその女性に夢中になったということはわかった。で、おれに相談したいというのはどういうことだい？」

私は、ニヤニヤした。

「まさか、その女性——つまり、幽霊が妊娠したってわけではあるまい」

「ところがそうなんだ」

羽鳥の答は私をびっくりさせた。

「いずみはおれの子を妊娠したという。おれもあの女なら自分の子を生ませてやりたいという気がしているんだが、もし、子が生まれてもその子をおれの子として認知させる方法がない。知り合いの弁護士にそれとなく相談もしてみたよ。しかし、母親の承認がなくては子供を自分の戸籍に入れるわけにはいかないらしいな。むろん、この世のものではない、いずみと結婚できようわけがないから、生まれた子供は、おれの養子にでもする他はなさそうだ。でも、ある程度成人した子供の孤児ならとにかく、生まれたての赤ん坊を養子にするには、その母親の戸籍が問題になる。ところが、いずみはすでに戸籍上では死亡しているから、彼女が子供を生んだといっても法律上通用しない。要するに、現行の戸籍法は生きている人間のためにつくられているんであって、死んだ人間が戸籍上の権利を主張できないようになっている。たとえ、おれといずみが生まれてきた子を自分の子だと認めてもらおうとしても、どうにもならん」

「で、つまり、仕方がないので、中絶させることにしたのか?」

私はなにがなんだかわからなくなった。

「その中絶をおれにやってくれというんだな? おまえさんの頼みだから、断るわけにはいかんが、しかしおれも幽霊の女性を手術するのは、はじめての経験だぜ。いったい、どういうふうにやればいいのか見当もつかないよ」

「いや、いずみは他の女と変わりはない。きっと、中絶の手術だって生きている女と同じやり方でできると思う。ただ、手術してもらう時間は、午前二時すぎになるがね」

羽鳥の声は涙ぐんでいるように聞えた。

「いずみは子供を生みたがっている。おれがそれをあきらめさせるのに、どれほど苦労したことか……。辛かったよ。おれだって、あいつを愛しているんだし、はじめて父親になってもいいとさえ思ったんだが、所詮、そいつはむりな話だった」

こういうわけで、私は真木いずみの妊娠中絶の手術を行わざるを得ない立場に追いこまれた。

手術は午前二時すぎに、私の医院の手術室で無事にすんだ。

羽鳥の云ったとおり、彼女は生きている人間とどこも変わりがなかった。ちゃんと足もついていたし、母胎のなかには、もはや五カ月になる胎児が、これも正常な状態で育ちつつあった。私は口のかたいベテランの看護婦一人を助手にして（むろん、その看護婦にはいずみが幽霊だなどとは打ちあけず）、手早く、手術をすませた。

いずみは麻酔をかけたにもかかわらず、手術中、ぱっちりと眼を開け、絶えず、すすり泣いた。その嫋々たる泣き声と彼女の美しい顔を濡らした涙が、当分の間、私をなやませた。手術が終ってから一週間たっても、その声とその顔が忘れられず、昼間はとにかく、夜になると、私はついアルコールの力をかりなければ、いても立ってもいられない気分にさせられた。

その夜も、私は梯子酒をし、自分の車で自宅へもどろうとしていた。ずいぶん、飲んでいるはずなのに、一向に酔いがまわらず、いつの間にか、気がついてみると、自宅の方向とは全然ちがう青山墓地の中に車を乗りいれていた。そして、ブレーキもふまないのに、車が自然に停まった。

ゾッとして、窓越しに横をみた私は、そこに真木いずみの立っている姿を見た。彼女の姿は暗闇にもかかわらず、はっきりと浮かびあがっている。その両手には赤ん坊が抱かれていた。

「先生、この間はどうもありがとうございました」

いずみの澄んだ声が聞えた。

「でも、やはり、あたしは羽鳥も赤ん坊もあきらめきれません。どうぞ、あたしのわがままをお許し下さい」

それだけ云うと、彼女の姿も赤ん坊の姿もふっと闇のなかへ消えてしまった。

私はふいに羽鳥の身が気になって仕方がなくなった。そういえば、あれ以来、彼と会ってもいなければ、電話すらかかってこない。そのまま、私はスピードをあげ、車を羽鳥のマンションの方へと走らせた。

どうやって運転し、どんなふうに彼の部屋までたどりついたのか、無我夢中だった。とにかく、私は彼の部屋の前に、いつの間にか立っていた。

扉に鍵がかかっていないことも、私には、なぜかわかっていた。そして、羽鳥がどうなっているかも……。

私は扉を開け、寝室のなかへ入りこんだ。

案の条、羽鳥はベッドの上に静かに横たわっていた。彼の顔には満足気な笑みがうっすらと浮かんでいる。しかし、彼はもうすでにこの世のものではなくなっていた。

ドボンの神様

私が島田老人を殺したなんて、とんでもない濡《ぬ》れ衣《ぎぬ》です。

あれは、単なる事故であって、決して、殺人というような大それたものではありません。

第一、私には島田老人を殺す動機などありゃしません。

あなた方は、ギャンブルに負けた腹いせという立派な動機があるではないかとおっしゃるかもしれませんが、たしかに、あのとき、一時的にカッとはなったものの、私は老人を殺してやろうとして、首を絞めたわけではないのです。

なんと云ったらわかっていただけるか——私が、あの時、カッとなり、殺意を抱いたのは、老人に対してではなく、老人を支配していたものに対してなのです。

なに？　こう云っても、わかってはいただけない？

そうでしょうね。

私自身だって、老人を支配していたものが何だったのか、今でも、見当がつかないのですから……。

しかし、しかしです。たしかに、そういうものが存在していたことはたしかなのです。

ウソではありません。

私は、はっきりこの眼で見たのです。

ええ、見たのは、あの時のことです。

もし、老人を殺したとすれば、それはあれであって、私ではありません。

ああ、こんなことをいくら云ったところで、信じてはいただけないでしょうね。

やっぱり、私が老人を殺したと、あなた方は思いこんでいるのでしょうね。

なに？ 信じる信じないはとにかくとして、あのときの状況をしゃべってみろって？

よろしい。お話ししましょう。

別に、誰にも信じていただかなくてもけっこうです。

私自身が、いまだに信じかねていることを他人に信じろという方がむりなことはわかっています。

今では、私も、あの場で起ったことが、なんだか、現実ではなく、悪夢かなにかのように思われてなりません。

しかし、一方においては、老人の死という動かしがたい現実がある。

こうなると、やはり、あれは悪夢ではなく、実際に起ったことだと考えざるを得ないようです。

この世のなかには、信じがたい非現実の現実がある。

それが、今度の事件で、私にはイヤというほど、よくわかりました。

自分ではリアリストのつもりであり、宗教心も皆無で、およそ、非現実なことなど信じたことなどなかった私が、あれだけは信じないわけにはいかなくなったのです。

私自身が精神に異常を来たしていたのなら、なにもかも納得がいくのですが、私は自分が気が狂っているとは思えません。

あるいは、自分が正常だと思っていても、実際は、私は気が狂ってしまったのでしょうか？

いや、いや、私は気が狂っていない。

少なくとも、あの事件が起るまでは、私の精神は正常だった。

もし、気が狂ったとしたら、あんな場面を目撃したからにちがいありません。

あのショックで、私の精神は異常を来たしたという可能性はあります。

だからこそ、私はこの手記を書いているのです。

私は、もう、自分が正常であるかどうかさえ、わからなくなりました。

私が正常な精神の持主であるかどうかは、この手記を読んで、あなた方が判断して下さい。

私は、あのとき、どういうことが起ったのか、ありのままをあなた方にお伝えすることにしましょう。

あのときのことをお話しする前に、私と島田老人のかかわりあいについて、説明しておかなくてはなりますまい。

島田老人――画家の島田慎一郎氏と云えば、あなたも名前はよくお聞きになっているでしょう。

日本の画家は、とかく、国内だけでその作品が評価されているものですが、島田氏はその作品が世界に通用する数少ない画家の一人として知られています。

大胆な構図と、日本画の繊細なタッチを組みあわせたユニークな手法が、日本国内でよりも先に、フランス画壇の注目を集め、『二十世紀の北斎』と呼ばれて、一躍、世界の脚光を浴びたのは、氏が三十代の後半のことでしたから、もう、三十年近くも前のことになりましょう。

以来、氏は精力的に作品を発表しつづけ、世界の画壇に不動の地位を築いたわけですが、ここ五年間ぐらいは、一切新作を発表することなく、ほとんど、人に会うこともなく、隠遁《いんとん》生活に近い毎日を送ってこられました。

特に、画壇関係の人には会わず、ホテルの一室に閉じこもって、自分の気に入った数人の知人とたまに語りあうのが関の山という状態でした。

そのせいで、氏には人間嫌いの異名がマスコミによって奉《たてまつ》られ、氏もそれをいいことに、隠遁生活を楽しんでいる気配があったようです。

たしかに、眼光鋭く、口数少なく、むっつりとして無愛想な氏は、一見、とりつくしまもない人間嫌いの印象を与えます。

しかし、実際は、その無愛想な外見の下に、無邪気で人なつこく、皮肉っぽくはあるけれどもユーモアの感覚にあふれ、他人に気をつかうやさしさも秘められているのです。

むしろ、私に云わせれば、氏のやさしさや無邪気さ、人の良さが他人に理解されなかったあまり、氏はすっかり人間嫌いになったのではないかと思われるぐらいです。

ま、私が氏について、こんなわけ知りのことを云えるのも、ギャンブルを通じて、氏と親しくなったせいかもしれません。

ギャンブルというのは不思議なもので、熱中している間に、その人間の本性があらわれてしまうものです。

それに、心を許したギャンブル仲間になると、いっそう、おたがいに仮面を脱ぎすてて、素裸の人間同士がむきだしになってしまう。

大の大人が子供に還《かえ》ったように無邪気になり、ただもう、他のことを忘れて、勝ち負けにうつつをぬかす。

もちろん、これも、おたがいがアマチュア同士であるからいいので、プロのギャンブラーであれば、こういうわけにはいきますまい。

島田氏も私もアマチュアで、しかも、根っからのギャンブル好きときているから、おたがいに親密にもなれ、私ごとき若僧で、しかも、島田氏とくらべれば、月とスッポンと云っていいほどの社会的地位のひらきがあるにもかかわらず、こと、ギャンブルの場においては、遠慮気兼ねなしの対等のつきあいを許していただいたわけです。

若僧とはいうものの、それは島田氏とくらべての話であって、私ももう四十五歳になります。社会的地位はありませんが、これでも、都心のホテルのなかに、フランス料理の店を三軒出している身分です。

そのうちの一軒が、島田老人の滞在しているホテルのなかにあり、老人がこのレストランをしばしば利用されるのがきっかけになって、私は老人と親しくなったわけです。

もちろん、はじめは、この見事な白髪の気むずかしい老紳士に、私は近寄りがたいものを感じて、店の主人としての通り一遍の挨拶しかしませんでしたが、あるとき、妙なことから、ギャンブルの相手に選ばれることになりました。

それは、半年ばかり以前のことでした。

給仕頭が困惑しきった顔で、私のところへやってきて、こうささやくのです。

「マスター、困りましたよ。お客さんが炒飯《チャーハン》をつくって部屋へ届けろと云っているんですがね」

「なにをバカなことを云っている」

私は苦《にが》りきって答えました。

「うちの店はフランス料理専門だぜ。中国料理屋じゃないんだ。どんな客だか知らんが、非常識にもほどがある。断わってしまえ」

「でも、それがホテルでも大切にしているお客さまで、支配人からあの方だけは特別扱いにと、くれぐれも云われているもんですから……」

「どんな客でも、非常識な注文をひきうけるわけにはいかんよ」

私は給仕頭をじろりとにらみつけました。困惑しきった表情の給仕頭は、もみ手をしながら立ちつくしています。その様子から、なんとかその客の希望に副《そ》いたいと思っているのが、ありありとわかりました。

おそらく、日頃、その客からよほど充分なチップをもらっているにちがいありません。

そう察すると、私はますます腹立たしくなってきました。

「だめだよ。きみが断わりにくいのなら、わたしが断わってやる。いったい、その客は何者なんだ?」

「それが……」

給仕頭は、上眼づかいに私をみつめ、口ごもりました。

「画家の島田慎一郎先生なんです」

「なに、島田先生?」

私は考えこんでしまいました。

「島田先生か。そいつはちょっと断わりにくい相手だな。で、シェフはどう云っている?」

「シェフは、むろん、炒飯のつくり方なんか知らないし、つくる気もないと云っていますよ」

「そうだろうな」

フランス人のシェフに、炒飯をつくれというのが、どだい、むりな話なのです。

「仕方がないな。わたしがつくってみよう」

私は料理屋をはじめる前に、一応、自分でいろんな国の料理をつくってみた経験があります。

そこで、ありあわせの材料をもとにして、なんとか炒飯らしいものをでっちあげてみました。

味見をした結果、炒飯というよりもピラフに近い感じでしたが、ありあわせの材料ではこれ以上のものはできそうにもありません。

私は島田老人にあやまるつもりで、その炒飯を自ら部屋まで運んでいきました。

老人の部屋は五階の廊下の一番奥にある五八〇号室です。

たとえ、廊下の一番奥でも、ちゃんと照明は点《つ》いているはずなのに、そこだけ妙にうす暗く、空気がよどんでいるような気がしました。

チャイムを押すと、しわがれた声で応答があり、やがて、扉が開かれました。

部屋のなかからは、カビくさい臭《にお》いと、油絵の油くさい臭いがプンと鼻をつきます。

黒のトックリのセーターに黒いズボンという軽装の島田老人は、着ている服とは対照的な純白の銀髪をかきあげながら、いつもに似合わぬ笑みを私に向けました。

「これはこれは、マスターご自身でわざわざルームサーヴィスをしてくれるとは恐縮だな」

「いえ、実を云いますと、この炒飯が先生のお口にあうかどうか心配でしたので……」

私は炒飯とスープをのせたワゴンを部屋のなかへ入れました。

カビくさい臭いと油絵の油くさい臭いがいっそうつよまり、おまけに、なんとなくひんやりした空気が部屋のなかにただよっています。

私はこの臭いはなにかに似ているぞと思い、ふと思いだしました。

その部屋のなかは、私が学生時代に登山をしたとき、足をふみ入れた洞窟にそっくりな臭いがしたのです。

昼日中にもかかわらず、カーテンはきっちりと閉めきってあり、部屋のなかは廊下よりもうす暗い感じでした。

ホテルのなかは、どちらかというと、乾燥しがちなものであるはずなのに、この部屋だけは、空気がじっとりしめっているように思われます。

天井のあたりにコウモリが群がってぶらさがり、キイキイと鳴いている声が聞えそうな気配に襲われ、私は、天井を見あげてみたくらいです。

もちろん、コウモリなどぶらさがっているわけがなく、染みひとつないクリーム色の天井があるだけでした。

よく見てみれば、この部屋も、他の部屋とそんなに変っているわけではありません。

ちがっているところといえば、ツゥインのベッドのひとつがはずされて、その分だけ、部屋を広くつかえるようになっています。もっとも、そのスペースには、大きな座卓が置かれ、その周囲には、足の踏み場もないほど、さまざまな書籍類がうず高く積みあげられてありました。

壁際《かべぎわ》には、油絵や日本画が額に入れられないまま、無造作《むぞうさ》にたてかけられてある。

おそらく、油絵くさい臭いはそこからただよってくるのでしょう。

しかし、このじっとりひんやりした空気はどこから流れこんでくるのか、見当もつきません。

島田老人は、入口の近くにある、小さなテーブルに向って腰を下ろしました。

「ここへ炒飯を置いてくれないか」

テーブルの方へ軽く顎をしゃくります。

「どうも、五年もいると、このホテルのなかでできる食物はすっかり食べつくして、飽きがきてしまった。たまには、変ったものが食いたいと思って無理を云ったわけだが、よくつくってきてくれたな」

「そうおっしゃられると、ますます自信がなくなってくるんですが、この炒飯は、うちのシェフがつくったものではなく、わたしがありあわせの材料でつくってみたものなんです」

私はおそるおそる炒飯とスープをテーブルの上に並べました。

「なにしろ、うちのシェフはフランス料理が専門なので、炒飯のつくり方など見当もつかない次第でして」

「そりゃそうだろう」

　老人はニヤリと笑いました。

「フランス人のコックに中華料理をつくってみろという方が無茶だ。マスター自らぼくのためにつくってくれたとはうれしいね。早速、賞味させていただこう」

　スプーンをとりあげ、炒飯を一口頬ばり、しばらく黙々と味わっていた老人は、大きくうなずきました。

「うむ、なかなかうまいぞ。これなら、中華料理屋の炒飯よりずっとましだ」

「お気に入っていただいて恐縮です」

「では、わたしはこれで失礼させていただきます」

　私は丁重に一礼しました。

「まあ、待ちたまえ」

　口を動かしながら、老人は私を呼びとめました。

「きみは、ギャンブルは好きかね？」

「ギャンブルと申しますと？」

　あまり唐突な言葉だったので、私がカンちがいをしたのもむりはないでしょう。

「それは、どういう料理でしょうか？」

「料理の名じゃない。賭《か》けごとさ」

　老人はいらだたしそうに手をふりました。

「きみは賭けごとに興味はないかと訊《き》いているんだ」

「ははあ、そのギャンブルですか」

実をいうと、私はギャンブルに興味がないどころではない。今でこそ、つつしんではいますが、若いときには、ずいぶんいろんな賭けごとに手を出したもので、そのために徹夜をつづけたあげく、身体をこわして入院したこともあるくらいです。

いや、今だって、私の最大の楽しみといえば、年に二回、海外旅行をして、世界各地の賭博場へ足をふみ入れ、ギャンブルのスリルを味わうことなのです。

それだけに、ことギャンブルに関しては、ちょっと自信がある。

「先生もギャンブルはお好きなんですか？　私もギャンブルというと眼のない方でしてね」

「ほう、そうかね」

老人は眼を細くしました。いつもの気むずかしい表情は消え、人なつこい笑みが顔いっぱいにひろがっています。

「それは面白い。ホテルにこもりっきりでいると退屈でかなわん。ひとつ、お手合せを願おうか」

「で、どんな種類のギャンブルがお好みなんですか？」

「きみと二人きりということになると、トランプしかあるまい。花札などというようなものは、ぼくは苦手でね」

「トランプね。ポーカーですか？」

「いや、ドボンさ。ブラック・ジャックといった方がわかりやすいかな?」

「ああ、ブラック・ジャック。あれなら、わたしもよく心得ています」

こんなわけで、その日から、私は島田老人相手のギャンブルにのめりこんでしまったのです。


ここで、ブラック・ジャック――いや、ドボンなるギャンブルのことをざっと説明しなければなりますまい。

これは、要するに、手札のトランプの目の数が二十一に近いほど勝ちになるというギャンブルです。

十以上の札目、すなわち、十、ジャック、クイーン、キングは、みんな十の目と数えます。エースは一と数えてもよし、十一と数えてもいいのです。

その他の札目の数は、そのまま、加算されていきます。そして、手札の札目の数が二十一を越えた場合、ドボンと称し、負けとなるわけです。

もちろん、両者ともドボンをしない場合には、二十一に近い手札を持っていた者が勝ちになります。

こう説明すると、いかにも単純なギャンブルのようですが、これはこれでいろんな心理的な駈けひきがあり、微妙な面白さがあります。

たとえば、ドボンにはさまざまな役があり、二枚の手札で十以上の札とエースがそろった場合には、賭け金の二倍がもらえ、五枚カードをひいてもその札目の数がまだ二十一に達しない場合は、五下といって三倍役、六枚ひいても二十一に達しない場合は五倍役、七枚の場合は十倍役となります。

二枚のカードで二十一になる場合でも、スペードのジャックとエースが揃ったときには、十倍役になり、これをブラック・ジャックというわけです。

他にも、同数のカードが三枚揃った場合は五倍とか、取り決めによって、いろんな役ができるわけですが、説明が繁雑になるのでこれぐらいにしておきます。

ゲームのすすめ方は、まず親になった方が自分にカードを一枚配り、相手方に一枚配る。さらに、もう一枚、自分の方にカードを配って、その二枚のうちの好きな方のカードを相手方にさらしてみせます。

相手方——すなわち、子は親のさらしたカードの目をみて、自分に配られたカードを見ないうちに賭け金の額を決める。

あとは、順次にカードを配っていって、札目が二十一を越えた者——つまり、ドボンした者は文句なしに負け、両者ともドボンをしない場合には、二十一に近い札目のカードを持つ者が勝ちです。

両者の札目が同数のときには、親の勝ちとなりますから、どっちかといえば、親の方がやや有利になります。

そして、子に役ができた場合に、親になることができるのです。

ブラック・ジャックは世界各地のカジノでもやっていますが、役ができたからといって、賭け金が倍になったりすることはありませんし、こんなにいろんな役もありません。

また、カジノでは、胴元がつねに親であり配り手《ディラー》であって、役ができても、客が親や配り手になれるわけではないのです。

その辺が、ブラック・ジャックとドボンの根本的なちがいでしょう。

ブラック・ジャックを何度もやったことのある私は、すぐに、ドボンのルールも呑みこむことができました。

それに、私はギャンブルが好きなだけあって、勝負カンはわるくない方だと思っています。

ですから、その日、島田老人から手ほどきを受けたばかりなのに、ツキにツイて圧勝してしまいました。

ギャンブルをやっている間の島田老人は、日頃のとっつきにくさはどこへやら、ドボンをすれば悲鳴をあげ、役ができれば大声で笑い、それはもう、遊びに夢中になった子供さながらの無邪気さをむきだしにするのです。

（これはカモだな）

と私は内心ほくそ笑みました。

（この人はギャンブルには向いていない。およそ、ポーカーフェイスなどに縁のない人だ）

「今日は、これぐらいにしておこう」

五時間ほど経ってから、老人はさすがに疲れたらしく云いました。

「いったい、いくらまきあげられたかな?」

私は自分の手許《てもと》にある札束を勘定して、びっくりしました。二百万近く勝っていたのです。最低のリミットが五千円、最高のリミットが五万円の賭け金でやっていたのですから、これぐらいの金額が動いたのも当然かもしれません。

「これはちょっと金額が大きすぎます」

私はその札束を老人の方へさしだしました。

「面白い遊びを教えていただいた上に、こんな大金をいただいては申し訳ありません」

「バカをいいたまえ」

老人はさばさばと手をふりました。

「きみが勝ったのだから、その金はきみのものだ。ぼくが返してもらういわれはない。ま、そのうちに、実力で返してもらうさ。きみ、これから、ときどき、二人でドボンをやろうじゃないか」

「けっこうですな」

私に異存のあろうはずはありません。なにしろ、この老人とドボンをやっているかぎり、落ちている札束を拾うようなものです。

せっせとレストランを経営して稼《かせ》ぐより、こっちの方がずっともうかる。

と考えたのが大きな間ちがいで、それから、一週間に一度ずつ、老人とドボンをやることになったのですが、私が勝ったのは最初の一回こっきりで、あとは連戦連敗。少ないときで百万、多いときは三百万以上の金が私のふところから消えていきました。その負け方がどうにも納得がいかない。

いや、別に老人がインチキをしているというわけではないのです。

私も若いときからいろんなギャンブルを手がけてきたので、インチキをやられれば、すぐにわかります。

老人は決して札をすりかえたり、カードにしるしをつけたりはしていない。

そんなことをしたら、もはや、ギャンブルではなく、単なる金もうけになってしまう。

すでに、巨額の財産を持っている島田氏がそんなことまでして金もうけをしようとは思えません。

むろん、いくら金持ちでも、ことギャンブルになると汚ない真似《まね》をする人間はいるものですが、島田氏にかぎって、そんないやしいことをするとは考えられない。

老人は心底からギャンブルを――特に、このドボンを愛しているのであって、そこに不純なものが介入するのを極度に嫌っている様子がありありとわかる。

なにもかも忘れて、ドボンの世界にひたりきるのが、老人の唯一の楽しみなのです。

こうなると、老人が勝つ秘訣《ひけつ》はツキ以外にない。

それにしても、老人にばかりツキが傾くとは信じられません。

私は、今度こそはと思いながら、老人の部屋を訪れ、そのたびに、イヤというほどたたきのめされて帰ってくるのです。

「いったい、どうして、先生はそうツイているんでしょうな？」

あまり、負けつづけるので、溜息まじりに、私は訊いたことがあります。

「きみは神を信じるかね？」

と老人は訊き返しました。

「神といってわからなければ、この世には、人間には理解できない神秘的な力が働いているとでもいおうか。それがぼくに味方しているんだよ。つまり、ドボンの神様がぼくにはついているんだ。ぼくはその神様を信じているし、きみは信じておらん。そこが決定的な勝敗の分れめだね」

ドボンの神様だって？

そんなアホらしいものが存在することなど、あなたは信じられますか？

信じられないでしょう？

私だって信じられなかった。

とにかく、信じようが信じまいが、私は連戦連敗のあげく、金に困って、自分の店を抵当に入れ、ドボンの資金をつくる始末でした。こうなると、私はカッとなる性質で、どうしても負けた分をとりもどさなければ気がすまなくなる。

あの日も、私は一千万の現金を用意して老人の部屋を訪れました。これを失うと、店を三軒とも人手に渡さなければならないぎりぎりの金です。

老人の部屋のなかは、相変らず、うすぐらく、じっとりひんやりしています。この部屋に入っただけで背筋が寒くなり、気が滅入って、なんとなく負けそうな気分になるのです。

事実、三時間も経たないうちに、私は資金の半分以上をとられてしまいました。

「どうかね？　ドボンの神様を信じるようになったかね？」

老人はニヤニヤ笑いながら、カードを配ります。

「ドボンの神様を信じない間は、ぼくに勝てんぞ。ほら、また五下だ」

時間が経つにしたがって、老人は透視術でも心得ているみたいに、伏せてある札目をよみとり、決してドボンをしようとはせず、きわどいところで五下の三倍役をつくってしまうのです。そんなことがしょっちゅうなので、私はすっかり頭に血がのぼってしまいました。

「ドボンの神よ、ドボンの神よ、われに今度は七下の役をつくらせたまえ」

老人は呪文《じゅもん》をとなえながら、カードを手許にひきよせます。

老人の手札は、すでに六下を完成し、札目の数は二十になっています。もし、七下の十倍役がつくれるとすれば、エースかゼロの札目であるジョーカーをひくしかありません。

「ドボンの神よ、われにジョーカーかエースを与えたまえ」

老人の骨ばった手がカードを一枚手許にひきよせたとき、私は眼の前が真暗になりました。

そう、そのときはじめて、私はドボンの神様がこの世に存在することを実感したのです。

そして、その神様が老人の身体にのりうつっていることも。

眼の前が真暗になったにもかかわらず、島田老人の姿――いや、島田老人にのりうつったドボンの神様の姿だけは、はっきりと見えました。

そのドボンの神様が、最後のカードをひきよせ、それをくるりと裏返して、ニヤリと笑いました。

そのカードはスペードのエースでした。

「どうだね、七下だ。十倍役だぞ」

どこか遠いところで、私を嘲笑《あざわら》う声が聞えたとき、私は悲鳴をあげながら、ドボンの神様につかみかかっていました。

しばらくして、われにかえってみると、私は島田老人の首を両手で絞めあげていたのです。

ええ、たしかに、島田老人の首を絞めたのは私です。しかし、刑事さんの話によると、老人の死因は扼殺《やくさつ》ではなく、心臓麻痺だそうじゃないですか？

すると、私は島田老人を殺したことにはならないでしょう。私には、老人を心臓麻痺で殺すなんて芸当はできやしません。

そう、老人を殺したのは、ドボンの神様です。

老人にのりうつって、極度の緊張を強いたあげく、心臓麻痺を起させて老人を殺してしまったのです。

それ以外には考えられません。

私ははっきりこの眼で見た。最後に私の前にいたのは島田老人ではなくて、老人の姿を借りたなにか――つまり、ドボンの神様だったのです。

なに？　今では、おまえはドボンの神様を信じるのかですって？

もちろん、信じますよ。

実を云うと、ドボンの神様は、あのとき以来、私にのりうつっているのです。

もし、無実が証明されて自由の身になれたら、私は早速誰かをつかまえて、ドボンをやってみるつもりです。

今度こそは、私は決して負けやしないでしょう。

なにしろ、ドボンの神様がついているんですからね。

なんなら、あなた、私とドボンをやってみますか？

男か？　熊か？

　結局、ぼくが新聞の身上相談欄を受け持ったことは失敗だったと思う。

　新聞社では、読者の悩みをやさしくもみほぐす相手として、婦人代議士を一人、老齢の宗教家を一人選んだのだが、それだけのメンバーでは、なんとなく科学的な裏づけがなく、権威にとぼしいと考えたのだろう。そこで各大学の心理学専門の若手教授の中から、比較的名前が知られ、筆が立ちそうなのを選びだし、ついにぼくに白羽の矢が立ったわけだ。

　ぼくは一も二もなくその申し出を受けた。精神分析を応用して、普通の身上相談にありがちな思いつきの返答ではなく、もっと直接的で適切な返答を書き、身上相談の新機軸を開いてやろうと思ったのだ。おまけに、この身上相談を通じて、精神医学の効能を大いに世間にPRしてやろうとさえ考えたのだからおめでたい。どこかのオフィス・ガールがちょっとノイローゼになると、すぐ精神分析医のところへ相談にゆく——アメリカみたいに、日本でも精神分析の効能が一般に認識されたら……それがぼくの望みだった。

それが実現したらどうなるかって？

もちろん、精神医学を学んだわれわれは、医者とも学者ともつかないヌエ的な存在だと思われることもなく、ちゃんとした診療所を持つことができる。それは、どこか高級なマンションの見晴らしの良い最上階の部屋か、オフィス街のビルの一角にちがいない。静かで、ひっそりと落ちついて、マホガニイの大きなテーブルと、黒革ばりのゆったりとしたソファが置いてある。治療費は法外に高く、したがって、予定表通りに続々とつめかける患者たちは、ヨットに乗りすぎて水虫になったのを悩んでいる令嬢とか、百万長者と千万長者のどちらをパトロンに選ぼうかとノイローゼになっている酒場のマダムとか……。

いや失礼、どうもぼくは少しばかり精神分裂の気味があり、誇大妄想におちいる傾向がある。これは自己診断の結果だから、信用してもらっても良い。だいたい、精神分裂症は遺伝的な素因と深く関係があるのだが、ぼくが精神医学を学ぼうと決心したのは、八つの時、おやじが精神分裂のあげく自殺したことに端を発しているのだから、ぼく自身、そういう傾向があったとしても、精神医学上ちっとも不思議はないのだ。

ところで、身上相談のことに戻ろう。最初はこういうふうに、はなはだ乗気だったのだが、しばらくすると、この仕事がつくづくバカげていると考えざるを得なくなってきた。というのは、身上相談欄に投書する人たちは、たいがいの場合、自分の立場をめんめんと訴えるだけで、その他のデータは一向に教えてくれない。周囲の状況にはおかまいなく、自分の不満だけを述べたてるのだから、本人の客観的な立場を認識し、科学的に判断を下すのは無理なのだ。

あきらかに、自分の悩みをわれわれに訴えただけで、自分のノイローゼの解消をはかったと思われる投書はまだましな方で、どっちかひとつ、自分の採る道を教えてくれとせまってくるものは、まったく困惑するほかはない。どっちの方が幸福になるでしょうと訊かれたところで、幸福は主観的なものだから、こっちだとはっきり云えるわけがないのだ。それも本人に直接会って、連想法や催眠法で意識下の自我を探りだせるのなら、なんとか答えようもあるが、ただ一枚の紙片れに書きこまれたデータで答えることは、どんな優秀な精神分析医でもお手あげだろう。

わたしは投書の山を見るたびに、一篇の小説を思い浮かべずにはいられなかった。ストックトンのリトル・ストーリー『女か虎か』である。王女に恋したあげく、その父王にためされる破目になった若者の困惑は、そのまま、投書をみつめるぼくの困惑につながっていた。

ぼくは二者択一をせまる投書をひろいあげ、じっと目をつぶって呟く。

「女か？　虎か？」

そうしてポケットから十円玉をとりだし、親指の先ではじいてみる。表が出たら、ぼくはAの道を投書の主にすすめ、裏が出れば確信に充ちた調子でBの道をすすめるのだ。

たいがいの身上相談の担当者は、こういう方法を用いているのではないだろうか？　たとえ、それが十円玉であれ、勿体ぶった倫理の規準であれ、出た結果に大したちがいはない。いずれにしても、女か、虎かだ。

どうせ、当の若者にとっても、虎が出てきてその場で食い殺される方がましか、それとも、王女につきまとわれ、一生がんじがらめにしばられた方がましかは誰にもわからないにちがいない。

こうしてぼくは、ものの三カ月と経たないうちに、いいかげんなおちょぼ口の身上相談担当者の列に加わってしまったのだが、その頃から、ちょくちょくぼくの家へ直接相談にくる人たちが増えはじめた。

こういう人たちは、いろんな療法がほどこせるし、気のすむまで話を聞けるから、なんとか科学的な判断を下すことができる。いわば、先方からこっちへやってきてくれるモルモットみたいなものだから、ぼくもできるかぎり親切にしてあげることにしている。

しかし、一向に金にはならない。彼らはぼくに悩みを打ちあけ、せいせいした表情をとりもどすと、金のことはおくびにも出さずにさっさと帰ってゆく。身上相談などというバカげた欄を各新聞が設けているおかげで、世間の人は気軽に悩みを打ち明けるようになったかわりに、新聞代さえ払えば、そんなことに金を使うのはバカげたことだと思うようになってしまったらしい。ときたま、相手の様子を見て、金を請求すると、患者はみんな白昼の強盗に見舞われたような顔をする。そのギョッとした顔を毎日見ていると、こっちがノイローゼになってきそうだ。

畑中権三郎氏は、そういう連中にくらべれば、ずっと紳士的で、ものわかりの良い上客と云わねばならないだろう。彼はまず最初から、はっきりと治療費の額を云ったのだ。

「十万円でこの苦しみから逃れられるなら、安いもんや」と彼は大声で言った。「それとも、もっとようけかかるやろか？」

その色の黒い大きな丸顔を見ていると、およそこの世の悩みとは縁遠い存在に思えて仕方がなくなるのだが、ぼくは真面目な顔つきで訊いた。

「とにかくあんたの悩みというのはどういうことなんですか？　それを打ち明けてくれないことには話にならない」

「秘密は守ってくれるんやろな？」

彼は秘密という言葉にふさわしくない胴間声をはりあげた。ぼくの家の応接間にはマホガニイのテーブルも、黒革のソファも置いてないが、もしそんなものがあったら、とても彼が入る余地はなかったろう。二十貫はゆうに越す体重と六尺余の体軀が、その大きな坊主頭を支えていた。

「ええ、秘密は守りますよ」

「たとえ、殺人に関係があってもか？」

ぼくはギョッとして、部屋から飛び出しそうになった。

「あんたが、こ、殺したんですか？」

そう訊ねながら、ぼくは畑中氏の太い腕をじっとみつめた。毛むくじゃらのその手は節くれだって、いかにも力がありそうに見える。この男が殺人を犯したとしたら、きっとこの手で摑み殺したにちがいないと、ぼくは確信した。

「それがわからんのや……」

途方にくれた顔で、畑中氏はつぶやいた。

「なんですって？」

「人殺しをしたか、それとも、せんかったか、それがわからんのでノイローゼにかかっとんのやないか」

ああ、またしても、「女か？　虎か？」の問題か——ふいとそう考えてぼくはポケットから十円銅貨を出しかけ、あやうく思い止まった。いや待てよ、これは、そんな問題じゃなさそうだぞ。それに、十万円がかかっているとすれば、軽率に十円銅貨の裏表で決めるわけにはいかない。ぼくはだまって、先をうながすような表情を彼に向けた。この表情が、思いまどっている患者に、しばしば効果を示すことは、すでに実験ずみだ。はたして、畑中氏はようやく話を切りだしはじめた。

「ほな、はじめから話すよってに、よう聞いておくれっしゃ」と彼は云った。「今から、ちょうど一週間前のことや……」

ちょうど一週間前、畑中権三郎氏は猟に出かけた。五十三歳の今日まで、これと云った道楽もなく、ただ自分の会社である畑中土木だけに全てを打ちこんできたのだが、ようやく事業の目鼻がついたので、なにか適当な趣味はないかと思った末始めたのが、猟である。仕事の関係で、山歩きは若いときからお手のものだ。それが、ゴルフよりも狩猟を選ばせた原因だった。

彼はこうと思い立ったら、すぐにでも始めなければ気が収まらない性分である。早速猟銃を買い求め、講習を受けて許可をとると、早速、自分一人だけで山奥へ踏み入ることにした。

「山奥へわけ入るって、いったいなにを撃つつもりだったんです?」

とそこで、ぼくは訊ねてみた。

「決まってまんがな」ギョロリと目をむいて、畑中氏はぼくをにらんだ。「熊でんがな」

「熊ア?」

ぼくは訊き返し、思わず吹き出すところだった。それじゃあ、とんと同士討ちじゃないか。しかし、日本で猟をするとしたら、この男にふさわしい獲物と云えば、たしかに熊より他にいそうもなかった。

とにかく、畑中氏は毛皮のチョッキに登山靴、腰に尻皮を下げ、背には若干の食料を入れたリュックという軽装でただ一人、猟犬も連れずに出発したのである。

彼が向ったのは、丹沢山地だった。ご承知の通り、丹沢山地は神奈川県の北西部にある断層作用でできた複雑な地塁である。全体として、壮年期の地形がよく発達していて、谷が深く、山がけわしい。その中央部には大室山(一五八八メートル)蛭ケ岳(一六七三メートル)丹沢山(一五六七メートル)塔ケ岳(一四九一メートル)の高峰が連なり、東京近辺の登山者には屈強な登山コースとなっている。

北アルプスのように、専門的な装備も心がまえも必要でなく、女でも登れるせいか、夏場は登山客でごった返すようなにぎやかさだが、冬になると、登山客も減り、かなり手強い山に変貌する。夏には、せいぜいあわてものが沢登りの途中で墜落死するくらいが関の山だが、冬には本格的な遭難というスリルにぶつかることもできるというわけだ。

畑中氏はその丹沢山地の蛭ヶ岳を目的地と定めていた。塔ヶ岳近辺の表丹沢はすっかりハイキング客に荒らされて、熊どころか鹿の姿も見えなくなっているが、蛭ヶ岳の小屋近辺では、今でも熊の姿を見かけるという噂を耳にしたからだった。

早朝に大秦野駅を降り、そこから三の塔に向った彼の足は、老人とは思えぬほど軽々としていた。第一日目の予定は、塔ヶ岳を登りつめ、それからさらに二日目は屋根伝いに、丹沢山を抜けて、蛭ヶ岳に達することだった。

目的の小屋に着いたのはもう夜更けだった。その夜は小屋に一泊、その翌朝からいよいよ本格的なハンティングを開始した。

彼は山道をはずれ、なるべく樹木の茂っている方へやみくもに進んでいった。道に迷わないという確信が、彼を大胆にしていた。今まで、山歩きは数えきれないほどしてきたが、一度も迷ったことはなかった。それは、彼自身が熊の化身であるかのような、ふしぎな方向感覚だった。

彼は鼻面をあげ、ときどき風の匂いを嗅いだ。いつか、山歩きの途中で一緒になった猟師《またぎ》の語った熊猟の話を、なんども胸の中でくりかえしていた。

「熊《おやじ》のやつは、えらく鼻コが利くから、風上から追っても駄目だ。風下へ風下へまわるのがコツだば」とその猟師は云ったのだ。「冬ごもりの穴をみつけるのは、わけはねえ。やつは穴コのまわりの樹の皮を、自分の縄張りのしるしに喰いはいじまうで……」

十一月の山の風はかなり冷たかったが、畑中氏の黒い大きな丸顔には、うっすらと汗がにじんできた。

（十一月いうと、まだ熊は穴ごもりしよらんやろな）と彼は思った。（ほなら、穴をみつけるより、足あとをみつける方が先やな）

風下へ風下へとまわりながら、どんぐり眼を見開いて彼は熊の足あとを探した。ときどき立ち止まって耳を澄ましてみたが、森の中はしんとして物音ひとつ聞えなかった。歩けど、探せど、鹿の姿すら見当らない。

疲労しきって小さな沢にたどりついたのは、すっかり暗くなってからだった。彼はそのまそこで野宿をすることに決めた。

食事をすまし、たき火のそばにごろりと横になると、前後不覚に眠りこんだ。

眼を覚ましたのは、なにか木の折れるような音が鋭く響いた時だった。身を起すと、彼はライフルをひざの上にかかえ、じっと耳をすませた。藪をわけ、小枝をふみながらこちらへ近づいてくる足音が、沢を走る水音にまじってはっきりと聞えてくる。

「熊やろか？」

畑中氏は息を呑んだ。その足音は熊ではないにしても、かなり大きな動物のものであることは間違いない。足音はつい三メートルほど向うの岩かげで、ぱったり止まった。

畑中氏はいそいでたき火の火をかき起し、その光で足音の正体を見きわめようとしたが、かえってその光は向うの闇を一層深くする役にしか立たなかった。

彼はじっと眼をこらした。気のせいか、岩かげに黒々とした巨大なものがうずくまっているのが見えたと思った。岩かげに身をひそめている熊の、残忍そうな黄色い眼、鋭い牙、たくましい前脚とむきだした爪が、ありありと眼に浮かんだ。小さな戦慄が身内を走りぬけ、彼はしっかりとライフルをつかんだ。

あやうく発射しそうになったが、ようやく思いとどまった。この一発が外れれば、熊はひととびにこちらを襲うにちがいない。たとえ、命中しても、この暗闇では急所に当る可能性はまずなかろう。

「手負いの熊《おやじ》ぐらい、おっかねえものはねえ……」

あの猟師のくりかえし云っていた言葉が、畑中氏の頭を駈けめぐっている。彼はライフルを抱いたまま息をするのもはばかっていた。

三十分ほど、そのなにかは岩かげに身をひそめたきりだったが、やがてまた、前と同じように重々しい足音を響かせながら、森の奥へ消えていった。

畑中氏はほっと大きな溜息をもらした。全身がびっしょりと冷汗に濡れている。下半身は地面に吸いついたまま、麻痺したように動かなかった。

「ああ、もうやめや」と彼は呟いた。「熊狩りみたいなこわいこと、もう真平や」

夜が明けしだい早々にひきあげようと決心した彼は、それまで横になって眠ろうとしたが、眼が冴えきって眠るどころではなかった。夜が白々と明けかかる頃は、もうがまんができず腰をあげた。

岩かげに近よって、おそるおそるのぞいてみると、そこには足あとがいくつも残っていた。巨大な足あと――それは他の動物ではあり得なかった。やっぱり、熊だったのだ。畑中氏はそっと足音をしのばせて、その場を立ち去り、がむしゃらに反対の方向へ逃げだした。いつの間にか風が出て来て、森の中に深い靄が流れこんできた。それはみるみる、彼の周囲を乳色の壁で包んでしまった。こうなると、さすがの彼の方向感覚も役には立たなかった。

彼はただうろうろと目をしばたたき、森の中をさまよい歩くだけだった。昨日までは森閑と静まり返っていた森の奥は、風のせいか今日はさまざまな物音がした。それが聞えるたびに、彼の足は立ちすくみ、心臓が高鳴った。

こうして、恐怖の何時間かが経ち、ようやく小屋が見えたときは、身体中の力がなくなり、へたへたとその場にすわりこみそうになったが、ようやく残った力をふりしぼり、彼はそっちの方向へ足をふみだした。

その時だった。彼の背後で、ポキリと木の枝を踏み折る音が、はっきりと聞えた。ライフルをかまえ、畑中氏はさっとそちらへ身体をひねった。背後は濃い靄に包まれて、なにもかも乳色にけむっていた。しかし、足音ははっきりと聞えた。それが、だんだんこっちに近づいてくる。畑中氏は身動きもせず、ただ目をこらしていた。

いきなり、五メートルくらい向うに黒いものがあらわれた。黒いものはそこで立ち止まると、こっちをうかがうようすだった。それは、熊が襲いかかる前に、仁王立ちになる姿とよく似ていた。畑中氏は目をつぶると、夢中で引金をひいた。

はげしい銃声と共に、強い反動がきて、畑中氏はあやうく転びそうになった。黒いものが妙な叫び声をあげ、地面に仆れるのはわかったが、はたして急所にあたったかどうかはわからなかった。それを確かめるゆとりもなく、畑中氏は小屋めがけて一散に走りつづけた。走ってゆく彼の耳もとへ、かすかな叫びが伝わってきた。それは、哀しい熊の吠え声とも聞えたが、別の悲鳴にも聞えた。「助けてくれ！」とそれは呼びかけているようにも聞えた。

「そないなわけで、もうそのまま一目散や。その日のうちに山を降りて帰ってきたんでっけどな」と畑中氏は心持ち眉をしかめて口ごもった。「けど、わいが射ったんは、ひょっとしたら人間やったんかいな、そないな気イがして、しょうがおまへんのや。まあ、昨日までは、そう思ってもいやいやそうやない、あれは熊やったんやと自分で自分に云い聞かせてましたんやけど、昨日の夕刊見たら、なんやもう、わけがわからんようになってしもて……」

彼はポケットから新聞をとりだすと、芋虫のようにふとい指先でその片隅を示した。そこには、『熊と見あやまり発砲』という見出しがついていた。

『十九日朝五時ごろS県M郡Y村の小林実造さん（四二）は同村の久保田吉之介（三二）に猟銃であやまって射たれ死亡した。久保田の話によると、近所に熊が出るという噂に、猟銃を持って家の近所を警戒中、林の中からふいに出てきた小林さんを熊と間違え発砲したとのことである。小林さんも熊を探していたところで、黒っぽいレインコートを着ていた……』

「どないだ？」と畑中氏は、記事を読んでいるぼくに問いかけた。

「やっぱり、わいが射ったんは、人間やったとちがいまっしゃろか？」

「さあねえ」と云ってぼくは腕を組んだ。

「さあねえ、やおまへんで、わいは自分が人殺しをしたんやないかと、よんべから一睡もしてまへんのや」ふいに畑中氏の丸い大きな顔がくしゃくしゃとちぢまり、涙がぼろぼろとこぼれてきた。それは、こっちがあっけにとられるくらい急激な変化だった。「お願いや。なんとかしとくなはれ。わいが殺したんは男か熊か、どっちゃですねん？　先生はわかるやろ？」

「そりゃあむりですよ」とぼくはあわてて云った。「ぼくは現場を見たわけじゃないんだから、今のお話だけじゃ判断できませんよ。ぼくは狩猟の専門家じゃなくて、ノイローゼをなおすのが仕事なんだから……」

「そうやおまへんか。わいがかかってるのがノイローゼやおまへんか。わいはそれをなおしてもろたらええのや」

泣いたあとの不気味な赤い眼で、畑中氏はじっとぼくをみつめた。

「このままやったら、わいは気狂いになってしまうがな。わいのおかんみたいに、狂い死にしてしまいそうや……」

「なんですって？」とぼくは訊き返した。「あんたのお母さんは精神病だったんですか？」

「そうですねん」と彼は答えた。「火事を見物しとって急に狂ったんですわ。自分はなにもせんのに、うちが火イをつけたんや云うてな。燃えてる火の中へ飛びこんだんや。わいもあんなあさましいことになったら、どないしますねん」

　大男はまたさめざめと泣きだした。大柄な男が手放しで泣いている図は、あまりみっともよくはなかったが、なんとなく無邪気なところがあって憎めなかった。それに、彼の母親が気狂い（おそらく妄想を伴った精神分裂症？）だったことが、ぼくの同情を呼びおこした。ぼくの父も分裂症だったから、その子がどんな思いをするか、ぼくにはよくわかっていたのだ。

「泣くのはお止めなさい。泣くことなんかありませんよ」

　ぼくはできるだけほがらかに云った。

「要するに、男だったか熊だったか、それが確かめられればいいわけだ。それには、その現場へもう一度行ってみればいい。なに、たとえ男が死んでいたにしても、過失致死だから実刑を食うことはありません。くよくよ心配することはないですよ」

「そうでっしゃろか」またもや急激に彼の顔は変化した。にこにこと笑いながら、彼は大声で云った。「ほなら、先生も一緒に行ってくれはりまんな？」

「ぼくが？」ぎょっとしてぼくは訊き返した。

「そうでんがな。わい一人では怖うてとても行けまへん。先生に一緒に行ってもらえたら安心や」

「しかし、ぼくは山歩きは苦手だし……」

「いや、だいじおまへん。そんな大した山やなし、二日あれば足弱な人でも大丈夫だす。それとも……」と云いかけて畑中氏はぎょろりと眼をむき、ぼくの顔をじっと見つめた。

「あんさん、わいを見殺しにする気だっか？」

「いいですよ」とぼくは、十万円の札束をできるだけはっきりと頭に思い描きながら答えた。

「お伴しましょう」


翌朝、ぼくは睡眠不足の重い頭でふらふらしながら、待ち合わせの場所へ行った。駅の改札口はまだ真暗だったが、駅のベンチにどっかと腰を下ろした畑中氏の顔は生き生きと明かった。

「やあ」と彼は大声でぼくに呼びかけた。「ええ山日和になりそうですわ。さあ、いきまひょ」


ぼくの返事も待たずに、彼は立ち上がり、もう山の方へすたすたと歩きはじめた。その後から不承不承ついてゆきながら、ぼくは心の中で舌打ちした。

全く、知らない人が見たら、ぼくの方がよっぽど重症のノイローゼ患者に見えたにちがいない。

畑中氏はおそるべき健脚だった。ほとんど銀座の舗道を歩くのと同じ速度で、彼は登り道を息一つ切らさずに登ってゆく。そのあとをついてゆくのが精一杯で、ぼくは夜が白々と明け放ったのも気がつかないほどだった。

第一日目で完全にノック・アウトだったぼくは、二日目になると畑中氏のがっしりした後ろ姿をにらみながら、何度も、このままそっと山を下ってしまおうかと思った。その革命の気配を感じとったのか、彼はようやく小休止をとろうと声をかけてくれた。

欲も得もなく、ぼくは流れのそばに身を横たえた。身体全体が心臓になったように、どきどきと脈うっている。十分間ほどそんな状態がつづいた。やっと、人心地がつきかけたところで畑中氏の無精な声がした。

「そろそろ行きまひょか」

ぼくはうらめしげに彼を見上げ、そのとたんに、妙なことに気がついた。

「畑中さん、あんた、なんだってライフルなんてかついできたんです。今日は猟のつもりじゃないでしょう？」

「え？」

畑中氏は自分の肩に目をやり、ぽかんとした顔をした。

「ああ、ほんまや。なんでこんなしょうむないもん持ってきてしもたんやろ」

自分でも呆れたようにそう呟き、それから、彼はくすくすと笑いだした。

「でもな、ライフルいうもんは、おかしなもんだっせ。こうして手に持ってるだけで、なんやしらん、ええ気がしてくるさかいにな。あんさんも、いっぺん手に持ってみなはれ、この重味がこたえられまへんが……」

「冗談じゃない。ごめんこうむりますよ」とぼくは云った。今でさえへたばりそうなのにそんなものを持たされてたまるものか。

畑中氏はぼくの仏頂面におかまいなく、もう先へ立って歩きはじめた。歩きながら、ライフルをさもいとしそうに頬にこすりつけている。「あんさんはな、わいがえらいめにあったさかい、もう狩猟はこりごりや思うてると思うてはるやろ。しかし、狩猟云うもんは、そんなもんやおまへんで。いっぺん引金ひいたら、あの時の気持ちは忘れられるもんやおまへん。向うに命中したら尚更や。なんやこう、たしかな手応えがありまんのや。それは気分の良いもんだっせ。その味を覚えてみなはれ、なんだって射ちとなってきまんがな。人間かてかめへん。そんな気イになりまっせ」

そう云って畑中氏はうすきみのわるい笑みを浮かべ、眼の隅からぼくの方をじろっと眺めた。ぼくは背中がぞくっとした。

「こいつは狂ってるんじゃないか」

そんな疑いがふと胸の中に動いた。昨日までは人を殺したのではないかと恐怖におののき、大粒の涙を流した男が今はそれと逆に、平気で人をも殺しかねないという。これはあきらかに分裂症状だ。

いきなり、ある記憶がぼくを打ちのめした。彼は昨日、自分の母は狂い死にしたと告白したのだ。精神分裂は遺伝的な素因が重要にむすびついている。この男が分裂症である可能性は大いにあるわけだ。

ぼくの足は自然に止まった。

「畑中さん」なるべく平静な声が出るようにと祈りながら、ぼくは呼びかけた。「大変申しわけないんですがね、身体がだるくって仕様がないんです。ぼくはここから帰らしてもらいますよ」

畑中氏はくるりとふりむき、物すごい眼つきでぼくをにらんだ。

「なに云うてんのや、ここまで来て。わいはあんたの患者や、医者は患者の病気の原因を見きわめる義務がある。今さら帰るて、そんなアホなこと……」

「いや、ほんとに気分がわるいんだ。引き返して、もっと足の丈夫な医者をみつけて下さい。十万円出せば、きっと来てくれますよ」

「銭金の問題やない。わいはあんたを良心的な医者やと思うから、自分の一生を左右するような重大な秘密をもらしたんでっせ。それなのに、あんさんはそんなこと云いまんのか」彼は顔を怒りで真赤に染めあげると、いきなりライフルをあげて、ぼくの胸にぴたりと狙いをつけた。

「あんさんがそんな気イやったら、わても覚悟がありまっせ。ここであんさんを射ち殺すか、それとも、ノイローゼの原因をたしかめてもらうかや」

「そんな無茶な」

「無茶でもよろし。昔からわいはこうと決めたことは、必ずやった男や。さあぐずぐずせんと先へ去《い》き！」

それからの道中は悲惨だった。ライフルを後ろからつきつけられ、死にもの狂いに歩かされた。夏場と違って登山客とも会わず、ぼくは絶望的になりながら、びっこをひきひき前へ前へと進んだ。

周囲の景色を見るどころではなかった。ぼくの頭の中では、ただひとつの言葉がくりかえされていた。「こいつは狂ってる。こいつは狂ってる。こいつは狂ってる……」『六根清浄』と同じ調子でささやかれるその声に耳を傾けながら山道を辿っていると、ぼくの方が狂いだしそうになってくる。冗談じゃない、気をつけなければ、ぼくだって、狂う遺伝的な条件はそろっているんだ。

「さあ、そこの林の中が現場だす」と云われた時は、もうすっかりあたりは真暗だった。畑中氏は懐中電燈の明かりをつけると、陽気にその手をふって、前方百メートルほど向うにある林を示した。「夜の方が、人に知られへんさかい、都合がよろしおま。さあ、行きまひょ」

ぼくが尻ごみをすると、彼はライフルの先でぼくの背中を容しゃなく突っついた。

ぼくは仕方なくそっちへ足をふみ出した。前方の黒々とした林は、なんとなく不吉な墓場を思わせる。事実、そこは墓場にちがいないのだ。彼の鉄砲玉をくらった熊か、それとも、どこかの不幸な男かが眠っている墓場。

どっちだろうか？　男か？　それとも熊か？　それとも……

その時、おそろしい考えがぼくの頰をひきつらせた。

それとも——ああ、それとも、そんなことは狂った男の妄想で、結局、あの林はぼくの墓場になるのではないか……？

編者解説

日下三蔵

その作家の一般的なイメージに反して、ことに短篇においては怪奇、幻想、奇妙な味の作品を好んで書き、また大変な名手である、という人が稀にいる。純文学と大衆小説で活躍した遠藤周作、純文学から官能小説にシフトして人気作家となった宇能鴻一郎、本格ミステリの作家として知られる山村正夫、同じくトリッキーなサスペンスを得意とした草野唯雄などだが、国産ハードボイルドのパイオニアの一人として誰もが認める生島治郎も、またそのひとりである。

生島治郎、本名・小泉太郎は一九五五（昭和三十）年に早稲田大学英文科を卒業し、翌年、早川書房に入社した。この年に創刊された日本版「エラリイ・クイーンズ・ミステリ・マガジン」（現在の「ミステリマガジン」の前身）の編集者として海外の名作を大量に読み、六〇年からは都筑道夫の後を継いで二代目編集長も務めている。

同社の名叢書《異色作家短篇集》（60〜65年）にもスタッフとして関わり、開高健が訳したロアルド・ダール『キス・キス』では、常盤新平と共に下訳を担当した。こうした経験から、短篇の枚数で本格ミステリを書くのは至難の業であり、むしろ奇妙な味の作品の方に傑作が多いことに気付いたという。

編集者として企画した書下し叢書《日本ミステリ・シリーズ》は、本格、サスペンス、スパイ、倒叙などタイプ別の作品を第一線作家に書かせる、という画期的なものだったが、ハードボイルドの巻は完成しなかった。

これは自分で書くしかないと考え、六三年に早川書房を退社。翌年三月、生島治郎名義で書下し長篇『傷痕の街』（講談社）を刊行。さらに六五年二月には、第二長篇『死者だけが血を流す』（講談社）を刊行して、ハードボイルド小説の書き手として注目を集めた。

久しく廃れていた冒険小説に挑んだ第三長篇『黄土の奔流』（65年9月／光文社／カッパ・ノベルス）で第五十四回直木賞の候補となり、単身で犯罪組織に挑む元刑事の闘いをクールに描いた正統ハードボイルドの第五長篇『追いつめる』（67年4月／光文社／カッパ・ノベルス）で第五十七回直木賞を受賞している。

ちなみに、長い直木賞の歴史の中でも、新書ノベルス判書き下し長篇での受賞は『追いつめる』ただ一作だけである。

以後、ハードボイルド、アクション小説、警察小説のジャンルで人気作家となっていくが、短篇では一貫して、怪奇、幻想、ＳＦ、ブラックユーモアに属する作品を書き続けた。最初の短篇集は古巣の早川書房の新書判叢書《ハヤカワ・SF・シリーズ》の一冊として刊行された『東京2065』（66年5月）である。表題作は六話から成るSFハードボイルドの連作で、他に作家デビュー以前に本名で発表したSFやショートショートを含む十九篇を収録したもの。

七四年九月に桃源社から刊行された『あなたに悪夢を』は、日本作家による異色短篇集としてはベスト級の一冊。『東京2065』から選んだ十四篇に、その後に発表された怪奇短篇六篇を加えて再編集したものだが、全体的なレベルの高さもさることながら、短篇十篇とショートショート十篇を交互に配した構成の妙で、一読忘れがたい作品集となっている。

二〇二〇年十一月に竹書房文庫の《異色短篇傑作シリーズ》で私が編んだ『頭の中の昏い唄』は、この『あなたに悪夢を』をそのまま第一部に収め、第二部として『東京2065』から『あなたに悪夢を』に入らなかった六篇を加えたものであった。

変則的な形だが、『あなたに悪夢を』と『東京2065』の合本ということになる。もしまだお読みでない方がいたら、ぜひ本書と合わせて手に取っていただきたい。

生島治郎自身が、こうしたタイプの作品をどう捉えていたのかは、藤子不二雄の異色短篇集『ヒゲ男　藤子不二雄ホラー・ファンタジー劇場』（78年8月／奇想天外社／奇想天外コミックス）に寄せた解説に詳しく書かれているので、ここでご紹介しておこう（『ヒゲ男』は藤子不二雄名義の単行本だが、藤子不二雄Ⓐのブラック短篇を集めたもの）。

ミステリには、人間の心理の底にひそむ意外な恐怖をテーマにした小説がある。英米でショッカーとかホラーとか称せられている小説がそれで、日本では、こういう分野の小説をひっくるめて、『奇妙な味』の小説と称せられている。

これらの作品に『奇妙な味』という名前をつけたのは、故江戸川乱歩氏であった。乱歩さんは、少年探偵ものや猟奇的なミステリで非常にポピュラーになった作家だが、同時に、海外ミステリについても造詣が深く、その紹介者としても第一人者にふさわしい人物である。

氏は海外ミステリをいろんな分野に分類して紹介しているが、そのなかで、トリックを中心にして犯人あてを読者に挑戦するタイプのミステリではなく、人間の心理の底にひそむ意外性や盲点をついて、読者をアッと云わせるタイプの小説を『奇妙な味』の小説と名づけた。

たしかに、こういう種類の作品は、単なる恐怖小説でもないし、意外小説とも云いがたく、『奇妙な味』というネーミングがぴったりなのである。

見かけはごく普通の常識人であり、人づきあいもいい人物が、実は、心の奥に残酷さを秘めていて、異常な犯罪をひそかに行っている。いや、それどころか、どんな人間も、自分では気づかないが、そういう犯罪を犯しかねない可能性を必らず秘めているにちがいない。

そんな恐怖を意外な形で読者に示して、背筋をゾッとさせたり、アッと感じさせたりするのが『奇妙な味』の小説である。

海外には、この『奇妙な味』の分野に属する名作がたくさんあることを私が身にしみて感じたのは、早川書房の編集者であったときのことである。

（中略）

編集者として、これらの『奇妙な味』の作品群に目を通すうちに、私は海外の短篇の名手たちの腕前にすっかりうならされてしまった。

ロアルド・ダール、スタンリイ・エリン、レイ・ブラッドベリ、ヘンリイ・スレッサー、チャールズ・ボモント、ロバート・ブロック等々の作品がそれである。

現在、日本で活躍中のミステリやSFの短篇の名手たちも、こういう海外の作家たちの影響を少なからずこうむっているにちがいない。

実を云うと、私自身もその一人で、ハードボイルド作家とか冒険小説作家とかいうレッテルを張られているが、短篇を書く場合には、あの海外の作家たちの作品を読んだときの新鮮な驚きが忘れられず、及ばずながら、『奇妙な味』の作品に何度も挑戦してきた。

SFがメインだった『東京２０６５』を第零番とすると、生島流「奇妙な味」の作品集の第一弾が『あなたに悪夢を』であり、第二弾がここにお届けする『悪意のきれっぱし』ということになる。

八〇年七月に講談社から刊行された『悪意のきれっぱし』は十一篇を収めた短篇集だったが、そのうち九篇が『あなたに悪夢を』以降に書かれた新作であった。表看板のハードボイルド作品と併行して、年に二～三作のペースで異色短篇をコンスタントに書き続けていた訳で、生島治郎がいかにこのジャンルを好んでいたかが、よく分かる。

講談社文庫版の解説で阿刀田高は「どの作品も楽しく読めたが、読み終わって〝初出一覧〟を眺めると、発表年月はかなりばらついている。全体として――一つの短篇集として、かすかに散漫な印象を覚えたのはそのせいだろう」「生島さん、もう少しこまめに書いて読者を楽しませてあげてください」と書いているが、生島治郎はホラーや奇妙な味の専門作家ではないのだから、これはさすがにないものねだりが過ぎるだろう。

「かすかに散漫な印象」というのも発表年代のせいだけでなく、作品のテーマや雰囲気が多岐にわたっているためではないか。ユーモラスなもの、サスペンスタッチのもの、SFあり、犯罪小説あり、エロティックなものがあるかと思えば、著者の好きなギャンブルものがあるといった具合。人間の狂気をテーマにしたサイコ・サスペンスが日本で流行るのは八〇年代末からだが、それをはるかに先取りしたような作品まであるのだから驚く。

高橋克彦は都筑道夫の恐怖小説集『十七人目の死神』（72年8月／桃源社／ポピュラーブックス）について、「怪奇小説のあらゆるパターンが入っている」と評したことがあるが、『十七人目の死神』ほどではないにせよ、バラエティの面では『悪意のきれっぱし』も、相当に多彩な一冊といっていい。実際、阿刀田高も、解説の別の個所では「さまざまな趣向が品評会のように展示してある」と指摘しているのだ。

本書に収めた作品の初出は、以下の通り。

不完全犯罪　「PLAY BOY日本版」77年4月号
片眼の男　「週刊プレイボーイ」67年8月8日号
死ぬほど愛して　「別冊小説宝石」78年12月号
ぶうら、ぶら　「週刊サンケイ」69年12月29日号
時効は役に立たない　「小説宝石」80年2月号
念姦　「オール讀物」79年10月号　※「痴漢」改題
他力念願　「小説新潮」77年8月号
アル中の犬　「小説新潮」79年5月号
暗殺　「SFアドベンチャー」79年12月号
蜘蛛の巣　「小説新潮」76年10月号
タクシイ・ジャック　「オール讀物」77年7月号
冷たいのがお好き　「小説現代」71年4月号
心の中に鏡がある　「別冊小説新潮」71年7月号

エウゲニイ・パラロックスの怪「小説新潮」69年1月号
連れていこう　「週刊朝日」74年11月増刊号
ドボンの神様　「小説新潮」76年4月号
男か？　熊か？　「エラリイ・クイーンズ・ミステリ・マガジン」64年10月号

「不完全犯罪」から「タクシイ・ジャック」までの十一篇が、『悪意のきれっぱし』の収録作品である。

同書は八三年九月に講談社文庫、八九年四月にケイブンシャ文庫に収められているが、講談社文庫版で「暗殺」が割愛され、ケイブンシャ文庫版では、さらに「ぶうら、ぶら」も割愛されている。もちろん本書では、初刊本の配列に準拠して、すべての作品を収めた。

全作品が初単行本化ではなく、「片眼の男」は『鉄の棺』（67年10月／文藝春秋新社／ポケット文春）、「タクシイ・ジャック」は『対決』（79年6月／桃源社）に、それぞれ収められたことがある。

また、初刊本と講談社文庫版では、「片眼の男」の初出が「別冊小説推理」昭和五十一年初夏号となっていたが、この号は「ギャンブル小説名作特集」で、久生十蘭「黒い手帖」、梶山季之「ギャンブラー」、佐賀潜「いかさま賽」、阿佐田哲也「スイギン松ちゃん」など、すべての掲載作品が再録である。

ただ、『鉄の棺』にデータが記載されていなかったためか、この時点で初出が不明になっていたようで、「別冊小説推理」の掲載誌一覧にも、底本のポケット文春版『鉄の棺』が載っていた。なお、ケイブンシャ文庫版は初出一覧はおろか既刊本の情報も明記されていない。

増補した六篇のうち、「冷たいのがお好き」と「心の中に鏡がある」は『日本ユダヤ教』（71年11月／東京文芸社）、「エウゲニイ・パラロックスの怪」は『生島治郎自選傑作短篇集』（76年11月／読売新聞社）、「連れていこう」と「ドボンの神様」は『危険な女に背を向けろ』（77年6月／桃源社／ポピュラーブックス）、「男か？ 熊か？」は『淋しがりやのキング』（68年1月／徳間書店）に、それぞれ初めて収められた。

『生島治郎自選傑作短篇集』には十一篇が選ばれているが、前半の七篇がハードボイルド、後半の四篇「香肉《シャンロウ》」「夜歩く者」「前世」「エウゲニイ・パラロックスの怪」が奇妙な味という構成になっていた。

同書の巻末エッセイ「私の推理小説作法」には、「この『自選傑作短篇集』という、なんとも空恐ろしいタイトルの作品集のなかに、私が自分なりに、奇妙な味の作品と思われるものを入れてみたのは、ハードボイルド作家というレッテルに対する反抗の意味もあり、海外の短篇ミステリに対する憧憬の意味も含まれていると考えていただきたい」とある。

「男か？ 熊か？」は「エラリイ・クイーンズ・ミステリ・マガジン」の百号記念特大号のために書かれた。基本的に同誌は翻訳ミステリ専門誌だが、百号を記念して、山川方夫、都筑道夫、石川喬司、田中小実昌ら、ゆかりの深い作家が創作を寄せたうちの一篇。

早川書房在籍中の五八年一月号に掲載されたフランク・R・ストックトンの短篇「女か虎

か」を踏まえたものであり、原典は、結末を明示せず解釈を読者に委ねる「リドル・ストーリー」の古典的名作として知られている。

八三年から八四年にかけて、旺文社文庫から生島治郎の短篇集が八冊出たが、その大半は昭和四十年代に出て文庫化されていなかった短篇集から、一～三篇を削って再編集したものであった。ただし、八三年十月に出た『冷たいのがお好き』だけは、四冊の元版からSF、ホラー、奇妙な味の作品をまとめており、怪奇党にはありがたい一冊だった。

内訳は、『日本ユダヤ教』から「冷たいのがお好き」と「心の中に鏡がある」、『生島治郎自選傑作短篇集』から「エウゲニイ・パラロックスの怪」、『悪意のきれっぱし』から講談社文庫版で落とされた「暗殺」、『東京２０６５』の収録作品のうち『あなたに悪夢を』に入らなかった六篇の計十篇である。つまり講談社文庫に入っていた『あなたに悪夢を』『悪意のきれっぱし』と重複せずに、補完し合うような作品集だった訳だ。

現在では、『東京２０６５』からの六篇は竹書房文庫『頭の中の昏い唄』の第二部にそのまま収められ、残る四篇はすべて本書で読めるため、『頭の中の昏い唄』と本書の両方を買って下さった方は、『東京２０６５』『あなたに悪夢を』『悪意のきれっぱし』『冷たいのがお好き』の四冊を古本屋で探す必要はありません。

それでは、ハードボイルド作家の余技という先入観から想像されるレベルをはるかに超えた「奇妙な味」の作品群を、どうぞ、じっくりとお楽しみください。

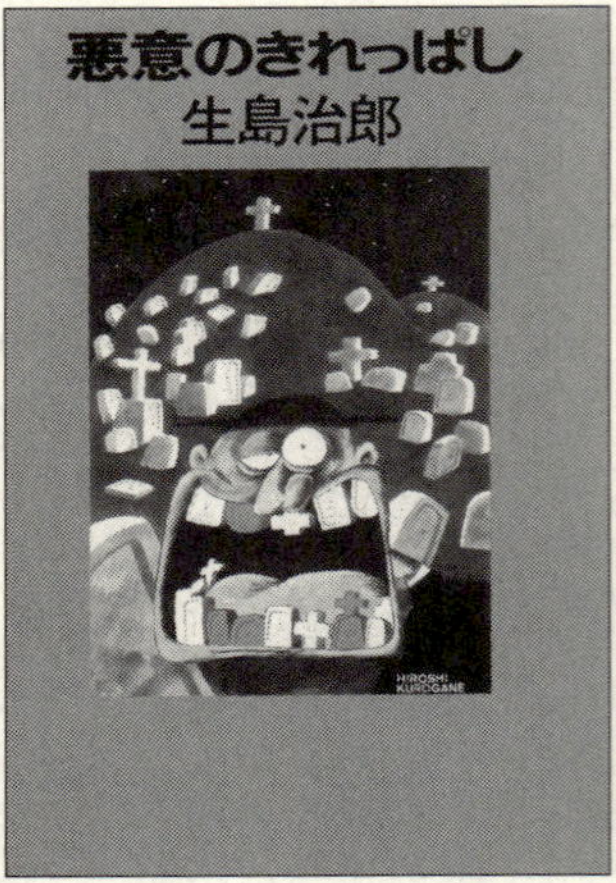

講談社（1980年7月）

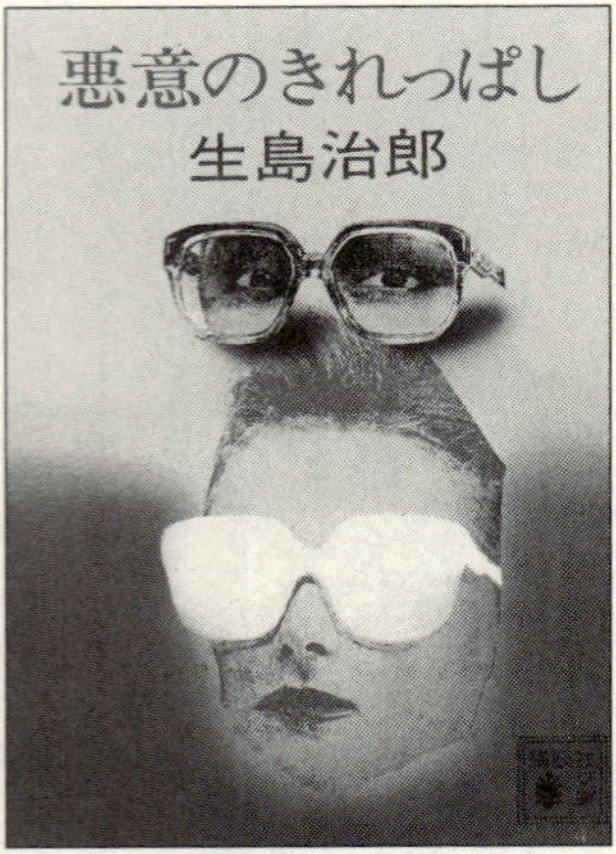

講談社文庫（1983年9月）

ケイブンシャ文庫（1989年4月）

旺文社文庫（1983年10月）

・本書は『悪意のきれっぱし』（講談社文庫　一九八三年九月）を増補して文庫化したものです。

・増補作品は、『冷たいのがお好き』（旺文社文庫　一九八三年十月）より「冷たいのがお好き」「心の中に鏡がある」「エウゲニイ・パラロックスの怪」「暗殺」、『危険な女に背を向けろ』（桃源社　一九七七年六月）より「連れていこう」「ドボンの神様」、『死は花の匂い』（旺文社文庫　一九八四年七月）より「男か？　熊か？」の七作です。

・本書のなかには、今日の人権感覚に照らして差別的ととられかねない箇所がありますが、作者が差別の助長を意図したのではなく、故人であること、執筆当時の時代背景を考え、該当箇所の削除や書き換えは行わず、原文のままとしました。

ねにもつタイプ　岸本佐知子

何となく気になることにこだわる、ねにもつ。思索、奇想、妄想はばたく脳内ワールドをリズミカルな名短文でつづる。第23回講談社エッセイ賞受賞。

TOKYO STYLE　都築響一

小さい部屋が、わが宇宙。ごちゃごちゃと、しかし快適に暮らす、僕らの本当のトウキョウ・スタイルはこんなものだ！　話題の写真集文庫化！

自分の仕事をつくる　西村佳哲

仕事をすることは会社に勤めること、ではない。仕事を「自分の仕事」にできた人たちに学ぶ、働き方のデザインの仕方とは。（稲本喜則）

世界がわかる宗教社会学入門　橋爪大三郎

宗教なんてうさんくさい!?　でも宗教は文化や価値観の骨格であり、それゆえ紛争のタネにもなる。世界宗教のエッセンスがわかる充実の入門書。

ハーメルンの笛吹き男　阿部謹也

「笛吹き男」伝説の裏に隠された謎はなにか？　十三世紀ヨーロッパの小さな村で起きた事件を手がかりに中世における「差別」を解明。（石牟礼道子）

増補　日本語が亡びるとき　水村美苗

明治以来豊かな近代文学を生み出してきた日本語が、いま、大きな岐路に立っている。我々にとって言語とは何なのか。第8回小林秀雄賞受賞作に大幅増補。

子は親を救うために「心の病」になる　高橋和巳

子は親が好きだからこそ「心の病」になり、親を救おうとしている。精神科医である著者が説く、親子という「生きづらさ」の原点とその解決法。

クマにあったらどうするか　姉崎等　片山龍峯

「クマは師匠」と語り遺した狩人が、アイヌ民族の知恵と自身の経験から導き出した超実践クマ対処法。クマと人間の共存する形が見えてくる。（遠藤ケイ）

脳はなぜ「心」を作ったのか　前野隆司

「意識」とは何か。どこまでが「私」なのか。死んだら「心」はどうなるのか。――「意識」と「心」の謎に挑んだ話題の本の文庫化。（夢枕獏）

しかもフタが無い　ヨシタケシンスケ

「絵本の種」となるアイデアスケッチがそのまま本に。くすっと笑えて、なぜかほっとするイラスト集です。ヨシタケさんの「頭の中」に読者をご招待！

品切れの際はご容赦ください

三島由紀夫レター教室　三島由紀夫

五人の登場人物が巻き起こす様々な出来事を手紙で綴る。恋の告白・借金の申し込み・見舞状等、一風変ったユニークな文例集。（群ようこ）

コーヒーと恋愛　獅子文六

恋愛は甘くてほろ苦い。とある男女が巻き起こす恋模様をコミカルに描く昭和の傑作が、現代の「東京」によみがえる。（曽我部恵一）

七時間半　獅子文六

東京—大阪間が七時間半かかっていた昭和30年代、特急「ちどり」を舞台に乗務員とお客たちのドタバタ劇を描く隠れた名作が遂に甦る。（千野帽子）

青空娘　源氏鶏太

主人公の少女、有子が不遇な境遇から幾多の困難にぶつかりながらも健気にそれを乗り越え希望を手にする日本版シンデレラ・ストーリー。（山内マリコ）

御身　源氏鶏太

矢沢章子は突然の借金返済のため自らの体を売ることを決意する。しかし愛人契約の相手・長谷川との出会いが彼女の人生を動かしてゆく。（寺尾紗穂）

カレーライスの唄　阿川弘之

会社が倒産した！　どうしよう。美味しいカレーライスの店を始めよう。若い男女の恋と失業と起業の奮闘記。昭和娯楽小説の傑作。（平松洋子）

愛についてのデッサン　野呂邦暢　岡崎武志編

夭折の芥川賞作家が古書店を舞台に人間模様を描く「古本青春小説」。古書店の経営や流通など編者ならではの視点による解題を加え初文庫化。

おれたちと大砲　井上ひさし

家代々の尿筒掛、草履取、駕籠持、髪結、馬方、いまだ修業中の彼らは幕末の将軍様を救うべく、奮闘努力、東奔西走。爆笑、必笑の幕末青春グラフティ。

真鍋博のプラネタリウム　真鍋博　星新一

名コンビ真鍋博と星新一。二人の最初の作品『おーいでてこーい』他、星作品に描かれた插絵と小説冒頭をまとめた幻の作品集。（真鍋真）

方丈記私記　堀田善衞

中世の酷薄な世相を覚めた眼で見続けた鴨長明。その人間像を自己の戦争体験に照らして語りつつ現代日本文化の深層をつく。巻末対談＝五木寛之

落穂拾い・犬の生活	小山清	明治の匂いの残る浅草に育ち、純粋無比の作品を遺して短い生涯を終えた小山清。いまなお新しい、清らかな祈りのような作品集。（三上延）
須永朝彦小説選	須永朝彦 山尾悠子編	美しき吸血鬼、チェンバロの綺羅綺羅しい響き、暗い水に潜む蛇……独自の美意識と博識で幻想文学ファンを魅了した小説作品から山尾悠子が25篇を選ぶ。
紙の罠	都筑道夫 日下三蔵編	都筑作品でも人気の〝近藤・土方シリーズ〟が遂に復活。贋札作りをめぐり巻き起こる奇想天外アクション小説。二転三転する物語の結末は予測不能。
幻の女	田中小実昌 日下三蔵編	近年、なかなか読むことが出来なかった〝幻〟のミステリ作品群が編者の詳細な解説とともに甦る。夜の街の片隅で起こる世にも奇妙な出来事たち。
第8監房	柴田錬三郎 日下三蔵編	剣豪小説の大家として知られる柴錬の現代ミステリ短篇の傑作が奇跡の文庫化。〈巧みなストーリーテリング〉と〈衝撃の結末〉で読ませる狂気の8篇。
飛田ホテル	黒岩重吾	刑期を終えたやくざ者に起きた妻の失踪を追う表題作など、大阪のどん底で交わる男女の情と性。直木賞作家の傑作ミステリ短篇集。（難波利三）
『新青年』名作コレクション	『新青年』研究会編	探偵小説の牙城として多くの作家を輩出した伝説の総合娯楽雑誌『新青年』。創刊から101年を迎え新たな視点で各時代の名作を集めたアンソロジー。
ゴシック文学入門	東雅夫編	江戸川乱歩、小泉八雲、平井呈一、日夏耿之介、澁澤龍彦、種村季弘——。「ゴシック文学」の世界へと誘う厳選評論・エッセイアンソロジーが誕生！
刀	東雅夫編	名刀、魔剣、妖刀、聖剣……古今の枠を飛び越えて「刀」にまつわる怪奇幻想の名作が集結。業物同士が唸りを上げる文豪×怪談アンソロジー、登場！
家が呼ぶ	朝宮運河編	ホラーファンにとって永遠のテーマの一つといえる「こわい家」。屋敷やマンション等をモチーフとした逃亡不可能な恐怖が襲う珠玉のアンソロジー！

品切れの際はご容赦ください

太宰治全集（全10巻）　太宰治

第一創作集『晩年』から太宰文学の総結算ともいえる『人間失格』、さらに『もの思う葦』ほか随想集も含め、清新な装幀でおくる待望の文庫版全集。

宮沢賢治全集（全10巻）　宮沢賢治

『春と修羅』、『注文の多い料理店』はじめ、賢治の全作品及び異稿を、綿密な校訂と定評ある本文によって贈る話題の文庫版全集。書簡など2巻増巻。

夏目漱石全集（全10巻）　夏目漱石

時間を超えて読みつがれる最大の国民文学を、10冊に集成して贈る画期的な文庫版全集。全小説及び小品、評論に詳細な注・解説を付す。

芥川龍之介全集（全8巻）　芥川龍之介

確かな不安を漠然とした希望の中に生きた芥川の全貌。名手の名をほしいままにした短篇から、日記、随筆、紀行文までを収める。

梶井基次郎全集（全1巻）　梶井基次郎

「檸檬」「泥濘」「桜の樹の下には」「交尾」をはじめ、習作・遺稿を全て収録し、梶井文学の全貌を伝える。一巻に収めた初の文庫版全集。（高橋英夫）

中島敦全集（全3巻）　中島敦

昭和十七年、一筋の光のように登場し、二冊の作品集を残してまたたく間に逝った中島敦——その代表作から書簡までを収め、詳細小口注を付す。

ちくま日本文学（全40巻）　ちくま日本文学

小さな文庫の中にひとりひとりの作家の宇宙がつまっている。一人一巻、全四十巻。何度読んでも古びない作品と出逢う、手のひらサイズの文学全集。

内田百閒　ちくま日本文学

花火　山東京伝　件　道連　豹　冥途　大宴会　流渦　蘭陵王入陣曲　山高帽子　長春香　東京日記　サラサーテの盤　特別阿房列車　他（赤瀬川原平）

阿房列車　——内田百閒集成1　内田百閒

「なんにも用事がないけれど、汽車に乗って大阪へ行って来ようと思う」。上質のユーモアに包まれた、紀行文学の傑作。（和田忠彦）

小川洋子と読む
内田百閒アンソロジー　内田百閒　小川洋子編

「旅愁」「冥途」「旅順入城式」「サラサーテの盤」……今も不思議な光を放つ内田百閒の小説・随筆24篇を、百閒をこよなく愛する作家・小川洋子と共に。

井上ひさしベスト・エッセイ　井上ひさし　井上ユリ編

むずかしいことをやさしく……幅広い著作活動を続け、多岐にわたるエッセイを残した「言葉の魔術師」井上ひさしの作品を精選して贈る。（佐藤優）

ひと・ヒト・人　井上ひさし　井上ユリ編

道元・漱石・賢治・菊池寛・司馬遼太郎・松本清張・渥美清・母……敬し、愛した人々とその作品を描きつくしたベスト・エッセイ集。（野田秀樹）

開高健ベスト・エッセイ　開高健　小玉武編

文学から食、ヴェトナム戦争まで――おそるべき博覧強記と行動力。「生きて、書いて、ぶつかった」開高健の広大な世界を凝縮したエッセイを精選。

吉行淳之介ベスト・エッセイ　吉行淳之介　荻原魚雷編

創作の秘密から、ダンディズムの条件まで。「文学」「男と女」「紳士」「人物」のテーマごとに厳選した、吉行淳之介の入門書にして決定版。（大竹聡）

色川武大・阿佐田哲也ベスト・エッセイ　色川武大／阿佐田哲也　大庭萱朗編

二つの名前を持つ作家のベスト。文学論、落語からタモリまでの芸能論、ジャズ、作家たちとの交流も。阿佐田哲也名の博打論も収録。（木村紅美）

殿山泰司ベスト・エッセイ　殿山泰司　大庭萱朗編

独自の文体と反骨精神で読者を魅了する性格俳優、故・殿山泰司の自伝エッセイ、撮影日記、ジャズ、政治評。未収録エッセイも多数！（戌井昭人）

田中小実昌ベスト・エッセイ　田中小実昌　大庭萱朗編

東大哲学科を中退し、バーテン、香具師などを転々とし、飄々とした作風とミステリー翻訳で知られるコミさんの厳選されたエッセイ集。（片岡義男）

森毅ベスト・エッセイ　森毅　池内紀編

まちがったって、完璧じゃなくたって、人生は楽しい。稀代の数学者が放った教育・社会・歴史他様々なジャンルに亘るエッセイを厳選収録！

山口瞳ベスト・エッセイ　山口瞳　小玉武編

サラリーマン処世術から飲食、幸福と死まで。――幅広い話題の中に普遍的な人間観察眼が光る山口瞳の豊饒なエッセイ世界を一冊に凝縮した決定版。

同日同刻　山田風太郎

太平洋戦争中、人々は何を考えどう行動していたのか。敵味方の指導者、軍人、兵士、民衆の姿を膨大な資料を基に再現。（高井有一）

兄のトランク 宮沢清六

兄・宮沢賢治の生と死をそのかたわらでみつめ、兄の死後も烈しい空襲や散佚から遺稿類を守りぬいてきた実弟が綴る、初のエッセイ集。

春夏秋冬　料理王国 北大路魯山人

一流の書家、画家、陶芸家にして、希代の美食家でもあった魯山人が、生涯にわたり追い求めて会得した料理と食の奥義を語り尽す。（山田和）

日本ぶらりぶらり 山下清

坊主頭に半ズボン、リュックを背負い日本各地の旅に出た〝裸の大将〟が見聞きするものは不思議なことばかり。スケッチ多数。（壽岳章子）

のんのんばあとオレ 水木しげる

「のんのんばあ」といっしょにお化けや妖怪の住む世界をさまよっていたあの頃——漫画家・水木しげるの、とてもおかしな少年記。（井村君江）

ねぼけ人生〈新装版〉 水木しげる

戦争で片腕を喪失、紙芝居・貸本漫画の時代と、波瀾万丈の人生を、楽天的に生きぬいてきた水木しげるの、面白くも哀しい半生記。（呉智英）

老いの生きかた 鶴見俊輔編

限られた時間の中で、いかに充実した人生を過ごすかを探る十八篇の名文。来るべき日にむけて考えるヒントになるエッセイ集。

老人力 赤瀬川原平

20世紀末、日本中を脱力させた名著『老人力』と『老人力②』が、あわせて文庫に！　ぼけ、ヨイヨイ、もうろくに潜むパワーがここに結集する。

東京骨灰紀行 小沢信男

両国、谷中、千住……アスファルトの下、累々と埋もれる無数の骨灰をめぐり、忘れられた江戸・東京の記憶を掘り起こす鎮魂行。（黒川創）

向田邦子との二十年 久世光彦

あの人は、あり過ぎるくらいあった始末におえない胸の中のものを誰にだって、一言も口にしない人だった。時を共有した二人の世界。（新井信）

人間は哀れである 東海林さだおアンソロジー　東海林さだお 平松洋子編

世の中にはびこるズルの壁、はっきりしない往生際……抱腹絶倒のあとに東海林流のペーソスが心に沁みてくる。平松洋子が選ぶ23の傑作エッセイ。

シェイクスピア全集（全33巻）　シェイクスピア　松岡和子訳

シェイクスピア劇、個人全訳の偉業！　第75回毎日出版文化賞（企画部門）、第69回菊池寛賞、第58回日本翻訳文化賞、2021年度朝日賞受賞。

すべての季節のシェイクスピア　松岡和子

シェイクスピア全作品翻訳のためのレッスン。28年にわたる翻訳の前に年間100本以上観てきたシェイクスピア劇と主要作品について綴ったエッセイ。

「もの」で読む入門シェイクスピア　松岡和子

シェイクスピア劇に登場する「もの」から、全37作品の意図が克明に見えてくる。「世界で最も親しまれている古典」のやさしい楽しみ方。（安野光雅）

ギリシア悲劇（全4巻）

荒々しい神の正義、神意と人間性の調和、人間の激情と心理。三大悲劇詩人（アイスキュロス、ソポクレス、エウリピデス）の全作品を収録する。

バートン版　千夜一夜物語（全11巻）　大場正史訳　古沢岩美・絵

めくるめく愛と官能に彩られたアラビアの華麗な物語――奇想天外の面白さ、世界最大の奇書の名訳による決定版。鬼才・古沢岩美の甘美な挿絵付。

高慢と偏見（上・下）　ジェイン・オースティン　中野康司訳

互いの高慢さから偏見を抱いて反発しあう知的な二人がやがて真実の愛にめざめてゆく……絶妙な展開で深い感動をよぶ英国恋愛小説の名作の新訳。

エマ（上・下）　ジェイン・オースティン　中野康司訳

美人で陽気な良家の子女エマは縁結びに乗り出すが、見当違いから十七歳のハリエットの恋を引き裂くことに……。オースティンの傑作を新訳で。

分別と多感　ジェイン・オースティン　中野康司訳

冷静な姉エリナーと、情熱的な妹マリアン。好対照をなす姉妹の結婚への道を描くオースティンの永遠の傑作。読みやすくなった新訳で初の文庫化。

説得　ジェイン・オースティン　中野康司訳

まわりの反対で婚約者と別れたアン。しかし八年後思いがけない再会が。繊細な恋心をしみじみと描くオースティン最晩年の傑作。読みやすい新訳。

ノーサンガー・アビー　ジェイン・オースティン　中野康司訳

17歳の少女キャサリンは、ノーサンガー・アビーに招待されて有頂天。でも勘違いからハプニングが……。オースティンの初期作品、新訳&初の文庫化！

素粒子
ミシェル・ウエルベック
野崎歓訳
人類の孤独の極北にゆらめく絶望的な愛——二人の異父兄弟の人生をたどり、希薄で怠惰な現代の一面を描き上げた、鬼才ウエルベックの衝撃作。

地図と領土
ミシェル・ウエルベック
野崎歓訳
孤独な天才芸術家ジェドは、世捨て人作家ウエルベックと出会い友情を育むが、作家は何者かに惨殺される——。最高傑作と名高いゴンクール賞受賞作。

競売ナンバー49の叫び
トマス・ピンチョン
志村正雄訳
「謎の巨匠」の暗喩に満ちた迷宮世界。突然、大富豪の遺言管理執行人に指名された主人公エディパの物語。郵便ラッパとは？（巽孝之）

スロー・ラーナー［新装版］
トマス・ピンチョン
志村正雄訳
著者自身がまとめた初期短篇集。「謎の巨匠」がみずからの作家生活を回顧する序文を付した話題作。驚異に満ちた世界。（高橋源一郎、宮沢章夫）

エレンディラ
G・ガルシア＝マルケス
鼓直／木村榮一訳
大人のための残酷物語として書かれたといわれる中・短篇。「孤独と死」をモチーフに、大著『族長の秋』につらなるマルケスの真価を発揮した作品集。

氷
アンナ・カヴァン
山田和子訳
氷が全世界を覆いつくそうとしていた。私は少女の行方を必死に探し求める。恐ろしくも美しい終末のヴィジョンで読者を魅了した伝説的名作。

アサイラム・ピース
アンナ・カヴァン
山田和子訳
出口なしの閉塞感と絶対の孤独、謎と不条理に満ちた世界を先鋭的スタイルで描き、作家アンナ・カヴァンの誕生を告げた最初の傑作。（皆川博子）

オーランドー
ヴァージニア・ウルフ
杉山洋子訳
エリザベス女王お気に入りの美少年オーランドー、ある日目をさますと女になっていた——4世紀を駆ける万華鏡ファンタジー。（小谷真理）

昔も今も
サマセット・モーム
天野隆司訳
16世紀初頭のイタリアを背景に、「君主論」につながるチェーザレ・ボルジアとの出会いを描き、「政治人間」の生態を浮彫りにした歴史小説の傑作。

コスモポリタンズ
サマセット・モーム
龍口直太郎訳
舞台はヨーロッパ、アジア、南島から日本まで。故国を去って異郷に住む〝国際人〟の日常にひそむ事件のかずかず。珠玉の小品30篇。（小池滋）

バベットの晩餐会
I・ディーネセン　桝田啓介 訳

バベットが祝宴に用意した料理とは……。一九八七年アカデミー賞外国語映画賞受賞作の原作と遺作「エーレンガート」を収録。（田中優子）

ヘミングウェイ短篇集
アーネスト・ヘミングウェイ　西崎憲 編訳

ヘミングウェイは弱く寂しい男たち、冷静で寛大な女たちを登場させ「人間であることの孤独」を描く。繊細で切れ味鋭い14の短篇を新訳で贈る。

カポーティ短篇集
T・カポーティ　河野一郎 編訳

妻をなくした中年男の一日を、一抹の悲哀をこめ、ややユーモラスに描いた本邦初訳の「楽園の小道」他、選びぬかれた11篇。文庫オリジナル。

フラナリー・オコナー全短篇（上・下）
フラナリー・オコナー　横山貞子 訳

キリスト教を下敷きに、残酷さとユーモアのまじりあう独特の世界を描いた第一短篇集『善人はなかなかいない』を収録。個人全訳。（蜂飼耳）

動物農場
ジョージ・オーウェル　開高健 訳

自由と平等を旗印に、いつのまにか全体主義や恐怖政治が社会を覆っていく様を痛烈に描き出す。『一九八四年』と並ぶG・オーウェルの代表作。

パルプ
チャールズ・ブコウスキー　柴田元幸 訳

人生に見放され、酒と女に取り憑かれた超ダメ探偵が次々と奇妙な事件に巻き込まれる。伝説的カルト作家の遺作、待望の復刊！（東山彰良）

ありきたりの狂気の物語
チャールズ・ブコウスキー　青野聰 訳

すべてに見放されたサイテーな毎日。その一瞬の狂った輝きを切り取る、伝説的カルト作家の愛と笑いと哀しみに満ちた異色短篇集。（戌井昭人）

死の舞踏
スティーヴン・キング　安野玲 訳

帝王キングがあらゆるメディアのホラーについて圧倒的な熱量で語り尽くす伝説のエッセイ。「２０１０年版へのまえがき」を付した完全版。（町山智浩）

スターメイカー
オラフ・ステープルドン　浜口稔 訳

宇宙の発生から滅亡までを壮大なスケールで描いた幻想の宇宙誌。１９３７年の発表以来、各方面に多大な影響を与えてきたＳＦの古典を全面改訳で。

トーベ・ヤンソン短篇集
トーベ・ヤンソン　冨原眞弓 編訳

ムーミンの作家にとどまらないヤンソンの作品の奥行きと背景を伝える短篇のベスト・セレクション。「愛の物語」「時間の感覚」「雨」など、全20篇。

ちくま文庫

悪意《あくい》のきれっぱし　増補版《ぞうほばん》

二〇二四年十一月十日　第一刷発行

著　者　生島治郎（いくしま・じろう）
編　者　日下三蔵（くさか・さんぞう）
発行者　増田健史
発行所　株式会社　筑摩書房
　　　　東京都台東区蔵前二―五―三　〒一一一―八七五五
　　　　電話番号　〇三―五六八七―二六〇一（代表）
装幀者　安野光雅
印刷所　中央精版印刷株式会社
製本所　中央精版印刷株式会社

ISBN978-4-480-43993-2　C0193